Diogenes Taschenbuch

30/III

William Faulkner

Gesammelte Erzählungen

III

Aus dem Amerikanischen
von Elisabeth Schnack

Diogenes

Die ›Collected Stories of William Faulkner‹
erschienen bei Random House, Inc., New York

1.–10. Tausend dieser Ausgabe, 1972

Lizenzausgabe mit freundlicher Genehmigung
des Fretz & Wasmuth Verlags, Zürich

Gesamtherstellung Welsermühl Wels
ISBN 3 257 20042 0

Inhalt

Rotes Laub

I

Zwei Indianer gingen quer durch die Pflanzung auf die Negerquartiere zu. Sauber getüncht standen die Hütten aus getrockneten Adobe-Ziegeln, in denen die dem Stamm gehörenden Sklaven wohnten, in zwei Reihen einander gegenüber, durch den lichten Schatten des Pfades getrennt, den die Abdrücke nackter Füße wie mit einem Muster gezeichnet hatten und auf dem ein paar selbstgemachte Spielsachen stumm im Staub herumlagen. Nirgends war eine Spur von Leben zu entdecken.

»Ich weiß, was wir finden werden«, sagte der eine Indianer.

»Was wir nicht finden werden«, sagte der andre. Trotz der Mittagsstunde lag der Pfad verlassen da, die Türöffnungen waren still und leer, kein Herdrauch stieg aus den geborstenen und verputzten Schornsteinen.

»Ja, genauso war es damals, als der Vater von dem starb, der jetzt der Mann ist.«

»Du meinst, von dem, der der Mann war.«

»Ja.«

Der erste Indianer hieß Three Basket. Er war vielleicht sechzig. Beide waren untersetzt, ein wenig gedrungen und altväterisch, dickbäuchig, mit schweren Köpfen und großen, breiten, erdfarbenen Gesichtern von einer Art verwaschener Gelassenheit, wie bei den Skulpturen auf einer zerbröckelnden Tempelmauer in Siam oder Sumatra, die aus dem Dunst auftauchen. Die Sonne hatte es bewirkt: starker Sonnenschein und starker Schatten. Ihr Haar glich versengtem Riedgras nach einem Steppenbrand. Three Basket trug eine am Ohrläppchen befestigte emaillierte Tabakdose.

»Ich habe schon immer gesagt, daß es nicht das rechte Verfahren ist. In den alten Zeiten gab es keine Sklavenhütten und keine Neger. Damals war ein Mann noch Herr über seine Zeit. Er hatte Zeit. Heutzutage muß er sie fast gänzlich daranwenden, um Arbeit für Leute zu finden, die gern schwitzen.«

»Sie gleichen den Pferden und den Hunden.«

»Sie gleichen keinem vernünftigen Geschöpf. Nichts befriedigt sie, nur das Schwitzen. Sie sind schlimmer als die Weißen.«

»Es ist aber gar nicht so, als wäre der Mann verpflichtet, Arbeit für sie zu finden.«

»Du sagst es. Ich bin nicht für die Sklaverei. Es ist nicht das rechte Verfahren. In den alten Zeiten hatte man noch das rechte Verfahren, aber jetzt nicht mehr.«

»Du erinnerst dich auch nicht an das rechte Verfahren!«

»Ich habe denen gelauscht, die sich daran erinnern. Und ich habe das neue Verfahren ausprobiert. Der Mensch wurde nicht erschaffen, um zu schwitzen.«

»Richtig! Sieh doch, was es ihrem Fleisch angetan hat!«

»Ja. Es ist schwarz. Und es schmeckt bitter.«

»Hast du davon gegessen?«

»Früher. Damals war ich jung und hatte einen besseren Appetit als heute. Das hat sich jetzt bei mir geändert.«

»Ja. Sie sind jetzt zu wertvoll, um gegessen zu werden.«

»Das Fleisch hat einen bitteren Geschmack, den ich nicht mag.«

»Überhaupt sind sie zu wertvoll zum Essen, da die Weißen sie gegen Pferde eintauschen.«

Sie betraten den Pfad. Die stummen, armseligen Spielsachen – fetischartige Dinge aus Holz und Lumpen und Federn – lagen im Staub vor den ausgetretenen Türschwellen zwischen Knochen und zerbrochenen Kürbisgefäßen. Doch aus keiner Hütte drang ein Laut hervor, kein Gesicht zeigte sich in einer Türöffnung, schon seit gestern nicht, als

Issetibbeha gestorben war. Aber sie wußten schon, was sie vorfinden würden.

In der mittelsten Hütte war es, einem Haus, das ein wenig größer als die beiden andern war und in dem sich bei bestimmten Mondphasen die Neger versammelten, um mit ihren Zeremonien zu beginnen, ehe sie nach dem Anbruch der Nacht zum Bachgrund hinunterzogen, wo die Trommeln verwahrt wurden. In dem Raum hier verwahrten sie das weniger wichtige Zubehör, die geheimen Geräte und die Ritualurkunden: Stäbchen mit Symbolen, die mit rotem Lehm bemalt waren. In der Mitte des Fußbodens, genau unter dem Loch im Dach, war eine Feuerstelle mit etwas kalter Holzasche und einem aufgehängten Eisenkessel. Die Fensterläden waren geschlossen; als die beiden Indianer eintraten, konnten sie nach dem erbarmungslosen Sonnenschein nur eine Bewegung, einen Schatten erkennen, in dem es wie lauter Augen rollte, als wäre die Hütte voller Neger. Die beiden Indianer blieben bei der Tür stehen.

»Yao«, sagte Three Basket. »Ich hab's ja gesagt, daß es nicht das rechte Verfahren ist!«

»Ich wäre lieber nicht hier«, sagte der zweite Indianer.

»Was du riechst, ist die Furcht des schwarzen Mannes. Sie riecht nicht wie unsre Furcht.«

»Ich wäre lieber nicht hier.«

»Deine Furcht hat auch einen Geruch.«

»Vielleicht ist es Issetibbeha, den wir riechen.«

»Yao. Er weiß es. Er weiß, was wir hier vorfinden. Als er starb, wußte er schon, was wir heute hier vorfinden würden.« Aus dem dumpfigen Zwielicht drangen der Geruch und die rollenden Augen von Negern auf sie ein. »Ich bin Three Basket, den ihr kennt!« rief Three Basket in die Hütte hinein. »Wir sind vom Mann hergekommen. Ist der, den wir suchen, fortgelaufen?« Die Neger antworteten nicht. Ihr Geruch, die Ausdünstung ihrer Körper schien in Wellen durch die stille, heiße Luft zu fluten. Sie schienen alle zugleich über etwas Ungreifbares, Unerforschliches nachzugrübeln. Sie waren wie die Fangarme eines riesigen Kraken, wie die Wurzeln eines mächtigen Baumes, die nackend dalagen, nachdem die Erde über dem sich krümmenden, dicken stinkigen Gewirr ihres lichtlosen und geschändeten Daseins für einen kurzen Augenblick auseinandergeborsten war. »Sprecht!« sagte Basket. »Ihr kennt unsern Auftrag. Ist er fortgelaufen, den wir suchen?«

»Sie denken über etwas nach«, sagte der zweite Indianer. »Ich wäre lieber nicht hier.«

»Meinst du, sie haben ihn versteckt?«

»Nein. Er ist fortgelaufen. Seit gestern abend ist er weg. Genauso ist es schon einmal geschehen, als der Großvater von dem starb, der jetzt der Mann ist. Wir brauchten drei Tage, um ihn zu fangen. Drei Tage lang lag Doom über der Erde und sprach: ›Ich sehe mein Pferd und meinen Hund. Aber meinen Sklaven sehe ich nicht. Was habt ihr mit ihm getan, warum laßt ihr mich nicht in Frieden ruhn?‹«

»Sie wollen nicht sterben.«

»Yao. Sie klammern sich an. Immer machen sie uns Schwierigkeiten. Leute ohne Ehre und ohne Würde. Immer nur Schwierigkeiten!«

»Mir behagt es hier nicht.«

»Mir auch nicht. Aber schließlich sind es Wilde; man kann nicht von ihnen erwarten, daß sie die Bräuche beachten. Deshalb sage ich, daß das Verfahren ein schlechtes Verfahren ist.«

»Yao. Sie klammern sich an. Sie würden sogar lieber in der Sonne arbeiten als mit einem Häuptling in die Erde einkehren. Jedenfalls ist er weg.«

Die Neger hatten nichts gesagt, hatten keinen Laut von sich gegeben. Aufgeregt und verängstigt rollten sie ihre weißen Augäpfel; ihr Geruch war scharf und durchdringend. »Ja, sie fürchten sich«, sagte der zweite Indianer. »Was sollen wir jetzt tun?«

»Wir wollen zum Mann gehn und mit ihm sprechen.«

»Wird Moketubbe zuhören?«

»Was bleibt ihm anders übrig? Er wird es nicht gern tun. Aber er ist jetzt der Mann.«

»Yao. Er ist der Mann. Er kann jetzt jederzeit die Schuhe mit den roten Absätzen tragen.« Sie drehten sich um und gingen. Im Türrahmen war keine Tür. In keiner einzigen Hütte war eine Tür.

»Das hat er ohnehin getan«, sagte Basket.

»Hinter Issetibbehas Rücken. Doch jetzt sind es seine Schuhe, da er der Mann ist.«

»Yao. Issetibbeha hat es nicht gern gesehen. Ich hörte es. Ich weiß, daß er zu Moketubbe sagte: ›Wenn du der Mann bist, gehören die Schuhe dir. Aber bis dahin sind es meine Schuhe.‹ Doch jetzt ist Moketubbe der Mann; er kann sie tragen.«

»Yao«, sagte der zweite Indianer. »Er ist jetzt der Mann. Er trug die Schuhe oft hinter Issetibbehas Rücken, und es wurde nicht bekannt, ob Issetibbeha darum wußte oder nicht. Und nun ist Issetibbeha tot, er, der nicht alt war, und die Schuhe gehören Moketubbe, der jetzt der Mann ist. Was meinst du dazu?«

»Nichts«, sagte Basket. »Und du?«

»Ich auch nicht«, sagte der zweite Indianer.

»Gut«, sagte Basket. »Du bist weise.«

II

Das Haus lag auf einem Hügel und war von Eichen umgeben. Der vordere Teil war ein Stockwerk hoch und bestand aus dem Kabinendeck eines Dampfschiffs, das Doom, Issetibbehas Vater, mit Hilfe seiner Sklaven zerlegt und über Land auf Zypressenwalzen die zwölf Meilen bis nach Hause transportiert hatte. Sie brauchten dazu fünf

Monate. Damals bestand die Hausfront aus einer Ziegelwand. Doom stellte das Dampfschiff mit der Breitseite vor die Wand, und dort wölbten sich jetzt die Rokokoleisten mit ihrer rissigen und abblätternden Vergoldung in verblichener Pracht über den Goldbuchstaben der Kabinennamen auf den Sprossentüren.

Doom war von Geburt nur ein Unterhäuptling, ein Mingo, denn er war eins von drei Kindern der Familie mütterlicherseits. In einem Kielboot fuhr er – damals ein junger Mann, und New Orleans war noch eine Europäerstadt – von Nord-Mississippi nach New Orleans, wo er den Chevalier Sœur-Blonde de Vitry kennenlernte, einen Mann, dessen gesellschaftliche Stellung anscheinend ebenso unsicher war wie Dooms eigene. In New Orleans galt Doom, beschützt von seinem Gönner, bei den Falschspielern und Halsabschneidern des Hafenviertels als der Häuptling, als der Mann, der erbberechtigte Eigentümer der Ländereien, die dem männlichen Zweig der Familie gehören. Der Chevalier de Vitry nannte ihn *du homme,* woraus dann Doom entstand.

Man sah sie überall zusammen – den Indianer, einen untersetzten Mann mit kühnem, undurchdringlichem und unfeinem Gesicht, und den Pariser, den Emigranten, der, wie es hieß, ein Freund von Carondelet und der Vertraute des Generals Wilkinson war. Dann verschwanden die beiden, wurden nicht mehr in ihren alten, fragwürdigen Schlupfwinkeln gesehen und hinterließen nur sagenhafte Gerüchte von den Unsummen, die Doom angeblich gewonnen hatte, und die Geschichte von einem jungen Mädchen, der Tochter einer recht wohlhabenden westindischen Familie, deren Sohn und Bruder, mit einer Pistole bewaffnet, noch einige Zeit nach Dooms Verschwinden in seinen alten Schlupfwinkeln nach ihm suchte.

Ein halbes Jahr darauf verschwand auch die junge Dame und ging an Bord des St.-Louis-Postdampfers, der eines Abends an einer Holzverladestelle auf dem nördlichen Mississippi-Ufer anlegte, wo die Dame, begleitet von einer Negersklavin, das Schiff verließ. Vier Indianer mit Pferd und Wagen holten sie ab, und drei Tage lang fuhr sie gemächlich, da sie schon hochschwanger war, zu der Pflanzung, wo sie entdeckte, daß Doom jetzt der Häuptling war. Er erzählte ihr nie, wie er es bewerkstelligt hatte, sondern nur, daß sein Onkel und sein Vetter plötzlich gestorben waren. Damals bestand das Haus nur aus einer von ungeschickten Sklaven errichteten Ziegelwand mit angebautem, strohgedecktem Schuppen, der in ein paar mit Knochen und Abfall übersäte Kammern unterteilt war. Es lag im Mittelpunkt eines zehntausend Acker großen, unvergleichlichen, parkartigen Waldes, wo Hirsche und Rehe wie Haustiere ästen. Dort wurden Doom und die junge Frau kurze Zeit, bevor Issetibbeha zur Welt kam, von einem herumziehenden Prediger und Sklavenhändler getraut, der auf einem Maultier ritt, an dessen Sattel ein baumwollner Schirm und eine drei Gallonen fassende Korbflasche mit Whisky befestigt waren. Danach begann Doom noch mehr Sklaven zu erwerben und einen Teil seines Landes so zu bestellen, wie es die Weißen machten. Doch nie hatte er genug Arbeit für die Neger. In grenzenloser Faulheit führten die meisten von ihnen ein Leben, das unmittelbar aus dem afrikanischen Dschungel hierherverpflanzt schien, abgesehen von den Anlässen, wenn Doom sie, um seine Gäste zu amüsieren, mit Hunden hetzte.

Als Doom starb, war sein Sohn Issetibbeha neunzehn Jahre alt. Er wurde Eigentümer der Ländereien und der auf das Fünffache angewachsenen Herde von Schwarzen, für die er keine Verwendung hatte. Obwohl der Titel ›Der Mann‹ bei ihm verblieb, wurde der Stamm von einer Hierarchie von Vettern und Onkeln beherrscht, die sich schließlich versammelten und, auf dem Boden hockend, eine Beratung über die Negerfrage abhielten: in tiefem Nachsinnen hockten sie unter den goldenen Namen auf den Türen des Dampfschiffes.

»Wir können sie nicht essen«, sagte der eine.

»Warum nicht?«

»Es sind zu viele.«

»Das ist wahr«, sagte ein dritter. »Wenn wir erst einmal anfangen, müssen wir alle essen. Und so viel Fleischnahrung ist nicht gut für den Menschen.«

»Vielleicht schmecken sie wie Rehfleisch? Das schadet einem nicht.«

»Wir könnten einige töten, ohne sie zu essen«, schlug Issetibbeha vor.

Sie blickten ihn eine Weile an. »Wozu?« fragte einer.

»Das ist wahr«, sagte ein zweiter. »So etwas können wir nicht tun. Sie sind zu wertvoll. Denkt bloß an all die Mühe, die sie uns verursacht haben, als wir Beschäftigung für sie suchten! Wir müssen es so machen wie die Weißen.«

»Wie denn?« fragte Issetibbeha.

»Mehr Neger züchten und mehr Land roden, um mehr Mais anzubauen, womit man sie füttert, bis man sie verkaufen kann. Wir werden also das Land roden und Futter anpflanzen und Neger züchten und sie den weißen Männern gegen Geld verkaufen.«

»Aber was sollen wir mit dem Geld tun?« fragte ein dritter. Sie dachten ein Weilchen nach.

»Das sehen wir dann schon«, sagte der erste. Sie hockten da, in Gedanken versunken und ernst.

»Es bedeutet Arbeit«, sagte der dritte.

»Überlaßt sie den Negern«, sagte der erste.

»Yao. Die sollen es tun. Schwitzen ist ungesund. Es macht die Haut feucht. Es öffnet die Poren.«

»Und dann dringt die Nachtluft ein.«

»Yao. Überlaßt die Arbeit den Negern. Anscheinend arbeiten sie gern.«

Mit Hilfe der Neger rodeten sie also das Land und bepflanzten es mit Getreide. Bis dahin hatten die Sklaven in einem riesigen Pferch gelebt, mit einem schrägen Dach über der einen Ecke, ähnlich einem Schweinepferch. Doch jetzt begann man Wohnungen zu bauen, Hütten, in denen man die jungen Neger paarweise unterbrachte, damit sie Nachkommen zeugten. Fünf Jahre später verkaufte Issetibbeha vierzig Stück an einen Händler aus Memphis, und das Geld nahm er und machte damit unter der Anleitung seines Onkels mütterlicherseits aus New Orleans eine Reise ins Ausland. Zu jener Zeit lebte der Chevalier Sœur-Blonde de Vitry in Paris, ein Greis mit Perücke und Korsett, und sein mißtrauisches, zahnloses altes Gesicht war zu einer spöttischen und zutiefst tragischen Fratze erstarrt. Er lieh sich dreihundert Dollar von Issetibbeha und führte ihn dafür in gewisse Kreise ein. Nach Ablauf eines Jahres kehrte Issetibbeha heim und brachte ein vergoldetes Bett und zwei Leuchter mit – bei deren Licht sich die Pompadour angeblich ihr Haar frisierte, während Louis über ihre gepuderte Schulter hinweg im Spiegel seinem Gesicht zugrinste – und ein Paar Pantoffeln mit roten Absätzen. Sie waren ihm zu klein, da er nie Schuhe getragen hatte, ehe er auf dem Weg ins Ausland New Orleans erreichte.

Er brachte die Pantoffeln, in Seidenpapier eingewickelt, nach Hause, verwahrte sie in einer mit Zedernspänen gefüllten Satteltasche, die von einem Paar noch übriggeblieben war, und holte sie nur gelegentlich für seinen Sohn Moketubbe hervor, der damit spielen durfte. Mit drei Jahren hatte Moketubbe ein breites, plattes, mongolisches Gesicht, das in einer völligen und unergründlichen Lethargie hinzudämmern schien, bis er die Pantoffeln sah.

Moketubbes Mutter war ein hübsches Mädchen, das Issetibbeha eines Tages gesehen hatte, als sie im Hemd auf dem Maisfeld arbeitete. Er war stehengeblieben und hatte sie ein Weilchen betrachtet: die breiten, kräftigen Schenkel, den geraden Rücken und das heitere Gesicht. An jenem Tag hatte er im Bach fischen wollen, doch er ging nicht weiter; vielleicht dachte er, während er dastand und das nichtsahnende

Mädchen beobachtete, an seine eigene Mutter, die aus der Stadt geflohene Dame mit ihren Fächern und Spitzen und ihrem Negerblut, und an all die aufgetakelte Armseligkeit jener betrüblichen Geschichte. Im Laufe des gleichen Jahres wurde Moketubbe geboren; selbst als Dreijähriger konnte er seine Füße nicht in die Pantoffeln hineinzwängen. Issetibbeha lachte leise vor sich hin, wenn er Moketubbe an den stillen, heißen Nachmittagen beobachtete, wie er mit einer Art widernatürlicher Mißachtung der Tatsachen die Pantoffeln anzuziehen versuchte. Jahrelang lachte er über Moketubbe und die Schuhe, denn Moketubbe gab es nicht auf und versuchte immer wieder, in die Schuhe hineinzukommen – bis er sechzehn war. Dann ließ er es sein. Oder vielmehr, Issetibbeha glaubte es. Doch er hatte nur aufgehört, es in Issetibbehas Gegenwart zu versuchen. Issetibbehas neueste Frau erzählte ihm, daß Moketubbe die Schuhe gestohlen und versteckt habe. Diesmal lachte Issetibbeha nicht mehr; er schickte die Frau fort, um allein zu sein. »Yao«, sagte er, »auch ich möchte gern am Leben bleiben, wie mir scheint.« Er ließ Moketubbe kommen. »Ich schenke sie dir«, sagte er.

Moketubbe war damals fünfundzwanzig Jahre alt und noch nicht verheiratet. Issetibbeha war nicht groß, und doch war er sechs Zoll größer als sein Sohn und wog fast hundert Pfund weniger. Moketubbe litt bereits an Fettsucht und hatte ein breites, bleiches, ausdrucksloses Gesicht und geschwollene Hände und Füße. »Jetzt gehören sie dir«, sagte Issetibbeha und beobachtete ihn dabei. Moketubbe hatte ihm, als er eintrat, einen einzigen Blick zugeworfen, einen kurzen, vorsichtigen, verschleierten Blick.

»Danke«, sagte er.

Issetibbeha blickte ihn an. Er konnte nie mit Sicherheit sagen, ob Moketubbe etwas anblickte, etwas betrachtete. »Warum ist es für dich nicht das gleiche, wenn ich dir die Schuhe schenke?«

»Danke«, sagte Moketubbe abermals. Issetibbeha gebrauchte damals Schnupftabak. Ein Weißer hatte ihm gezeigt, wie man das Pulver hinter die Lippe stecken und mit einem Span Amber oder Zuckerrohr auf den Zähnen verreiben mußte.

»Ach«, sagte er, »man kann nicht ewig leben.« Er betrachtete seinen Sohn, dann trat auch in seine Augen ein leerer, abwesender Ausdruck, und er sann eine Weile nach. Niemand hätte sagen können, was er dachte, wenn er nicht halblaut vor sich hingemurmelt hätte: »Yao. Aber Dooms Onkel hatte keine Schuhe mit roten Absätzen.« Wieder sah er seinen fetten, trägen Sohn an. »Hinter so viel Fett könnte ein Mensch wohl alles mögliche planen, und es würde erst bekannt, wenn es zu spät wäre.« Er saß auf einem Lattensessel mit einem Sitz aus geflochtenen Hirschlederstreifen. »Er kann sie nicht einmal anziehen; er und ich sind beide gleichermaßen Opfer der Fleischmassen, die er zu tragen hat. Aber ist das meine Schuld?«

Er lebte noch fünf Jahre länger, und dann starb er. Eines Nachts wurde er krank, und obwohl der Medizinmann in einer Weste aus Skunkfellen kam und Stäbchen verbrannte, starb er noch vor dem nächsten Mittag.

Das war gestern gewesen; das Grab wurde ausgehoben, und seit zwölf Stunden war das Volk auf Wagen und Karren und zu Pferde und zu Fuß herbeigeströmt, um gebackenen Hund und *succotash* und in der Asche gebratene Yamswurzeln zu essen und an der Beerdigung teilzunehmen.

III

»Es wird drei Tage dauern«, sagte Basket, als er und der andere Indianer zum Haus zurückkehrten. »Drei Tage wird es dauern, und das Essen wird nicht reichen; ich habe es schon einmal erlebt.«

Der zweite Indianer hieß Louis Berry. »Er wird auch zu riechen anfangen – bei dem Wetter.«

»Yao. Sie machen einem nichts als Sorge und Mühe.«

»Vielleicht dauert es keine drei Tage.«

»Sie laufen weit. Yao. Wir werden den Mann riechen, ehe er in die Erde einkehrt. Gib acht, ob ich nicht recht habe!«

Sie näherten sich dem Haus.

»Jetzt kann er die Schuhe tragen«, sagte Berry. »Er kann sie jetzt vor aller Augen tragen.«

»Ein Weilchen kann er sie noch nicht tragen«, sagte Basket. Berry sah ihn an. »Er muß die Suche anführen.«

»Moketubbe?« fragte Berry. »Glaubst du, daß er es tun wird? Ein Mann, dem schon das Sprechen Mühe macht?«

»Was bleibt ihm andres übrig? Es ist doch sein eigener Vater, der bald anfangen wird zu riechen.«

»Das stimmt«, sagte Berry. »Das ist sogar noch ein Preis, den er für die Schuhe zahlen muß. Yao. Er hat sie wirklich gekauft. Was meinst du dazu?«

»Was meinst du?«

»Was meinst du?«

»Ich meine nichts.«

»Ich auch nicht. Issetibbeha kann die Schuhe jetzt nicht gebrauchen. Soll sie also Moketubbe haben; Issetibbeha wird es einerlei sein.«

»Yao. Jeder Mensch muß einmal sterben.«

»Yao. Soll er. Der Mann ist immer da.«

Hoch über der ehemaligen Offizierskabine des Dampfschiffs ruhte ein Verandadach aus Baumrinde auf geschälten Zypressenpfählen und beschattete auch einen ungedielten Vorraum mit gestampftem Lehmboden, wo bei schlechtem Wetter die Maultiere und Pferde angepflockt standen. Auf der Buggalerie des Dampfschiffs saßen ein alter Mann und zwei Frauen. Die eine Frau rupfte ein Huhn, die andre palte Mais aus. Der alte Mann redete. Er war barfuß und trug einen langen Gehrock aus Leinen und einen Zylinder.

»Unsre Welt geht vor die Hunde«, sagte er. »Die weißen Männer zerstören sie. Viele, viele Jahre ist es uns gut ergangen, ehe die weißen Männer uns ihre Neger aufhalsten. Ehemals saßen die alten Männer im Schatten und aßen gedämpftes Rehfleisch und Mais; sie rauchten Tabak und sprachen miteinander über die Ehre und andre ernste Dinge; doch was tun wir heute? Selbst die Alten arbeiten sich tot in ihrer Fürsorge für Leute, die gern schwitzen.« Als Basket und Berry über das Deck gingen, hörte er auf zu sprechen und sah sie an. Seine Triefaugen blickten verdrossen drein; sein Gesicht war ein Netz aus winzigen Fältchen. »Er ist auch geflohen«, sagte er.

»Ja«, antwortete Berry. »Er ist weg.«

»Ich wußte es. Ich hab's ihnen gleich gesagt. Es wird drei Wochen dauern, wie damals, als Doom starb. Ihr werdet es sehn.«

»Damals dauerte es drei Tage – nicht drei Wochen«, entgegnete Berry.

»Warst du dabei?«

»Nein«, erwiderte Berry. »Aber ich habe es gehört.«

»Und ich war dabei«, sagte der alte Mann. »Drei ganze Wochen, durch Sümpfe und Dornengestrüpp.« Sie ließen ihn reden und gingen weiter.

Der ehemalige Salon des Dampfschiffs war jetzt nur noch eine langsam verfaulende Ruine; das Schnitzwerk auf dem polierten Mahagoniholz glitzerte manchmal auf und verblaßte unter dem Schimmelbelag zu kabbalistischen, rätselhaften Figuren; die leeren Fensterhöhlen glichen starblinden Augen. Ein paar Säcke mit Samen oder Getreide standen herum, sowie das Vordergestell einer Kalesche, auf dessen Achse zwei anmutig geschwungene, verrostende Federn ruhten, die nichts trugen. In der einen Ecke lief ein Fuchsjunges unentwegt und unhörbar in seinem Weidenkäfig hin und her; drei ausgemergelte Kampfhähne stelzten durch den Staub, und der Boden war mit ihrem eingetrockneten Mist besprenkelt.

Sie betraten den an die Ziegelmauer anstoßenden großen Raum mit seinen Wänden aus unbehauenen Stämmen. Er enthielt die Hinterachse der Kalesche und den auf der Seite liegenden, abmontierten Aufbau, durch dessen mit Weidenruten vergitterte Fenster noch weitere Kampfhähne ihre Köpfe mit den reglos glotzenden, gereizten Knopfaugen und den zerfetzten Kämmen heraussteckten. Der Boden bestand aus gestampftem Lehm; in einer Ecke lehnten ein primitiver Pflug und zwei handgeschnitzte Ruder. Von der Decke hing, an vier hirschledernen Riemen befestigt, das vergoldete Bett, das Issetibbeha sich aus Paris mitgebracht hatte. Es hatte weder Matratze noch Federn; der Rahmen war jetzt kreuzweise mit einem ordentlichen Geflecht aus Lederriemen bespannt.

Issetibbeha hatte seine neueste Frau, die junge, bewegen wollen, in dem Bett zu schlafen. Er selbst war von Geburt kurzatmig und verbrachte die Nächte halb liegend auf seinem Lattensessel. Jeden Abend hatte er sie zu Bett gebracht, und später hatte er, der allnächtlich nur drei oder vier Stunden schlief, wach im Dunkeln gesessen und sich schlafend gestellt und gehört, wie sie sich unendlich langsam aus dem vergoldeten Flechtbett stahl, um bis kurz vor Tagesanbruch auf dem Fußboden auf einer Steppdecke zu schlafen. Dann stieg sie wieder leise ins Bett und stellte sich nun ihrerseits schlafend, während neben ihr im Dunkeln Issetibbeha still in sich hineingelacht hatte.

Die Leuchter waren mit Riemen an zwei in einer Ecke lehnende Stäbe geschnürt, wo auch ein Zehn-Gallonen-Faß Whisky stand. Gegenüber vom Lehmherd saß auf seinem Lattensessel Moketubbe. Er war etwa einen Zoll größer als fünf Fuß und wog zweihundertfünfzig Pfund. Er trug einen feinen schwarzen Tuchrock, aber kein Hemd; sein runder, glatter Kupferballon von Bauch quoll über den Rand seiner leinenen Unterhose. An den Füßen steckten die Pantoffeln mit den roten Absätzen. Hinter seinem Sessel stand ein Bursche mit einem punkah-artigen Fächer aus Fransenpapier. Moketubbe mit seinem breiten gelben Gesicht und den geschlossenen Augen und platten Nüstern saß regungslos da; die Arme hatte er wie Flossen von sich gestreckt. Auf seinem Gesicht lag ein Ausdruck tiefer und tragischer Teilnahmslosigkeit. Als Basket und Berry eintraten, schlug er die Augen nicht auf.

»Hat er sie seit Tagesanbruch getragen?« fragte Basket.

»Seit Tagesanbruch«, erwiderte der Bursche. Der Fächer bewegte sich ununterbrochen. »Ihr könnt selbst sehen.«

»Yao«, sagte Basket. »Wir können es sehen.« Moketubbe rührte sich nicht. Er sah aus wie eine Statue, wie ein malaiischer Gott in Gehrock und Unterhose, mit nackter Brust und den armseligen rothackigen Schuhen. »Wenn ich du wäre, würde ich ihn nicht stören«, sagte der Bursche.

»Und ich nicht, wenn ich du wäre«, entgegnete Basket. Er und Berry hockten sich hin. Der Bursche fächelte gleichmäßig weiter. »O Mann«, sagte Basket, »höre mich an!« Moketubbe rührte sich nicht. »Er ist fort!« sagte Basket.

»Hab ich euch gleich gesagt«, bemerkte der Bursche. »Ich wußte, daß er fliehen würde. Hab ich euch gleich gesagt.«

»Yao«, erwiderte Basket. »Du bist nicht der erste, der uns hinterher sagt, was wir vorher hätten wissen sollen. Wie kommt es, daß ein paar von euch klugen Leuten nicht gestern Schritte unternahmen, um es zu verhindern?«

»Er will nicht sterben«, sagte Berry.

»Warum sollte er es nicht wollen?« fragte Basket.

»Daß er eines Tages doch sterben muß, ist kein Grund«, sagte der Bursche. »Das würde mich auch nicht überzeugen, alter Mann!«

»Halte deinen Mund!« sagte Berry.

»Zwanzig Jahre hat er, während andere seiner Rasse auf

den Feldern arbeiteten, im Schatten dem Mann dienen können«, bemerkte Basket. »Warum sollte er nicht sterben wollen, da er doch nicht schwitzen wollte?«

»Und es geht schnell«, sagte Berry. »Es dauert nicht lange!«

»Fangt ihn nur und sagt es ihm!« schlug der Bursche vor.

»Schweig!« sagte Berry. Sie hockten sich hin und beobachteten Moketubbes Gesicht. Ebensogut hätte er tot sein können. Er steckte so sehr in seiner Fetthülle, daß sogar sein Atmen zu tief drinnen vor sich ging, um bemerkt zu werden.

»Höre mich, o Mann!« sagte Basket. »Issetibbeha ist tot. Er wartet. Sein Pferd und seinen Hund haben wir. Doch sein Sklave ist entflohen. Er, der ihm den Topf hielt und von dem Essen auf seinem Teller aß, ist entflohen. Issetibbeha wartet.«

»Yao«, sagte Berry.

»Es ist nicht das erstemal«, fuhr Basket fort. »Es geschah auch, als Doom, dein Großvater, wartend vor der Pforte zur Erde lag. Drei Tage hat er gewartet und gesagt: ›Wo ist mein Neger?‹ Und Issetibbeha, dein Vater, gab zur Antwort: ›Ich will ihn suchen. Ruhe dich! Ich will ihn dir bringen, damit du deine Reise beginnen kannst.‹«

»Yao«, sagte Berry.

Moketubbe hatte sich nicht gerührt, hatte seine Augen nicht geöffnet.

»Drei Tage lang jagte Issetibbeha im Bachgrund«, sagte Basket. »Er kehrte auch nicht heim, um zu essen, nicht, bis er den Neger gefunden hatte. Dann sagte er zu Doom, seinem Vater: ›Hier ist dein Hund, hier dein Pferd, hier dein Neger; ruhe in Frieden!‹ Issetibbeha hat es gesagt, der seit gestern tot ist. Und jetzt ist Issetibbehas Neger entflohen. Sein Pferd und sein Hund sind bei ihm und warten, aber sein Neger ist entflohen.«

»Yao«, sagte Berry.

Moketubbe hatte sich nicht gerührt. Seine Augen waren

geschlossen; über seinem hingestreckten, fürchterlichen Körper lag eine ungeheure Teilnahmslosigkeit, etwas völlig Regungsloses, dem Fleische Entrücktes und Unzugängliches. Sie hockten da und beobachteten sein Gesicht.

»Als dein Vater gerade der Mann geworden war, geschah es ebenso«, sagte Basket. »Und es war Issetibbeha, der den Sklaven dorthin zurückführte, wo sein Vater wartete, um in die Erde einzukehren.« Moketubbes Gesicht hatte sich nicht bewegt, seine Augen hatten sich nicht bewegt. Nach einer Weile sagte Basket: »Zieh ihm die Schuhe aus!«

Der Bursche zog ihm die Schuhe aus. Moketubbe begann zu keuchen, seine nackte Brust hob sich, als stiege er aus den Tiefen seines Fleisches empor zum Leben, wie ein Schwimmer aus dem Wasser, aus dem Meer. Doch seine Augen hatten sich noch nicht geöffnet.

Berry sagte: »Er wird die Suche anführen.«

»Yao«, sagte Basket. »Er wird die Suche anführen. Er ist der Mann.«

IV

Während des ganzen Tages hatte der Neger, Issetibbehas Leibdiener, aus seinem Versteck in der Scheune das Sterben Issetibbehas beobachtet. Er war vierzig, ein Mann aus Guinea. Er hatte eine platte Nase und einen kurzen, kleinen Kopf; seine inneren Augenwinkel waren ein wenig gerötet, und das vorstehende Zahnfleisch über den viereckigen, breiten Zähnen war von einem blassen Blaurot. Mit vierzehn Jahren, noch bevor seine Zähne spitzig gefeilt worden waren, hatte ihn ein Sklavenhändler aus Kamerun weggeholt. Seit dreiundzwanzig Jahren war er Issetibbehas Leibdiener gewesen.

Am Tage davor, als Issetibbeha krank wurde, war er in der Dämmerung zu den Sklavenhütten zurückgekehrt. In jener friedlichen Stunde trieb der Rauch der Herdfeuer langsam von Tür zu Tür und trug den gegenüberliegenden Türöffnungen jenseits des Weges den gleichen Fleisch- und Brotgeruch zu. Die Frauen achteten auf das Herdfeuer; die Männer hatten sich am Beginn des Weges versammelt und beobachteten ihn, als er vom Haus her bergab kam und im seltsamen Dämmerlicht seine nackten Füße vorsichtig niedersetzte. Den wartenden Männern schienen seine Augäpfel fast zu leuchten.

»Issetibbeha ist noch nicht tot«, sagte der Häuptling.

»Nicht tot – wer nicht tot?« fragte der Leibdiener.

Im Dämmerlicht glichen ihre Gesichter dem seinen: das unterschiedliche Alter und die unergründlichen Gedanken blieben hinter Gesichtern verborgen, die den Totenmasken von Affen glichen. Durch das seltsame Dämmerlicht zog, wie zu einer andern Welt gehörend, der beißende Geruch von den Feuern und vom Essen über den Weg und über die Negerkinder hin, die nackt im Staube spielten.

»Wenn er bei Sonnenuntergang noch lebt, wird er bis zum Morgengrauen leben«, meinte einer.

»Wer sagt das?«

»So geht die Rede.«

»Yao. So geht die Rede. Wissen tun wir nur eins.« Sie blickten auf den Leibdiener, wie er mit seinen leuchtenden Augen mitten unter ihnen stand. Er atmete langsam und tief. Seine Brust war nackt; er schwitzte etwas. »Er weiß. Er weiß es.«

»Wollen wir die Trommeln sprechen lassen?«

»Yao. Laßt die Trommeln sprechen!«

Die Trommeln setzten nach Anbruch der Dunkelheit ein. Die Neger hielten sie unten im Bachgrund versteckt. Sie waren aus dem ausgehöhlten Krummholz von Zedern gefertigt, und die Neger hielten sie versteckt – niemand wußte, warum –, am Rande eines Sumpfes im Schlamm vergraben; ein vierzehnjähriger Knabe bewachte sie. Er war im Wachstum zurückgeblieben und stumm. Den ganzen Tag hockte er im Schlamm, von einer Wolke von Moskitos umgeben und nackt bis auf den Schlamm, mit dem er sich zum Schutz gegen die Moskitos eingeschmiert hatte. Um seinen Hals trug er an einem Draht zwei abschilfernde Borkenstücke und einen Beutel aus Pflanzenfasern mit einer Schweinsrippe, an der noch schwarze Fleischfetzen hingen. Er sabberte, und der Geifer floß auf die Knie, die er mit den Armen umklammert hielt; hin und wieder traten Indianer lautlos aus den Büschen hinter ihm, standen da und betrachteten ihn eine Weile und verschwanden, ohne daß er etwas merkte.

Im Speicher des Stalles, in dem sich der Neger bis zur Dunkelheit und noch in die Nacht hinein versteckt hielt, konnte er die Trommeln hören. Sie waren drei Meilen entfernt, doch er konnte sie hören, als wären sie im Stalle unter ihm: sie dröhnten und dröhnten. Ihm war, als könnte er auch das Feuer sehen und die schwarzen Gliedmaßen, die, vom kupfrigen Licht überglänzt, in die Flammen hinein- und wieder heraussprangen. Nur daß kein Feuer da war. Dort unten würde es ebensowenig hell sein wie hier oben auf dem staubigen Speicher, wo die Rattenkrallen wie in einem gewisperten Arpeggio über die warmen und uralten, mit der Axt behauenen Dachbalken trippelten. Das einzige Feuer würde die qualmende Glut gegen die Moskitos sein, um die sich die Frauen mit ihren Säuglingen kauerten und die schweren, vollen Brüste tief in den Mund der kleinen Knaben steckten, nachdenklich, das Trommeln nicht beachtend, denn ein Feuer bedeutete Leben.

Ein anderes Feuer brannte auf dem Dampfschiff, wo Issetibbeha, umgeben von seinen Frauen, unter den festgeschnürten Leuchtern und dem aufgehängten Bett im Sterben lag. Der Neger konnte den Rauch sehen, und kurz vor Sonnenuntergang beobachtete er, wie der Medizinmann in seiner Weste aus Skunkfellen ins Freie trat und im Bug des Bootsdecks zwei mit Lehm beschmierte Stöcke anzündete.

»Er ist also noch nicht tot«, flüsterte der Neger ins wispernde Dunkel des Speichers hinein, sich selber Antwort gebend; er konnte beide Stimmen hören, seine eigene und noch einmal seine eigene:

»Er ist nicht tot.«

»Du bist tot.«

»Yao, ich bin tot«, sagte er leise. Er wäre gern dort gewesen, wo die Trommeln waren. Im Geiste sah er sich aus dem Gebüsch springen und auf seinen nackten, mageren, fettigen, unsichtbaren Beinen zwischen den Trommeln herumhüpfen. Doch das konnte er nicht tun, denn man sprang am Leben vorbei, dorthin, wo der Tod war; er aber stürzte sich in den Tod und starb nicht, denn wenn der Tod sich einen Menschen holte, ergriff er ihn noch diesseits, am Ende des Lebens. Der Tod überrannte den Menschen von hinten, solange er noch am Leben war. Das feine Wispern der Rattenkrallen auf dem Dachbalken wurde schwächer und erstarb. Er hatte einmal Rattenfleisch gegessen. Damals war er ein Junge gewesen, war gerade nach Amerika gekommen. Sie hatten neunzig Tage auf tropischen Breitengraden in einem drei Fuß hohen Zwischendeck gehaust und über sich den betrunkenen Kapitän aus New England gehört, wenn er laut aus einem Buch vorlas, das er erst zehn Jahre später als die Bibel wiedererkannte. Er hatte ebenso in einem Stall gekauert, und er hatte die Ratte beobachtet, die, in ständiger Nähe des Menschen fast zum Haustier geworden, die Instinktsicherheit ihrer Glieder und Augen eingebüßt hatte; ohne Mühe, fast ohne die Hand zu bewegen, hatte er sie gefangen und langsam gegessen, erstaunt, daß überhaupt noch eine von den Ratten übriggeblieben war. Damals trug er noch den weißen Kittel, das einzige Kleidungsstück, das der Sklavenhändler, ein Diakon in der Unitarierkirche, ihm gegeben hatte, und er konnte damals nur seine Muttersprache.

Jetzt war er nackt – bis auf eine Drellhose, die ein Indianer den weißen Männern abgekauft hatte, und bis auf ein Amulett, das ihm an einem Lederriemen um die Hüften hing. Das Amulett bestand aus der Hälfte eines in Perlmutter gefaßten Lorgnons, das Issetibbeha aus Paris mitgebracht hatte, und aus dem Schädel einer Mokassinschlange. Er hatte die Schlange selber getötet und gegessen, ausgenommen den giftigen Kopf. Jetzt lag er im Speicher über dem Stall, beobachtete das Haus und das Dampfschiff, hörte auf das Getrommel und stellte sich vor, er sei selbst bei den Trommeln.

Die ganze Nacht blieb er dort. Am nächsten Morgen sah er den Medizinmann in seiner Weste aus Skunkfellen herauskommen, sein Maultier besteigen und fortreiten, und er wurde ganz still und beobachtete, wie das letzte Staubwölkchen niedersank, das die zierlichen Füße des Maultiers aufgewirbelt hatten, und dann merkte er, daß er noch atmete, und es erschien ihm seltsam, daß er noch Luft einsog, noch Luft brauchte. Danach lag er und beobachtete still, um abzuwarten, bis er fort könnte; seine Augäpfel leuchteten ein wenig, aber mit einem ruhigen Glanz, und sein Atem ging leicht und regelmäßig. Dann sah er Louis Berry heraustreten und den Himmel betrachten. Es war jetzt ganz hell, und fünf Indianer hockten bereits in ihren Sonntagskleidern auf dem Deck des Dampfschiffs; gegen Mittag waren es deren fünfundzwanzig. Am Nachmittag wurde die Grube ausgehoben, in der das Fleisch und die Yams geröstet werden sollten; nun waren schon beinah hundert Gäste eingetroffen – würdevoll, ruhig und geduldig in ihrem steifen europäischen Sonntagsstaat –, und er sah, wie Berry die Stute Issetibbehas aus dem Stall führte und an einen Baum band, und dann sah er, wie Berry mit dem alten Hund aus dem Haus kam, der immer neben Issetibbehas Sessel gelegen hatte. Er band auch den Hund an den Baum, und der Hund saß da und blickte ernst in die Gesichter ringsum. Dann begann er zu heulen. Er heulte noch, als die Sonne unterging und der Neger an der Rückwand des Stalles hinunterkletterte und den Weg zur Quelle betrat, wo es schon dunkel war. Dort begann er zu rennen. Hinter sich hörte er den Hund heulen, und in der Nähe der Quelle kam er, schon rennend, an einem anderen Neger vorbei. Die beiden Männer, der eine regungslos, der andere im Trab, betrachteten einander einen Augenblick wie über eine wirkliche Grenze hinweg, die zwei verschiedene Welten trennt. Er rannte weiter, mit geschlossenem Mund und geballten Fäusten, in die Finsternis hinein, und seine breiten Nüstern arbeiteten so gleichmäßig wie ein Blasebalg.

Er rannte auch in der Finsternis weiter. Er kannte die Gegend gut, weil er dort oft mit Issetibbeha gejagt hatte und neben Issetibbehas Stute auf seinem Maultier der Fährte von Fuchs oder Wildkatze gefolgt war; er kannte sie so gut wie die Leute, die ihn verfolgen würden. Zum erstenmal sah er sie kurz vor Sonnenuntergang des zweiten Tages. Da war er schon dreißig Meilen gelaufen, den Bach aufwärts, ehe er kehrtmachte; und sah die Verfolger zum erstenmal, als er in einem Papaya-Dickicht lag. Es waren ihrer zwei, in Hemd und Strohhut, unter dem Arm die ordentlich zusammengerollte Hose, und Waffen hatten sie keine. Sie waren in mittleren Jahren, beleibt, und jedenfalls konnten sie nicht sehr schnell vorgerückt sein; es würde zwölf Stunden dauern, bevor sie wieder dorthin zurückkehren könnten, wo er jetzt lag und sie beobachtete. »Dann habe ich also bis Mitternacht Zeit zum Ausruhen«, sagte er. Er war nahe genug bei der Pflanzung, um die Küchenfeuer riechen zu können, und er dachte, daß er hungrig sein müßte, da er ja seit dreißig Stunden nichts gegessen hatte. »Aber es ist wichtiger, daß ich mich ausruhe«, sagte er sich. Er sagte es sich andauernd, wie er da im Papaya-Dickicht lag, denn vom krampfhaften Bemühen um Ruhe und von der Notwendigkeit und gebotenen Eile, sich auszuruhen, pochte sein Herz genauso wie beim Laufen. Es war, als hätte er vergessen, wie man ausruht, und als reichten die sechs Stunden nicht aus, um sich zu ruhen und sich zu erinnern, wie man es macht.

Sobald es dunkel wurde, war er wieder auf den Beinen. Er hatte sich vorgenommen, gleichmäßig und ruhig durch die Nacht zu wandern, weil es für ihn ja keinen Ort gab, zu dem er gehen konnte, aber sobald er wieder auf den Beinen war, begann er aus Leibeskräften zu rennen und warf seine keuchende Brust und die weit aufgerissenen Nüstern in die stickige und peitschende Finsternis. Er rannte eine Stunde lang, hatte sich bereits verirrt und lief ohne bestimmte Richtung, als er plötzlich stehenblieb, und nach einiger Zeit konnte er das Pochen seines Herzens vom Dröhnen der Trommeln unterscheiden. Sie schienen keine zwei Meilen entfernt zu sein; er folgte dem Schall, bis er das Reisigfeuer riechen konnte und den scharfen Geruch einatmete. Als er in ihrer Mitte stand, riß das Trommeln nicht ab; doch der Häuptling trat auf ihn zu, während er im wirbelnden Qualm stand und keuchte, mit geweiteten, zitternden Nüstern, im schlammverkrusteten Gesicht das stumme Funkeln seiner Augäpfel, die unablässig zuckten, als hingen sie mit seiner Lunge zusammen.

»Wir haben dich erwartet«, sagte der Häuptling. »Geh jetzt fort!«

»Fort?«

»Iß und geh! Die Toten dürfen nicht mit den Lebenden verkehren. Du weißt es!«

»Yao. Ich weiß es.« Sie blickten einander nicht an. Die Trommeln waren nicht verstummt.

»Willst du essen?« fragte der Häuptling.

»Ich bin nicht hungrig. Ich habe heute nachmittag ein Kaninchen gefangen und aß es, als ich im Versteck lag.«

»Nimm dir dann etwas gekochtes Fleisch mit!«

Er nahm das Fleisch, das in Blätter gewickelt war, und betrat den Bachgrund; nach einer Weile verstummten die

Trommeln. Er ging gleichmäßig weiter bis zum Tagesanbruch. »Ich habe zwölf Stunden Vorsprung«, sagte er sich. »Vielleicht auch mehr, da sie meiner Spur bei Nacht folgen mußten.« Er hockte sich hin und aß das Fleisch und wischte sich die Hände an den Schenkeln ab. Dann stand er auf und zog seine Drellhose aus und hockte sich wieder hin, neben einen Tümpel, und schmierte sich mit Schlamm ein – Gesicht, Arme, Körper und Beine – und hockte sich wieder hin, die Arme um die Knie geschlungen, den Kopf gesenkt. Als es hell genug wurde, um sehen zu können, zog er sich weiter in den Sumpf zurück und hockte sich abermals hin und schlief so ein. Er schlief traumlos. Dann wurde es Zeit, daß er weiterlief, denn als er plötzlich erwachte, stand die Sonne hoch am Himmel, und er bemerkte die beiden Indianer. Sie trugen noch immer ihre ordentlich zusammengerollten Hosen und standen gegenüber von seinem Versteck, beide fettbäuchig, dick, verweichlicht und in ihren Strohhüten und den hinten herunterbaumelnden Hemdenzipfeln ein wenig lächerlich.

»Was für eine anstrengende Arbeit!« sagte der eine.

»Ich wäre auch lieber zu Hause im Schatten«, sagte der andre. »Aber der Mann wartet an der Pforte, um in die Erde einzukehren.«

»Yao.« Sie blickten sich ruhig um; der eine bückte sich und entfernte ein paar Kletten von seinem Hemdenzipfel. »Zum Teufel mit dem Neger!« sagte er.

»Yao. Wann sind sie jemals etwas anderes als Last und Sorge für uns gewesen?«

Am frühen Nachmittag blickte der Neger vom Wipfel eines hohen Baumes auf die Pflanzung nieder. Er konnte Issetibbehas Leiche in einer Hängematte zwischen den beiden Bäumen sehen, an die das Pferd und der Hund angebunden waren, und der Platz um das Dampfschiff war angefüllt mit Wagen und Pferden und Maultieren, mit Karren und Reittieren, während die Frauen und die kleineren Kinder und die alten Männer in bunten Gruppen um den langen Graben hockten, von dem der Rauch des Spießbratens in trägen, dicken Schwaden herüberwehte. Die Männer und die großen Burschen waren wohl alle hinter ihm her im Bachgrund, ihm auf der Spur, die Sonntagskleider sorgfältig zusammengerollt und in Astgabeln geklemmt. Allerdings stand eine Gruppe von Männern in der Nähe der Eingangstür zum Haus, zum Salon des Dampfschiffs, und er beobachtete sie, und nach einer Weile sah er, wie sie Moketubbe auf einer aus Hirschhaut und Persimonenstangen gezimmerten Sänfte hinaustrugen; von seinem hochgelegenen Laubversteck blickte der Neger, die Beute, ruhig auf sein unwiderrufliches Schicksal herab, und sein Ausdruck war ebenso unergründlich wie der Moketubbes. »Yao«, sagte er ruhig. »Er wird also gehen. Dieser Mann, dessen Körper seit fünfzehn Jahren tot ist, wird auch gehen.«

Mitten am Nachmittag sah er sich einem Indianer gegenüber. Sie standen beide vor einem Stamm, der über einen Tümpel führte – der Neger dürr und hager und abgehärtet, rastlos und verzweifelt; der Indianer dick, verweichlicht, die fleischgewordene Verkörperung äußersten Widerwillens und trägen Widerstands. Der Indianer rührte sich nicht, brachte keinen Laut hervor; er stand einfach auf dem Stamm und sah zu, wie der Neger in den Tümpel sprang und ans Ufer schwamm, durchs Unterholz brach und verschwand.

Kurz vor Sonnenuntergang lag er hinter einem umgestürzten Baumstamm. Eine Reihe Ameisen kroch in langsamer Prozession den Stamm hinauf. Er fing sie sich und aß sie gemächlich, etwas geistesabwesend, wie ein Gast bei einer Abendgesellschaft sich Salzmandeln aus einem Schälchen nimmt. Auch die Ameisen schmeckten salzig und riefen einen unverhältnismäßig starken Speichelfluß hervor. Er aß sie gemächlich und sah zu, wie die lange, ununterbrochene Reihe mit einer steten und fürchterlichen Unbeirrbarkeit den Stamm erklomm, blindlings dem Untergang entgegen. Den ganzen Tag über hatte er sonst nichts gegessen; in der verkrusteten Schlamm-Maske rollten seine Augäpfel in roten Lidrändern. Bei Sonnenuntergang, als er am Rande eines Baches entlangkroch, an dem er einen Frosch entdeckt hatte, biß ihn plötzlich eine Mokassinschlange mit einem ungeschickten, trägen Hieb quer in den Unterarm. Sie schlug unbeholfen zu und hinterließ zwei lange Schnittwunden auf seinem Arm, wie mit dem Rasiermesser hineingeschlitzt. Infolge ihrer eigenen Stoßkraft und Wut lag sie halb ausgestreckt und erschien einen Augenblick in ihrem hitzigen Zorn und Ungeschick völlig hilflos. »Olé, Großvater«, sagte der Neger. Er berührte den Kopf der Schlange und sah zu, wie sie ihm wieder über den Arm hieb, und dann nochmals, mit schwerfälligen, ratschenden, unbeholfenen Hieben. »Ich möchte ja gar nicht sterben«, sagte er. Dann sagte er es nochmals: »Ich möchte ja gar nicht sterben« – sagte es mit ruhiger Stimme, langsam und leicht betroffen, als wäre es etwas, das er, bis die Worte sich von selbst formten, überhaupt nicht gewußt hatte (wie er nun merkte), oder als hätte er von der Tiefe und Stärke seines Verlangens nichts geahnt.

V

Moketubbe nahm die Pantoffeln mit. Er konnte sie nicht sehr lange tragen, wenn er sich bewegte, und auch nicht in der Sänfte, in der er zurückgelehnt hin- und hergeschlenkert wurde, deshalb ruhten sie jetzt auf einem viereckigen Stück Rehleder auf seinem Schoß – die aufgesprungenen, leichten, jetzt etwas formlosen Pantoffeln mit ihrem brüchig gewordenen Lackleder und den Laschen ohne Schnallen und den scharlachroten Absätzen, auf der hingestreckten, kaum noch lebenden Fettmasse, durch Sumpf und Dornengestrüpp geführt von hin- und herschwankenden Trägern, die einander ablösten und im Dienste des Erschlagenen den ganzen Tag über unentwegt das Verbrechen und seine Beute trugen. Moketubbe muß es wie eine rasende Höllenfahrt erschienen sein, bei der ihn, der selbst unsterblich war, die Geister der Verdammten trugen, die, solange sie lebten, sein Unheil geplant hatten und nun im Tode gleichgültige Teilhaber seiner Verdammnis waren.

Nachdem sie eine Weile gerastet hatten, die Sänfte mitten im Kreis der kauernden Träger stehend, Moketubbe reglos darin, mit geschlossenen Augen und einem Gesicht, das im Augenblick friedlich und zugleich von einer unausweichlichen Vorahnung erfüllt war, durfte er die Pantoffeln eine Weile tragen. Der Bursche zog sie ihm an und zwängte seine großen, empfindlichen, geschwollenen Füße hinein, woraufhin Moketubbes Gesicht wieder den erschütternden, leidenden und aufs höchste gespannten Ausdruck annahm, den Magenkranke zeigen. Dann zogen sie weiter.

In der rhythmisch schwankenden Sänfte saß er ohne Bewegung, ohne Laut und Anteilnahme – vielleicht dank einer Reserve an Trägheit oder auf Grund einer königlichen Tugend, wie etwa der Tapferkeit oder Standhaftigkeit. Von Zeit zu Zeit stellten sie die Sänfte ab und blickten ihn und sein Gesicht an, das gelb wie das eines Götzen und von Schweißperlen übersät war. Dann sagte Three Basket oder Had-two-Fathers: »Zieh sie ihm aus. Der Ehre ist Genüge getan.« Und sie zogen ihm die Schuhe aus. In Moketubbes Gesicht ging keine Veränderung vor sich, doch nun endlich konnten sie seinen Atem wahrnehmen, der mit schwachem Ah-ah-ah über seine Lippen glitt, und die Träger hockten sich wieder hin und warteten die Ankunft der Späher und Boten ab.

»Noch nicht?«

»Noch nicht. Er geht gen Osten. Bei Sonnenuntergang muß er die Einmündung des Tippah erreicht haben; dann wird er umkehren. Vielleicht können wir ihn morgen einfangen.«

»Wir wollen es hoffen. Es wäre nicht zu früh.«

»Yao. Es dauert jetzt schon drei Tage.«

»Als Doom starb, hat es nur drei Tage erfordert.«

»Aber damals war es ein alter Mann. Der hier ist jung.«

»Yao. Es ist ein feines Rennen. Wenn er morgen eingefangen wird, gewinne ich ein Pferd.«

»Mögest du gewinnen!«

»Yao. Das hier ist keine angenehme Arbeit.«

Am gleichen Tag gingen auf der Pflanzung die Eßvorräte zu Ende. Die Gäste kehrten heim und kamen am nächsten Tag mit mehr Lebensmitteln zurück, genügend für eine weitere Woche. Es war der Tag, an dem Issetibbeha zu stinken begann; man konnte ihn eine lange Strecke talab und talauf im Bachgrund riechen, wenn es gegen Mittag heiß wurde und der Wind aus jener Richtung wehte. Doch sie fingen den Neger weder an jenem noch am nächsten Tage. Am sechsten Tag, als es zu dämmern begann, kamen die Späher zur Sänfte; sie hatten Blut gefunden. »Er hat sich verletzt«, sagten sie.

»Hoffentlich nicht zu sehr«, sagte Basket. »Wir können Issetibbeha keinen Sklaven mitgeben, der ihm nicht dienen kann.«

»Und auch keinen Sklaven, den Issetibbeha selbst pflegen und betreuen muß«, sagte Berry.

»Wir wissen es nicht genau«, sagte der Späher. »Er hat sich versteckt. Er ist wieder in den Sumpf gekrochen. Wir haben Wachtposten zurückgelassen.«

Sie trugen die Sänfte jetzt im Laufschritt. Die Stelle, wo der Neger in den Sumpf gekrochen war, lag eine Stunde entfernt. Vor lauter Eile und Ungeduld hatten sie vergessen, daß Moketubbe die Pantoffeln noch immer an den Füßen trug; als sie bei der Stelle anlangten, war Moketubbe ohnmächtig geworden. Sie zogen ihm die Pantoffeln aus und brachten ihn wieder zu sich.

Bei Anbruch der Dunkelheit kreisten sie den Sumpf ein.

In einer Wolke von Mücken und Moskitos hockten sie da; der Abendstern glänzte im Westen, nah über dem Horizont, und die Sternbilder begannen über den Himmel zu ziehen. »Wir wollen ihm Zeit lassen«, sagten sie. »Morgen ist nur ein anderes Wort für heute.«

»Yao. Lassen wir ihm Zeit!« Dann verstummten sie und starrten alle gemeinsam ins Dunkel hinein, in die Richtung, wo der Sumpf lag. Nach einer Weile hörte das Geräusch auf, und bald kam ein Bote aus der Finsternis.

»Er hat versucht, auszubrechen!«

»Und du hast ihn zurückgetrieben?«

»Er kehrte um. Einen Augenblick fürchteten wir uns alle drei. Wir konnten seine Ausdünstung riechen, wie er durchs Dunkel kroch, und noch etwas anderes konnten wir riechen, das wir nicht erkannten. Deshalb hatten wir uns gefürchtet – bis er es uns erzählte. Er sagte uns, wir sollten ihn totschlagen, weil es dunkel war und er das Gesicht nicht zu sehen brauchte, das auf ihn zukäme. Aber nicht das rochen wir; er erzählte uns, was es war. Eine Schlange hatte ihn gebissen; es war vor zwei Tagen geschehen. Der Arm schwoll an und roch schlecht. Doch das war es nicht, was wir rochen, denn die Schwellung war zurückgegangen, und sein Arm war nicht dicker als der eines Kindes. Er zeigte ihn uns. Wir befühlten den Arm, jeder von uns: er war nicht dicker als der eines Kindes. Er bat uns, ihm eine Axt zu geben, damit er sich den Arm abhacken könne. Aber morgen ist auch heute.«

»Yao. Morgen ist heute.«

»Eine Weile fürchteten wir uns. Dann kehrte er in den Sumpf zurück.«

»Das ist gut.«

»Yao. Wir fürchteten uns. Soll ich es dem Mann berichten?«

»Ich will sehen«, sagte Basket. Er ging fort. Der Bote hockte sich hin und erzählte wieder von dem Neger. Basket kehrte zurück. »Der Mann sagt, es sei gut. Geh wieder auf deinen Posten!«

Der Bote stahl sich fort. Sie hockten sich um die Sänfte; dann und wann schliefen sie. Bald nach Mitternacht wurden sie durch den Neger geweckt. Er begann zu rufen und mit sich selbst zu sprechen; seine Stimme drang scharf und unvermittelt aus der Finsternis; dann verstummte er. Der Morgen kam; ein weißer Kranich zog mit klatschenden Flügelschlägen quer über den narzissengelben Himmel. Basket war wach. »Laßt uns jetzt gehen«, sagte er. »Es ist heute.«

Zwei Indianer drangen in den Sumpf ein; sie bewegten sich geräuschvoll. Ehe sie bei dem Neger anlangten, hielten sie inne, denn er hatte zu singen begonnen. Sie konnten ihn sehen, wie er nackend und schlammverkrustet auf einem Baumstamm saß und sang. Sie hockten sich schweigend in der Nähe hin, bis er fertig war. Er hatte das Gesicht zur Sonne erhoben und sang etwas in seiner Muttersprache. Seine Stimme war klar und kräftig und durchtränkt von einer wilden Trauer. »Lassen wir ihm Zeit!« sagten die Indianer und blieben hocken, geduldig wartend. Als er aufhörte, näherten sie sich ihm. Er blickte sich um und sah mit seiner Maske aus geborstenem Schlamm zu ihnen auf. Seine Augen waren blutunterlaufen, die Lippen über den viereckigen, kurzen Zähnen waren aufgesprungen. Die Schlamm-Maske schien zu weit geworden für sein Gesicht – als hätte er an Fleisch verloren, seit er den Schlamm aufgetragen hatte; den linken Arm hielt er an die Brust gepreßt. Vom Ellbogen abwärts war es eine unförmige, verkrustete schwarze Schlamm-Masse. Sie konnten ihn riechen; es war ein widerlicher Geruch. Er sah sie gelassen an, bis einer von ihnen seinen Arm berührte. »Komm!« sagte der Indianer. »Du bist tüchtig gelaufen. Schäme dich nicht!«

VI

Als sie sich im üblen, hellen Morgenlicht der Pflanzung näherten, begannen die Augen des Negers ein wenig zu rollen, wie die eines Pferdes. Der Rauch aus der Bratgrube strich niedrig über den Boden und über die kauernden und wartenden Gäste im Hof und auf dem Schiffsdeck, alle in ihrem leuchtenden, förmlichen, steifen Putz: die Frauen, die Kinder, die alten Männer. Sie hatten Späher durch den Bachgrund gesandt, auch noch einen andern weiter voraus, und Issetibbehas Leiche war schon fortgeschafft worden, dorthin, wo das Grab wartete, zusammen mit dem Pferd und dem Hund; doch konnte man ihn noch im Tode in dem Haus riechen, in dem er zu seinen Lebzeiten gewohnt hatte. Die Gäste begannen sich dem Grab zu nähern, als die Träger mit der Sänfte Moketubbes den Abhang erklommen.

Der Neger war der größte unter ihnen; sein hocherhobener, runder, schlammverkrusteter Kopf überragte sie alle. Er atmete schwer, als wäre die verzweifelte Anstrengung der sechs ungewissen und verzweifelten Tage vereint auf ihn losgelassen worden; obwohl sie langsam gingen, hob und senkte sich seine nackte, vernarbte Brust ungestüm über dem krampfhaft umklammerten linken Arm. Unaufhörlich flog sein Blick hierin und dorthin, als sähe er nichts, als könne das Sehen nie ganz Schritt halten mit dem Hinblicken. Seine Lippen hatten sich ein wenig von den großen weißen Zähnen zurückgezogen; er begann zu keuchen. Während der Neger mit seinen wilden, mühsam beherrschten, rastlosen Augen über ihre Gesichter hinblickte, hielten die schon näherrückenden Gäste inne, blieben stehen und blickten zurück, manche mit Fleischstücken in der Hand.

»Möchtest du zuerst essen?« fragte Basket. Er mußte es zweimal fragen.

»Ja«, sagte der Neger. »Stimmt. Ich möchte essen.«

Die Menge hatte begonnen, zur Mitte zurückzudrängen;

bis zu den Außenstehenden pflanzte sich die Nachricht fort: »Er will zuerst essen.«

Sie erreichten das Dampfschiff. »Setz dich!« sagte Basket. Der Neger setzte sich auf den Rand des Decks. Er keuchte noch immer; seine Brust hob und senkte sich, und der Kopf mit den weißen Augäpfeln wandte sich rastlos von einer Seite auf die andre. Es war, als käme die Unfähigkeit, etwas zu sehen, von innen heraus, aus lauter Hoffnungslosigkeit, und nicht aus mangelndem Sehvermögen. Sie brachten ihm Essen und sahen ruhig zu, wie er versuchte, es zu sich zu nehmen. Er steckte einen Bissen in den Mund und kaute darauf herum, doch während des Kauens begann der erst halbzerkleinerte Brei an den Mundwinkeln hervorzuquellen und kleckerte über das Kinn und auf seine Brust, und nach einem Weilchen hörte er auf zu kauen und saß da, nackend, mit eingetrocknetem Schlamm überzogen, den Teller auf den Knien, den offenstehenden Mund mit einem Brei gekauter Nahrung angefüllt, die Augen aufgerissen und rastlos, und keuchte und keuchte. Sie sahen ihm zu, geduldig, unerbittlich, und warteten.

»Komm!« sagte Basket schließlich.

»Wasser möcht ich«, sagte der Neger. »Ich möcht Wasser.«

Der Brunnen lag ein kleines Stück bergab, in der Richtung der Hütten. Der Abhang war gesprenkelt vom Licht und Schatten des hohen Mittags, jener friedlichen Stunde, wenn Issetibbeha in seinem Sessel schlummerte und auf das mittägliche Mahl wartete, um weiterzuschlummern, und wenn der Neger, sein Leibdiener, frei war. Er hatte dann in der Küche gesessen und mit den Frauen gesprochen, die das Essen rüsteten. Der Weg hinter der Küche, zwischen den Negerhütten, war still und friedlich, und die Frauen hatten über den Weg hinüber miteinander geplaudert, und der Rauch der Mittagsfeuer wehte über die kleinen Negerkinder hinweg, die im Staub wie Ebenholzspielzeug aussahen.

»Komm«, sagte Basket.

Der Neger ging in ihrer Mitte, größer als alle. Die Gäste rückten vor, dorthin, wo Issetibbeha und der Hund und das Pferd warteten. Der Neger mit seinem hocherhobenen, rastlosen Kopf und seiner keuchenden Brust ging weiter. »Komm!« sagte Basket. »Du wolltest Wasser haben.«

»Ja«, sagte der Neger. »Ja.« Er blickte zurück, keuchend, auf das Haus, dann auf die Negerhütten, in denen heute kein Feuer brannte, kein Gesicht aus einer Tür schaute, kein Negerkind im Staub spielte. »Hier hat sie mich gebissen, hat mich quer über den Arm geratscht: einmal, zweimal, dreimal! Ich hab gesagt: ›Olé, Großvater!‹«

»Komm jetzt!« sagte Basket. Der Neger ging noch immer mechanisch weiter: mit erhobenem Knie, erhobenem Kopf, wie in einer Tretmühle. Seine Augäpfel funkelten wild und mühsam beherrscht, wie die eines Pferdes. »Du wolltest Wasser haben«, sagte Basket. »Hier ist es.«

Im Brunnen hing eine Kürbisflasche. Sie schöpften sie voll Wasser und gaben sie dem Neger, und sie beobachteten, wie er zu trinken versuchte. Seine Augen waren nicht zur Ruhe gekommen, als er die Kürbisflasche langsam in sein schlammverkrustetes Gesicht stemmte. Sie konnten seine Kehle sehen, wie sie arbeitete, und wie das klare Wasser zu beiden Seiten der Flasche über sein Kinn und seine Brust plätscherte. Dann floß kein Wasser mehr. »Komm«, sagte Basket.

»Warte!« sagte der Neger. Er tauchte die Kürbisflasche ein und stemmte sie wieder in sein Gesicht, unter die rastlosen Augen. Wieder beobachteten sie, wie seine Kehle arbeitete und wie das nicht geschluckte Wasser in zersplitterndem Schwall blinkend über sein Kinn und in unzähligen Rinnsalen über die schlammverkrustete Brust rann. Sie warteten: geduldig, ernst, würdevoll, unerbittlich: Stammesangehörige und Gäste und Verwandtschaft. Dann hörte das Wasser zu fließen auf, obwohl die leere Kürbisflasche höher und höher gekippt wurde und seine schwarze Kehle noch immer vergeblich die leere Schluckbewegung ausführte. Ein Stück des vom Wasser weggespülten Schlammes glitt von seiner Brust ab und zerkrümelte vor seinen schlammigen Füßen, und sie konnten seinen Atem in der leeren Kürbisflasche hören: ah-ah-ah!

»Komm!« sagte Basket, nahm dem Neger die Kürbisflasche weg und hängte sie wieder in den Brunnen.

Eine Gerechtigkeit

I

Bis Großvater starb, fuhren wir jeden Samstagnachmittag zur Farm hinaus. Gleich nach dem Mittagessen brachen wir von zu Hause auf, im Surrey, ich vorne mit Roskus, und Großvater und Caddy und Jason hinten. Großvater und Roskus unterhielten sich, und die Pferde holten tüchtig aus, es war nämlich das beste Gespann in unserm Bezirk. Wie der Wind zogen sie den Wagen über die ebenen Strecken und oft sogar die Anhöhen hinauf. Doch es war im nördlichen Mississippi, und bei manchen Steigungen konnten Roskus und ich Großvaters Zigarre riechen.

Die Farm lag vier Meilen weit weg. In einem Wäldchen stand das niedrige, langgestreckte Haus, das zwar keinen Anstrich hatte, aber von Sam Fathers, einem geschickten Zimmermann vom Negerquartier, in gutem Zustand erhalten wurde. Dahinter lagen die Ställe und Räucherkammern und noch weiter hinten die Negerhütten, die auch von Sam Fathers instand gehalten wurden. Etwas anderes tat er nicht, denn wie es hieß, war er fast hundert Jahre alt. Er wohnte bei den Negern und wurde als Neger bezeichnet, jedoch nur von den Weißen; die Neger nannten ihn einen Blue-gum[1]. Er war aber kein Neger. Und darüber will ich jetzt erzählen.

Wenn wir hinkamen, schickte Mr. Stokes, der Verwalter, einen Negerburschen mit Caddy und Jason zum Angeln an den Fluß, weil Caddy bloß ein Mädchen und Jason noch zu klein war; ich selbst ging nie mit. Ich ging zu Sam Fathers in die Werkstatt, wo er Jochhölzer oder Wagenräder machte, und immer habe ich ihm Tabak mitgebracht. Er hörte dann auf zu arbeiten, stopfte sich die Pfeife – eine selbstgemachte, aus Flußlehm und einem Schilfhalm – und erzählte mir von früher. Er redete wie ein Neger – das heißt, er sprach die Worte so aus wie die Neger, doch er gebrauchte nicht die gleichen Worte –, und sein Haar war Niggerhaar. Aber seine helle Hautfarbe war nicht ganz die gleiche wie bei einem hellen Nigger, und sein Mund und seine Nase und sein Kinn waren auch nicht die von einem Nigger, und seine Haltung war nicht wie die von einem Nigger, wenn er alt wird. Er hatte einen geraden Rücken und war nicht groß, eher ein bißchen gedrungen, und sein Gesicht war die ganze Zeit still, als wäre er irgendwoanders, während er arbeitete oder wenn die Leute, sogar die Weißen, mit ihm redeten, oder wenn er mit mir sprach. Immer war es das gleiche: immer sah er aus, als säße er ganz allein auf einem Dach und schlüge Nägel ein. Manchmal hörte er auf zu arbeiten, ließ etwas halbfertig auf der Werkbank liegen und setzte sich hin und rauchte. Und er sprang nicht etwa hoch und fing wieder an zu arbeiten, wenn Mr. Stokes oder sogar mein Großvater vorbeikamen.

Ich gab ihm also den Tabak, und er hörte auf zu arbeiten und setzte sich hin und stopfte sich die Pfeife und fing an zu erzählen.

»Ach, die Nigger!« sagte er. »Sie nennen mich Onkel Blue-gum. Und die weißen Leute nennen mich Sam Fathers.«

»Heißt du denn nicht so?« fragte ich.

»Nein. Früher nicht. Ich kann mich noch daran erinnern. Ich kann mich erinnern, daß ich immer nur einen einzigen Weißen gesehen hab, bis ich so groß war wie du, und das war ein Whiskyhändler, der jeden Sommer auf die Pflanzung kam. Und wer mir einen Namen gegeben hat, das war der Mann selber. Aber Sam Fathers hat er mich nicht genannt.«

»Welcher Mann?« fragte ich.

»Ihm hat alles gehört, die Pflanzung und die Neger und auch meine Mammy. Ihm hat das ganze Land gehört, das ich kannte, solange ich klein war. Er war ein Choctaw-Häuptling. Er hat meine Mammy an deinen Urgroßpappy verkauft. Er hat gesagt, ich brauchte nicht mitzugehen, wenn ich nicht wollte, denn damals war ich auch ein Krieger. Er war's, der mich ›Hatte-zwei-Väter‹ genannt hat.«

»Hatte-zwei-Väter?« wiederholte ich. »Das ist kein Name! Das ist überhaupt nichts!«

»Früher war's mal mein Name. Hör nur zu!«

II

Hier ist die Geschichte, wie sie mir Herman Basket erzählt hat, als ich groß genug war, sie zu verstehen. Er sagte, als Doom aus New Orleans zurückkam, da hat er diese Frau mitgebracht, obwohl sie, wie Herman Basket sagte, auf der Pflanzung schon mehr Schwarze hatten, als sie gebrauchen konnten. Manchmal haben sie mit Hunden Jagd auf die Schwarzen gemacht, genau wie auf Füchse oder Wildkatzen oder Waschbären. Und da brachte also Doom noch sechs Stück mit, als er von New Orleans zurückkam. Er hatte sie auf dem Dampfschiff gewonnen, hat er erzählt, und deshalb müßte er sie behalten. Er ist mit den sechs Schwarzen an Land gegangen, erzählte mir Herman Basket, und mit 'ner großen Kiste, da war was Lebendiges drin, und mit 'ner goldenen Büchse, die war ungefähr so klein wie 'ne goldene Uhr, und dadrin war das Salz aus New Orleans. Und Herman Basket hat mir erzählt, wie Doom ein Hündchen aus der Kiste genommen hat, in der was Lebendiges war, und wie er ein Brotkügelchen geknetet hat und 'ne Prise Salz von der goldenen Büchse dazugetan hat und das dem Hündchen zu schlucken gab, und das Hündchen starb.

So ein Mann war der Doom, sagte Herman Basket. Er erzählte mir, daß Doom, als er an jenem Abend aus dem

Dampfschiff stieg, daß er da einen Rock trug, der war über und über mit Gold verziert, und er hatte auch drei goldene Uhren, aber selbst nach den sieben Jahren hätten sich Dooms Augen nicht verändert, sagte Herman Basket. Seine Augen waren noch genauso wie vor seiner Abreise und bevor er Doom hieß – damals, als er und Herman Basket und mein Pappy auf dem gleichen Strohsack schliefen und nachts schwatzten, wie's Jungen nun mal tun.

Dooms Name war damals Ikkemotubbe, und er war nicht auf die Welt gekommen, um der Mann zu sein, denn der Bruder von Dooms Mutter war ja der Mann, und der Mann hatte selber einen Sohn und auch noch einen Bruder. Aber schon damals, so hat's mir Herman Basket erzählt, schon damals, als Doom nicht größer war als du jetzt, da hat der Mann manchmal Doom angesehn und hat gesagt: »O Schwestersohn, dein Auge ist böse, es gleicht dem Auge von einem bösen Pferd!«

Deshalb war der Mann nicht traurig, als Doom zum jungen Mann heranwuchs und sagte, er wollte nach New Orleans. Der Mann wurde nämlich alt. Früher hatte er gern Messerwerfen und Hufeisenwerfen gespielt, doch jetzt wollte er bloß noch Messerwerfen spielen. Deshalb war er also nicht traurig, als Doom fortging, aber vergessen hat er den Doom nicht! Jeden Sommer, sagte Herman Basket, wenn der Whiskyhändler kam, hat der Mann ihn nach Doom gefragt: »Er nennt sich jetzt David Callicoat«, sagte der Mann immer. »Ihr habt wohl nicht von einem David Callicoat gehört, der im Großen Strom ertrunken ist oder der bei 'ner Keilerei der Weißen in New Orleans totgeschlagen wurde?«

Und sieben Jahre lang haben sie nichts mehr von Doom gehört, erzählte mir Herman Basket. Dann bekamen Herman Basket und mein Pappy eines Tages einen beschriebenen Stab von Doom, und da stand drauf, sie sollten ihn am Großen Strom abholen. Denn damals kam das Dampfschiff schon nicht mehr unsern Fluß raufgefahren. Das Dampfschiff lag noch immer in unserm Fluß, aber es fuhr niemals mehr irgendwohin. Eines Tages, als das Wasser sehr hoch stand, ungefähr drei Jahre nach Dooms Abreise, kam das Dampfschiff angefahren und kroch auf eine Sandbank und war tot, sagte Herman Basket.

Da hat nämlich Doom seinen zweiten Namen angenommen, den Namen, bevor er Doom hieß. Herman Basket hat mir erzählt, wie das Dampfschiff viermal im Jahr unsern Fluß raufgefahren kam und wie das Volk immer zum Fluß ging und dort kampiert hat und gewartet hat, um zuzuschauen, wenn's vorbeifuhr, und der weiße Mann, der dem Dampfschiff befohlen hat, wo es schwimmen soll, der hieß David Callicoat. Und als Doom nun Herman Basket und meinem Pappy erzählte, daß er nach New Orleans wollte, da hat er gesagt: »Und noch was will ich euch sagen! Von jetzt an ist mein Name nicht mehr Ikkemotubbe, sondern David Callicoat! Und eines Tages wird mir ein Dampfschiff gehören!« So ein Mann war der Doom eben, sagte Herman Basket zu mir.

Nach sieben Jahren schickte er ihnen also den beschriebenen Stab, und Herman Basket und Pappy nahmen sich den Wagen und wollten Doom am Großen Strom abholen, und Doom stieg aus und kam mit den sechs Schwarzen an Land. »Ich hab sie auf dem Dampfschiff gewonnen«, sagte Doom. »Du und Craw-ford« (meinem Pappy sein Name war Crawfishford, aber meistens nannten sie ihn Crawford), »ihr könnt euch drein teilen!«

»Ich will sie nicht«, hat mein Pappy geantwortet.

»Dann kann Herman sie alle haben«, sagte Doom.

»Ich will sie auch nicht«, hat Herman Basket geantwortet.

»Meinetwegen«, sagte Doom. Dann hat Herman Basket den Doom gefragt, ob sein Name immer noch David Callicoat wäre, aber statt einer Antwort hat Doom einem von den Schwarzen etwas in der Sprache der Weißen befohlen, und der Schwarze hat einen Kiefernknorren angezündet. Dann, erzählte mir Herman Basket, hätten sie zugeschaut, wie Doom das Hündchen aus der Kiste genommen hat und wie er ein Brotkügelchen geknetet hat, zusammen mit dem Salz aus New Orleans, das Doom in der kleinen goldenen Büchse hatte, und da hätte Pappy gesagt:

»Mir ist so, als hättest du gesagt, Herman und ich sollen uns in die Schwarzen hier teilen?«

Da sah Herman Basket, wie er mir erzählte, daß einer von den Schwarzen 'ne Frau war.

»Du und Herman, ihr wolltet sie ja nicht«, sagte Doom.

»Ich hab nicht nachgedacht, als ich das gesagt hab«, antwortete mein Pappy. »Ich will die Hälfte mit der Frau nehmen. Herman kann die andern drei haben.«

»Ich will sie nicht«, hat Herman Basket erwidert.

»Dann kannst du auch vier haben«, schlug mein Pappy vor. »Ich nehm die Frau und noch einen Schwarzen.«

»Ich will sie nicht«, hat Herman Basket erwidert.

»Ich will nur die Frau nehmen«, sagte mein Pappy. »Du kannst die andern fünf haben!«

»Ich will sie nicht«, hat Herman Basket erwidert.

»Und du willst sie auch nicht«, sagte Doom zu Pappy. »Du hast es ja vorhin selber gesagt!«

Inzwischen war das Hündchen gestorben, erzählte mir Herman Basket. »Du hast uns deinen neuen Namen noch nicht genannt«, sagte Herman Basket zu Doom.

»Mein Name ist jetzt Doom«, sagte Doom. »Ein französischer Häuptling in New Orleans hat ihn mir gegeben. In französischer Sprache ›Du-omm‹[2], in unsrer Sprache ›Doom‹.«

»Was bedeutet das?« fragte Herman Basket.

Er erzählte mir, wie Doom ihn ein Weilchen angesehn hätte. »Es bedeutet ›Der Mann‹«, hat Doom geantwortet.

Herman Basket erzählte mir, wie sie darüber nachgedacht hätten. Er sagte, sie hätten da im Dunkeln gestanden, die andern Hündchen waren noch in der Kiste (die andern, die Doom nicht gebraucht hatte) und wimmerten und scharrten, und das Licht von dem Kiefernknorren blinkte in den Augäpfeln der Schwarzen und auf Dooms goldenem Rock und auf dem Hündchen, das gestorben war.

»Du kannst nicht der Mann sein«, sagte Herman Basket. »Du bist bloß der Sohn von seiner Schwester. Und der Mann hat einen Bruder und einen Sohn.«

»Das stimmt«, sagte Doom. »Aber wenn ich der Mann wäre, würde ich Craw-ford die Schwarzen schenken. Auch Herman würde ich was schenken. Für jeden Schwarzen, den ich Craw-ford schenke, würde ich Herman ein Pferd schenken, wenn ich der Mann wäre.«

»Craw-ford will bloß die Frau haben«, sagte Herman Basket.

»Trotzdem würde ich Herman sechs Pferde schenken«, sagte Doom. »Aber vielleicht hat der Mann Herman schon ein Pferd geschenkt?«

»Nein«, sagte Herman Basket. »Mein Geist geht noch zu Fuß.«

Sie brauchten drei Tage, bis sie zur Pflanzung kamen. Nachts kampierten sie auf der Landstraße. Sie hätten nicht gesprochen, erzählte mir Herman Basket.

Am dritten Tag kamen sie auf der Pflanzung an. Wie mir Herman Basket erzählte, war der Mann nicht sehr froh, Doom zu sehen, obwohl Doom Zuckerwerk als Geschenk für den Sohn des Mannes mitgebracht hatte. Doom hatte für all seine Verwandten etwas, sogar für den Bruder des Mannes. Der Bruder des Mannes lebte ganz für sich allein in einer Hütte am Fluß. Sein Name war ›Manchmal-Wach‹. Manchmal brachte das Volk ihm Essen. Sonst aber sahen sie ihn nicht. Herman Basket hat mir erzählt, wie er und Pappy mit Doom hingingen, um Manchmal-Wach in seiner Hütte zu besuchen. Es war Nacht, und Doom befahl Herman Basket, die Tür zu schließen. Dann nahm Doom das

Hündchen von Pappys Arm und setzte es auf den Fußboden und knetete ein Kügelchen aus Brot und aus dem New-Orleans-Salz, damit Manchmal-Wach sehen sollte, wie es wirkt. Herman Basket erzählte mir, als sie fortgingen, hätte Manchmal-Wach ein Stöckchen verbrannt und sich die Wolldecke über den Kopf gezogen.

Das geschah am ersten Abend, an dem Doom zu Hause war. Am nächsten Tag hätte der Mann sich seltsam bei seinem Essen aufgeführt, erzählte mir Herman Basket, und er war gestorben, ehe der Doktor hinkommen und Stöckchen verbrennen konnte. Als der ›Weidenzweigträger‹ hinging, um den Sohn des Mannes zu holen, damit er der Mann würde, entdeckten sie, daß er sich seltsam aufgeführt hatte und dann auch gestorben war.

»Jetzt muß Manchmal-Wach der Mann sein«, sagte mein Pappy.

Der ›Weidenzweigträger‹ ging also hin, um Manchmal-Wach zu holen, damit er der Mann würde. Der ›Weidenzweigträger‹ kam bald zurück. »Manchmal-Wach will nicht der Mann sein«, sagte der ›Weidenzweigträger‹. »Er sitzt in seiner Hütte und hat sich die Decke über den Kopf gezogen.«

»Dann muß Ikkemotubbe der Mann sein«, sagte mein Pappy.

Doom war also der Mann. Aber Pappys Geist wollte nicht vernünftig sein. Herman Basket erzählte mir, er hätte Pappy gesagt, Doom noch ein bißchen Zeit zu lassen. »Ich geh ja auch noch zu Fuß«, sagte Herman Basket.

»Aber für mich ist es eine ernste Sache«, erwiderte Pappy.

Pappy ging also schließlich zu Doom, erzählte Herman Basket, noch ehe der Mann und sein Sohn in die Erde eingekehrt waren und noch ehe das Festessen und das Pferderennen vorbei waren. »Was für 'ne Frau?« fragte Doom.

»Du hast gesagt, wenn du der Mann wärst ...«, sagte Pappy.

Herman Basket erzählte mir, Doom hätte Pappy angesehn, aber Pappy hätte Doom nicht angesehn.

»Ich glaube, du traust mir nicht«, erwiderte Doom. Herman Basket sagte, Pappy hätte Doom nicht angesehn. »Ich glaube, du denkst immer noch, daß das Hündchen krank war«, sagte Doom. »Denk drüber nach!«

Herman Basket sagte, daß Pappy nachgedacht hätte.

»Was denkst du jetzt?« fragte Doom.

Aber Pappy sah Doom immer noch nicht an. »Ich denke, es war ein gesundes Hündchen«, antwortete Pappy.

III

Endlich waren das Festessen und das Pferderennen vorbei, und der Mann und sein Sohn waren in die Erde eingekehrt. Dann sagte Doom: »Morgen gehn wir hin und holen das Dampfschiff!« Herman Basket hat mir erzählt, wie Doom immerzu von dem Dampfschiff gesprochen hätte, seit er der Mann war, und daß das Haus nicht groß genug wäre. Am Abend sagte Doom also: »Morgen wollen wir hingehn und das Dampfschiff holen, das im Fluß gestorben ist!«

Herman Basket hat mir erzählt, das Dampfschiff wäre zwölf Meilen weit weggewesen und konnte nicht mal auf dem Wasser schwimmen. Deshalb war am nächsten Morgen keiner vom Volk auf der Pflanzung, bloß Doom und die Schwarzen. Er hat mir erzählt, daß Doom den ganzen Tag dazu gebraucht hätte, um das Volk zu finden. Doom hat die Hunde benutzt. Manche waren in hohlen Baumstämmen unten im Flußtal versteckt. In der Nacht mußten alle Männer im Haus schlafen. Er behielt auch die Hunde im Haus.

Herman Basket hörte, wie Doom und mein Pappy im Dunkeln gesprochen haben. »Ich glaube, du traust mir nicht«, sagte Doom.

»Ich trau dir«, antwortete Pappy.

»Das würde ich dir auch raten«, sagte Doom.

»Ich wünschte, du könntest es meinem Geist raten«, antwortete Pappy.

Am nächsten Morgen gingen sie zum Dampfschiff. Die Frauen und die Schwarzen gingen zu Fuß. Die Männer fuhren auf den Wagen, und Doom folgte ihnen mit den Hunden.

Das Dampfschiff saß auf der Sandbank fest; es lag auf der Seite. Als sie hinkamen, waren drei weiße Männer drauf.

»Jetzt können wir wieder nach Hause gehn«, sagte mein Pappy.

Aber Doom sprach mit den weißen Männern. »Gehört euch das Dampfschiff?« fragte er.

»Dir gehört es auch nicht«, sagten die weißen Männer. Und wenn sie auch Gewehre hatten, sahen sie doch nicht wie Leute aus, denen ein Dampfschiff gehört, sagte Herman Basket.

»Sollen wir sie totschlagen?« sagte er zu Doom. Aber Doom sprach noch immer mit den Männern auf dem Dampfschiff.

»Was wollt ihr dafür haben?« fragte Doom.

»Was willst du dafür geben?« fragten die weißen Männer.

»Es ist tot«, sagte Doom. »Es ist nicht viel wert.«

»Willst du uns zehn Schwarze dafür geben?« fragten die weißen Männer.

»Meinetwegen«, sagte Doom. »Die Schwarzen, die mit mir vom Großen Strom kamen, sollen vortreten!« Sie traten vor, fünf Männer und eine Frau. »Noch vier Schwarze vortreten!« Noch vier traten vor. »Von jetzt an sollt ihr den Mais der weißen Männer essen«, sagte Doom. »Möge er euch nähren!« Die weißen Männer gingen weg, und die zehn Schwarzen folgten ihnen. »Jetzt«, sagte Doom, »wollen wir das Dampfschiff dazu bringen, daß es aufsteht und geht!«

Herman Basket erzählte mir, er und mein Pappy wären nicht mit den andern in den Fluß gegangen, weil Pappy ihn gebeten hätte, ein bißchen abseits zu gehn und mit ihm zu reden. Sie gingen ein bißchen abseits. Pappy redete, aber Herman Basket antwortete ihm, daß er es nicht recht fände, weiße Männer totzuschlagen, und mein Pappy sagte, sie könnten die weißen Männer mit Steinen vollstopfen und im Fluß versenken, und keiner würde sie finden. Daher holten sie die drei weißen Männer und die zehn Schwarzen wieder ein, und danach kehrten sie zum Dampfschiff zurück. Kurz bevor sie zum Dampfschiff kamen, sagte Pappy zu den Schwarzen: »Geht nur weiter, zum Mann! Helft ihm, damit das Dampfschiff aufstehen und gehen kann! Ich bringe die Frau hier nach Hause!«

»Das ist meine Frau«, sagte einer von den Schwarzen. »Ich will, daß sie bei mir bleibt!«

»Möchtest du auch mit Steinen vollgestopft und in den Fluß gepackt werden?« sagte Pappy zu dem Schwarzen.

»Möchtest du selber mit Steinen vollgestopft und in den Fluß gepackt werden?« sagte der Schwarze zu Pappy. »Ihr seid zwei, und wir sind neun!«

Herman Basket sagte, Pappy hätte nachgedacht. Dann hätte Pappy gesagt: »Wolln zum Dampfschiff gehn und dem Mann helfen!«

Sie gingen zum Dampfschiff. Herman Basket erzählte mir aber, Doom hätte die zehn Schwarzen erst bemerkt, als es Zeit war, zur Pflanzung zurückzukehren. Doom hat erst die Schwarzen und dann Pappy angesehen. »Wie es scheint, wollten die weißen Männer diese Schwarzen nicht haben«, sagte Doom.

»So scheint es«, erwiderte Pappy.

»Die weißen Männer gingen weiter, ja?« fragte Doom.

»So scheint es«, erwiderte Pappy.

Herman Basket erzählte mir, wie Doom alle Männer nachts im Haus schlafen ließ, und die Hunde auch, und wie sie jeden Morgen auf den Wagen zum Dampfschiff zurückkehrten. Die Wagen hatten nicht genug Platz für alle, deshalb blieben die Frauen nach dem zweiten Tag zu Hause. Es dauerte aber drei Tage, bis Doom merkte, daß auch mein Pappy zu Hause blieb. Herman Basket meinte, der Mann dieser Frau habe es vielleicht dem Mann erzählt. Er selber habe Doom erklärt: »Craw-ford hat sich den Rücken wehgetan, als er das Dampfschiff hochheben mußte. Er hat gesagt, er wollte auf der Pflanzung bleiben und die Füße in die Heiße Quelle stecken, damit die Krankheit aus seinem Rücken zur Erde zurückkehren kann.«

»Das ist ein guter Einfall«, sagte Doom. »Drei Tage hat er es schon getan, nicht wahr? Dann sollte die Krankheit mittlerweile in seinen Beinen angelangt sein.«

Als sie am Abend zur Pflanzung zurückkehrten, ließ Doom meinen Pappy holen. Er fragte Pappy, ob die Krankheit schon gesunken sei, Pappy antwortete, daß die Krankheit sehr langsam sinke. »Du mußt noch länger in der Quelle sitzen!« riet Doom.

»Das habe ich auch gedacht«, erwiderte Pappy.

»Vielleicht solltest du auch nachts in der Quelle sitzen«, schlug Doom vor.

»In der Nachtluft würde es schlimmer«, entgegnete Pappy.

»Nicht, wenn du ein Feuer hättest«, meinte Doom. »Ich will dir einen Schwarzen mitgeben, der das Feuer in Brand hält.«

»Welchen von den Schwarzen?« fragte Pappy.

»Den Mann von der Frau, die ich auf dem Dampfschiff gewonnen habe«, sagte Doom.

»Ich glaube, mein Rücken ist besser«, erklärte Pappy.

»Wir wollen's versuchen«, sagte Doom.

»Ich weiß es genau, daß mein Rücken besser ist«, erklärte mein Pappy.

»Wir wollen's trotzdem versuchen«, sagte Doom. Kurz

vor Anbruch der Dunkelheit schickte Doom vier Mann von seinem Volk los, sie sollten Pappy und den Schwarzen zur Quelle bringen. Sie kehrten sehr rasch zurück, wie Herman Basket mir erzählte. Er sagte, im Augenblick, als sie ins Haus traten, sei auch Pappy eingetreten.

»Die Krankheit ist ganz plötzlich gesunken«, sagte Pappy. »Seit heute mittag ist sie nur noch in den Füßen.«

»Glaubst du, daß sie morgen früh weg ist?« fragte Doom.

»Ja, das glaube ich«, antwortete Pappy.

»Vielleicht solltest du lieber heute nacht in der Quelle sitzen, damit wir ganz sicher sind?« sagte Doom.

»Ich weiß, daß sie bis morgen früh ganz weg ist«, erwiderte Pappy.

IV

Als der Sommer näher kam, war das Dampfschiff nicht mehr im Flußbett, erzählte mir Herman Basket. Sie hatten fünf Monate gebraucht, um es aus dem Flußbett zu ziehen, weil sie erst die Bäume fällen mußten, um ihm einen Weg zu bauen. Doch von nun an, erzählte er mir, konnte das Dampfschiff auf den Stämmen viel schneller vorankommen. Pappy half auch, erzählte er. Pappy hatte seinen festen Platz an einem von den Seilen dicht vor dem Dampfschiff, den keiner ihm wegnehmen durfte. Es war genau unter der Vorderveranda vom Dampfschiff, auf dem Doom in seinem Sessel saß: ein Junge stand da, um ihm mit einem Zweig Schatten zu geben, und ein andrer Junge stand auch mit einem Zweig da, um das fliegende Geziefer wegzuscheuchen. Die Hunde durften auch mit dem Dampfschiff fahren.

Im Sommer, als das Dampfschiff noch immer unterwegs war, ging der Schwarze, der mit dieser Frau verheiratet war, wieder zu Doom, wie mir Herman Basket erzählte. »Ich habe für dich getan, was ich konnte«, sagte Doom.

»Warum gehst du nicht zu Craw-ford und bringst die Sache selbst in Ordnung?«

Der Schwarze erwiderte, er habe es schon getan, und mein Pappy hätte vorgeschlagen, die Sache durch einen Hahnenkampf in Ordnung zu bringen, Pappys Hahn gegen den Hahn des Schwarzen. Die Frau sollte dem Sieger gehören, und wer sich weigerte, zu kämpfen, der hätte – wie bei Nichterscheinen – den Preis verloren. Der Schwarze erzählte, er habe Pappy gesagt, daß er keinen Hahn hätte, und darauf hätte Pappy erwidert, daß in dem Falle der Schwarze wie bei Nichterscheinen verloren hätte und daß die Frau also Pappy gehöre. »Und was mach ich jetzt bloß?« fragte der Schwarze.

Doom dachte nach. Dann rief er Herman Basket und fragte ihn, welches Pappys bester Hahn wäre, und Herman Basket erklärte Dom, daß Pappy nur einen Hahn hätte. »Den schwarzen Hahn?« fragte Doom. Und Herman Basket antwortete, der wäre es. »Ah«, sagte Doom. Er saß in seinem Sessel auf der Vorderveranda vom Dampfschiff, während es weiterlief, und blickte auf sein Volk hinunter und auf die Schwarzen, die an den Seilen zogen und es zum Laufen brachten. »Geh und sage Craw-ford, du hättest einen Hahn!« befahl Doom dem Schwarzen. »Sag ihm einfach, du hättest einen Hahn für den Kampfplatz! Morgen früh soll der Kampf sein. Das Dampfschiff kann sich solange setzen und ausruhn.« Der Schwarze ging weg. Herman Basket erzählte mir, daß Doom ihn angesehen habe, doch er habe Doom nicht angesehen. Es war nämlich, wie er mir sagte, nur ein einziger Hahn auf der Pflanzung, der besser als der Hahn von meinem Pappy war, und er gehörte Doom. »Ich glaube nicht, daß das Hündchen krank war«, sagte Doom. »Was meinst du?«

Herman Basket sah Doom nicht an. »Ich glaube es auch nicht«, antwortete er.

»Das würde ich dir jedenfalls raten«, sagte Doom.

Am nächsten Tag setzte sich das Dampfschiff hin und ruhte sich aus. Der Kampfplatz war im Stall. Das Volk und die Schwarzen waren da. Pappy hatte seinen Hahn schon im Kampfplatz. Dann setzte auch der Schwarze seinen Hahn auf den Kampfplatz.

Pappy betrachtete ihn. »Der Hahn da gehört Ikkemotubbe«, sagte Pappy.

»Er gehörte ihm«, rief das Volk. »Ikkemotubbe hat ihm den Hahn geschenkt – wir alle waren Zeugen!«

Pappy hatte seinen Hahn schon wieder aufgehoben. »Es ist nicht recht«, sagte er. »Wir dürfen es nicht dulden, daß er es riskiert, bei einem Hahnenkampf seine Frau zu verlieren!«

»Dann trittst du also zurück?« fragte der Schwarze.

»Laß mich nachdenken«, erwiderte Pappy. Er dachte nach. Das Volk beobachtete ihn. Der Schwarze erinnerte Pappy daran, was er über das Nichterscheinen gesagt hatte. Pappy sagte, er habe es nicht so gemeint, und er nähme es zurück. Das Volk erklärte, wenn er sein Wort zurücknähme, hätte er den Preis verloren.

Pappy dachte wieder nach. Das Volk beobachtete ihn. »Meinetwegen«, sagte Pappy. »Aber ich bin angeschmiert worden.«

Die Hähne kämpften. Pappys Hahn fiel um. Pappy hob ihn schnell auf. Es sah aus, erzählte mir Herman Basket, als hätte Pappy bloß darauf gelauert, daß sein Hahn umfiele, damit er ihn sofort aufheben könne. »Wartet!« sagte er. Er blickte das Volk an. »Jetzt haben sie gekämpft. Stimmt's oder nicht?« Das Volk erwiderte, daß es stimme. »Damit ist erledigt, was ich über das Nichterscheinen gesagt habe!« Und Pappy wollte den Kampfplatz verlassen.

»Willst du nicht mehr kämpfen?« fragte der Schwarze.

»Ich glaube nicht, daß wir damit etwas entscheiden können«, antwortete Pappy. »Und du?«

Der Schwarze blickte Pappy an. Dann hörte er auf, Pappy

anzublicken. Er hockte einfach da. Das Volk beobachtete den Schwarzen, der auf der Erde zwischen seinen Füßen starrte. Sie sahen, wie er einen Klumpen Erde aufhob, und sie sahen, wie sie als Staub zwischen seinen Fingern hervorkrümelte. »Glaubst du, daß wir hiermit etwas entscheiden können?« fragte Pappy.

»Nein«, antwortete der Schwarze. Das Volk konnte ihn nicht sehr gut hören, erzählte mir Herman Basket. Aber mein Pappy hörte es.

»Ich auch nicht«, erwiderte Pappy. »Es wäre nicht recht, wenn du deine Frau bei einem Hahnenkampf verlieren würdest!«

Der Schwarze blickte auf und hatte noch etwas trockene Erde an den Fingern. Auf dem dunklen Kampfplatz sahen seine Augen so rot wie Fuchsaugen aus. »Willst du die Hähne noch mal kämpfen lassen?« fragte der Schwarze.

»Gibst du zu, daß damit nichts entschieden ist?« fragte Pappy.

»Ja«, sagte der Schwarze.

Pappy setzte seinen Hahn wieder auf den Kampfplatz. Wie mir Herman Basket erzählte, war der Hahn tot, bevor er sich auch nur seltsam aufführen konnte. Der Hahn des Schwarzen hüpfte auf ihn drauf und krähte los, doch der Schwarze stieß den lebendigen Hahn beiseite und trampelte auf dem toten Hahn herum, bis er überhaupt nicht mehr wie ein Hahn aussah.

Dann war es Herbst, und wie Herman Basket mir erzählte, kam das Dampfschiff auf der Pflanzung an und hielt neben dem Haus und war wieder tot. Seit zwei Monaten, erzählte er mir, hätten sie die Pflanzung immerfort gesehen, während sie das Dampfschiff auf den Stämmen weiterlaufen ließen, doch jetzt stand es neben dem Haus, und Doom war zufrieden und fand das Haus groß genug. Er gab ein Festessen. Es dauerte eine Woche. Als es vorbei war, ging der Schwarze zum drittenmal zu Doom, und die Augen des

Schwarzen waren wieder rot, wie Fuchsaugen, und man konnte seinen Atem hören. »Komm in meine Hütte!« sagte er zu Doom. »Ich muß dir etwas zeigen!«

»Hab mir schon gedacht, daß es an der Zeit wäre«, entgegnete Doom. Er blickte sich im Zimmer um, doch Herman Basket sagte ihm, daß Pappy gerade hinausgegangen wäre. »Sag ihm, er soll auch mitkommen!« befahl Doom. Als sie vor der Hütte des Schwarzen ankamen, schickte Doom zwei Männer vom Volk weg, sie sollten Pappy holen. Dann traten sie in die Hütte. Was der Schwarze Doom zeigen wollte – das war ein neuer Mensch.

»Sieh her!« rief der Schwarze. »Du bist der Mann. Du mußt darauf achten, daß es gerecht zugeht!«

»Was ist dir nicht recht an dem neuen Menschen?« fragte Doom.

»Sieh dir seine Farbe an!« sagte der Schwarze. Er blickte sich wild in der Hütte um. Seine Augen wurden rot und dann braun und dann wieder rot, wie Fuchsaugen, erzählte mir Herman Basket. Man konnte seinen Atem hören.

»Verschaffst du mir Gerechtigkeit?« fragte der Schwarze. »Du bist der Mann!«

»Du solltest stolz sein auf einen so schönen gelben Menschen«, sagte Doom. Er blickte sich den neuen Menschen an. »Ich glaube nicht, daß die Gerechtigkeit ihn dunkler machen könnte«, sagte Doom. Er blickte sich auch in der Hütte um. »Komm näher, Craw-ford!« befahl er. »Das hier ist ein Mensch und keine Mokassinschlange. Er tut dir nichts zuleide.« Aber mein Pappy wollte nicht näher kommen, erzählte mir Herman Basket. Die Augen von dem Schwarzen wurden rot und dann braun und dann rot, und er keuchte. »Yao«, sagte Doom, »es ist nicht gerecht. Jedermann hat das Recht, sein Melonenfeld gegen die wilden Rehböcke der Wälder zu schützen. Aber zuerst wollen wir dem neuen Menschen einen Namen geben.« Doom dachte nach. Die Augen des Schwarzen flogen jetzt nicht mehr hin und her, wie mir Herman Basket erzählte, und auch sein Atem flog nicht mehr so. »Wir wollen ihn ›Hatte-zwei-Väter‹ nennen«, erklärte Doom.

V

Sam zündete sich wieder die Pfeife an. Er tat es bedächtig: stand auf und nahm mit Daumen und Zeigefinger eine glühende Kohle von der Esse. Dann kehrte er zurück und setzte sich hin. Es wurde spät. Caddy und Jason waren vom Fluß heraufgekommen, und ich konnte Großvater und Mr. Stokes plaudernd neben dem Wagen stehen sehen, und in der gleichen Sekunde, als hätte er meinen Blick gespürt, drehte sich Großvater um und rief mich.

»Und was hat dein Pappy dann gemacht?« fragte ich Sam.

»Er und Herman Basket haben zusammen den Zaun gebaut«, erwiderte Sam Fathers. »Doom hat ihnen befohlen, zwei Pfosten in den Boden zu rammen und einen Pfahl oben drüberzulegen. Der Nigger und mein Pappy waren da. Doom hatte ihnen noch nichts von einem Zaun gesagt. Herman Basket erzählte mir, es wäre genauso wie früher gewesen, als sie kleine Jungen waren, er und Pappy und Doom, als sie zusammen auf dem gleichen Strohsack schliefen und Doom sie mitten in der Nacht weckte und zwang, aufzustehn und mit ihm jagen zu gehn, oder wenn sie mit ihm boxen mußten, bloß zum Spaß, bis Herman Basket und Pappy sich vor Doom versteckten.

Sie machten den Pfahl auf den beiden Pfosten fest, und Doom sagte zum Nigger: ›Das hier ist ein Zaun! Kannst du drüberklettern?‹

Der Nigger legte seine Hand auf den Pfahl und segelte wie ein Vogel drüber weg, erzählte mir Herman Basket.

Dann sagte Doom zu Pappy: ›Klettre über den Zaun!‹

›Der Zaun ist mir zu hoch‹, sagte mein Pappy, ›ich kann nicht drüberklettern!‹

›Klettre drüber, und ich schenke dir die Frau!‹ sagte Doom.

Pappy besah sich den Zaun ein Weilchen. ›Laß mich drunter durchgehn!‹ sagte er dann.

›Nein!‹ sagte Doom.

Pappy setzte sich auf die Erde, erzählte mir Herman Basket. ›'s ist nicht, daß ich dir nicht traue‹, sagte Pappy.

›So hoch soll der ganze Zaun gebaut werden!‹ befahl Doom.

›Was für'n Zaun?‹ fragte Herman Basket.

›Der Zaun rund um die Hütte von dem Schwarzen hier‹, antwortete Doom.

›Ich kann keinen Zaun bauen, der so hoch ist, daß ich nicht drüberklettern kann‹, entgegnete Pappy.

›Herman wird dir helfen‹, sagte Doom.

Es war genauso, erzählte mir Herman Basket, wie früher, als Doom sie immer weckte und zwang, mit ihm jagen zu gehn. Er sagte, die Hunde hätten ihn und meinen Pappy am nächsten Tag um die Mittagszeit aufgestöbert, und am gleichen Nachmittag fingen sie mit dem Zaun an. Sie mußten im Flußtal unten junge Bäumchen fällen und mit der Hand heraufschleppen, denn Doom erlaubte ihnen nicht, den Wagen zu benutzen. Deshalb brauchten sie manchmal für einen einzigen Pfosten drei oder vier Tage. ›Macht nichts‹, sagte Doom. ›Ihr habt reichlich Zeit. Und für Craw-ford ist die Bewegung gut – da kann er nachts schlafen.‹

Sie arbeiteten den ganzen Winter und den ganzen nächsten Sommer an dem Zaun, bis nach der Ankunft und Abreise des Whiskyhändlers. Dann war er fertig. Am Tage, als sie den letzten Pfosten einrammten, kam der Nigger aus seiner Hütte, legte die Hand auf einen Pfosten drauf (es war ein richtiger Palisadenzaun, die Pfosten standen senkrecht im Boden) und flog wie ein Vogel nach draußen. ›Das ist ein guter Zaun!‹ sagte der Nigger. ›Aber wartet! Ich muß euch was zeigen!‹ Er sprang über den Zaun zurück, ging in seine Hütte und kam wieder heraus, erzählte mir Herman Basket. Er trug einen neuen Menschen im Arm, und er hielt den neuen Menschen so hoch, daß sie ihn über den Zaun hinweg sehen konnten. ›Was sagt ihr zu der Farbe von dem hier?‹ sagte er.«

Großvater rief wieder. Diesmal stand ich auf. Die Sonne war schon hinter die Pfirsichplantage gesunken. Ich war damals gerade zwölf, und mir kam es so vor, als wäre die Geschichte im Sande verlaufen und hätte weder Anfang noch Ende. Aber ich folgte Großvaters Stimme – nicht, weil ich's satt hatte, Sam Fathers zuzuhören, sondern mit jener unerwarteten Eile, die Kinder an sich haben, wenn sie sich vorübergehend einer Sache entziehen wollen, die sie nicht ganz verstehen; deswegen, und auch infolge einer instinktiven Bereitwilligkeit, mit der jeder von uns Großvater gehorchte – nicht aus Angst, er könnte ungeduldig werden oder schelten, sondern weil wir alle überzeugt waren, daß er wunderbare Dinge verrichtete und daß sich in seinem täglichen Leben ein wunderbares (wenn auch ein bißchen prunkhaftes) Bild ans nächste reihte.

Sie saßen im Surrey und warteten auf mich. Ich stieg ein; die Pferde zogen sofort an, sie hatten jetzt auch Stalldrang. Caddy hatte einen Fisch gefangen, etwa so groß wie ein Holzspan, und war bis zum Gürtel rauf naß. Wir fuhren weiter, das Gespann trabte schon munter. Als wir an Mr. Stokes' Küche vorbeikamen, konnten wir den Duft von gebratenem Schinken riechen. Der Geruch folgte uns noch bis zum Gatter. Als wir in die Landstraße einbogen, die nach Haus führte, war die Sonne beinah untergegangen. Jetzt konnten wir von dem Schinken nichts mehr riechen. »Worüber hast du dich mit Sam unterhalten?« fragte Großvater.

Wir fuhren weiter, fuhren durch das merkwürdige, leicht unheimliche, verhaltene Zwielicht, in dem ich, so schien mir, noch immer Sam Fathers sehen konnte, wie er auf seinem Hauklotz saß, eindeutig, unbeweglich und vollständig, wie ein Museumsstück in einer Konservierungsflüssigkeit, das man noch nach einer langen Zeit betrachten kann. So war es. Ich war damals gerade erst zwölf, und ich mußte wohl warten, bis ich weitergekommen war, durch das verhaltene Zwielicht und drüber hinaus. Dann, das wußte ich, würde ich begreifen. Doch dann wäre Sam Fathers tot.

»Über nichts, sir«, antwortete ich. »Wir haben bloß geredet.«

Eine Werbung

So war es in den alten Zeiten, als der alte Issetibbeha noch der Mann war und als Issetibbehas Neffe, Ikkemotubbe, und David Hogganbeck, der weiße Mann, der dem Dampfschiff befahl, wohin es gehen sollte, um Herman Baskets Schwester warben.

Das Volk lebte jetzt ganz auf der Pflanzung. Issetibbeha und General Jackson kamen zusammen und verbrannten Stäbchen und unterzeichneten ein Papier, und jetzt lief eine Linie durch den Wald, obwohl man sie nicht sehen konnte. Sie lief schnurgerade quer durch den Wald: auf der einen Seite lag die Pflanzung, wo Issetibbeha der Mann war, und auf der andern Seite lag Amerika, wo General Jackson der Mann war. Wenn also jetzt auf der einen Seite der Linie etwas passierte, dann war es Pech für manche und Glück für andere, je nachdem, was der weiße Mann zufällig in seinem Besitz hatte – wie es eben von jeher war. Aber einfach dadurch, daß es auf der andern Seite jener Linie passierte, die man nicht mal sehen konnte, wurde es zu einem (wie die weißen Männer es nannten) todeswürdigen Verbrechen – falls sie nämlich herausbringen konnten, wer es gewesen war. Was uns dumm vorkam. Es gab eine große Aufregung, die mit Unterbrechungen eine Woche dauerte, nicht, weil der weiße Mann verschwunden war, denn er war so eine Sorte Mensch gewesen, dem sogar weiße Männer nicht nachtrauern, sondern wegen der Wahnidee, er könnte gegessen worden sein. Als ob ein Mensch, einerlei wie hungrig er ist, es jemals riskieren und das Fleisch eines Feiglings oder eines Diebes essen würde, hier in unserm Land, in dem man sogar im Winter immer etwas zu essen findet – ein Land (wie Issetibbeha zu sagen pflegte, nachdem er so alt geworden war, daß nichts weiter von ihm erwartet wurde, als in der Sonne zu sitzen und die Entartung des Volkes und die Dummheit und Habgier der Politiker zu kritisieren), für das der Große Geist mehr und der Mensch weniger getan hat, als er es je von einem Land gehört hätte. Aber es war ein freies Land, und wenn der weiße Mann für die Hälfte, in der er wohnte, ein so törichtes Gesetz aufstellen wollte, hatten wir nichts dagegen.

Dann sahen Ikkemotubbe und David Hogganbeck die Schwester von Herman Basket. Wie's natürlich jeder tat, ob früher oder später, junge Leute und auch alte Männer, Junggesellen und auch Witwer und manche, die noch gar nicht Witwer waren und die aus mehr als einem Grunde innerhalb der Hütte keine Ursache hatten, irgendwoanders hinzuschauen, obwohl niemand sagen kann, was für ein Alter ein Mann erreichen muß, oder auch nur, wie unglücklich er in seiner jugendlichen Nachgiebigkeit gewesen sein muß, daß er nicht mehr auf die Herman-Basket-Schwestern dieser Welt schauen und auch seinen bittern Daumen kauen darf, aihi. Denn sie wandelte in Schönheit. Oder vielmehr: sie saß in Schönheit, denn gehen tat sie überhaupt nicht, falls sie nicht unbedingt mußte. In der Pflanzung war einer der ersten Morgenlaute die Stimme von Herman Baskets Tante, die rief und wissen wollte, weshalb sie noch nicht aufgestanden und mit den andern Mädchen zum Brunnen gegangen sei, Wasser zu holen, was sie jedoch manchmal erst tat, wenn Herman Basket selber aufstand und sie dazu zwang; oder die am Nachmittag rief und wissen wollte, weshalb sie nicht mit den andern Mädchen und Frauen an den Fluß ginge, um zu waschen, was sie auch nicht gerade häufig tat. Aber sie brauchte es nicht zu tun. Wer so aussieht, wie Herman Baskets Schwester mit siebzehn und achtzehn und neunzehn aussah, braucht nicht zu waschen.

Eines Tages dann sah Ikkemotubbe sie, er, der sie sein Lebenlang gekannt hatte, ausgenommen die beiden ersten Jahre. Er war Issetibbehas Schwestersohn. Eines Abends stieg er zu David Hogganbeck ins Dampfschiff und fuhr weg. Und Sonnen und Monde und die drei Hochwasser kamen und gingen, und der alte Issetibbeha war schon seit einem Jahre in die Erde eingekehrt, und sein Sohn Moketubbe war der Mann, als Ikkemotubbe zurückkehrte, der sich jetzt Doom nannte, mit seinem weißen Freund, genannt der Chevalier Sœur-Blonde de Vitry, und mit den acht Sklaven, die wir ebenfalls nicht brauchten, und mit seinem Goldtressenhut und -umhang und der kleinen goldenen Dose mit dem starken Salz und mit dem Packkorb aus Rebenranken, in dem die vier andern Hündchen steckten, die noch am Leben waren, und innerhalb von zwei Tagen war Moketubbes kleiner Sohn tot, und innerhalb von drei Tagen war Ikkemotubbe, der sich jetzt Doom nannte, selber der Mann geworden. Aber damals war er noch nicht Doom. Da war er noch Ikkemotubbe, einfach einer von den jungen Männern, und zwar der beste, der am schärfsten und am weitesten ritt und am längsten tanzte und sich den größten Rausch antrank und am beliebtesten war – sowohl bei den jungen Männern und den Mädchen wie auch bei den älteren Frauen, die mit ihren Gedanken bei anderen Dingen hätten verweilen sollen. Eines Tages dann sah er Herman Baskets Schwester, die er sein Lebenlang gekannt hatte, ausgenommen die beiden ersten Jahre.

Nachdem Ikkemotubbe sie gesehen hatte, blickten mein Vater und Owl-by-Night und Sylvester's John und die andern jungen Männer weg. Denn er war der Beste von ihnen, und sie liebten ihn damals, solange er noch nichts weiter als einfach Ikkemotubbe war. Sie hielten das zweite Pferd für ihn bereit, wenn er, bis zum Gürtel herunter nackt, und Haare und Körper wie für die Rennen mit Bärenfett eingerieben (nur daß jetzt Honig unter das Bärenfett gemischt war), und nur mit einem Strick als Zaum und keinem Sattel, wie bei den Rennen, wenn er da auf seinem neuen Rennpferd an der Veranda vorbeipreschte, wo Herman

Baskets Schwester saß und Mais oder Erbsen in einen silbernen Weinkrug hineinpalte, den ihre Tante von der Großtante ihrer angeheirateten Kusine zweiten Grades geerbt hatte, die des alten David Colbert Frau war, während Log-in-the-Creek (auch einer von den jungen Männern, obwohl keiner ihn groß beachtete. Er ritt keine Rennen mit und war nicht für Hahnenkämpfe und nicht für Würfelspiele, und selbst wenn man ihn zwang, tanzte er nicht einmal schnell genug, um den andern Tänzern nicht in die Quere zu kommen, und er machte jedesmal sich selbst wie auch den andern Schande, weil er sich schon nach fünf oder sechs Hörnern voll Whisky, die keineswegs sein eigener Whisky waren, übergeben mußte) gegen einen Verandapfosten lehnte und die Mundharmonika blies. Dann hielt ihm einer von den jungen Männern das Rennpferd, und nun ritt Ikkemotubbe auf seiner mit Gamaschen geschmückten Stute und trug seine mit Blumen bemalte Weste und den Taubenschwanzrock und den Zylinder, in dem er hübscher als ein Glücksspieler auf dem Dampfschiff und reicher als sogar der Whiskyhändler aussah, ritt an der Veranda vorbei, wo Herman Baskets Schwester noch eine Erbsenschote in den Krug hineinpalte und wo Log-in-the-Creek mit dem Rücken an den Pfosten gelehnt saß und auf seiner Harmonika blies. Dann hielt noch ein andrer von den jungen Männern auch die Stute, und Ikkemotubbe ging zu Herman Baskets Veranda und saß nun auch in seinen schönen Kleidern dort, während Herman Baskets Schwester vielleicht noch eine weitere Erbsenschote in den silbernen Krug hineinpalte und Log-in-the-Creek längelang auf dem Fußboden lag und auf seiner Harmonika blies. Dann kam der Whiskyhändler, und die jungen Männer luden Log-in-the-Creek in den Wald ein, bis sie es satt hatten, ihn noch weiterzuschleppen. Und obwohl ein gut Teil verschüttet wurde, mußte sich Log-in-the-Creek wie üblich erbrechen und schlief dann nach sieben oder acht Hornvoll ein, und Ikkemotubbe kehrte auf Herman Baskets Veranda zurück, wo er sich wenigstens ein oder zwei Tage lang nicht die Harmonika anzuhören brauchte.

Schließlich machte Owl-by-Night einen Vorschlag. »Schikke Herman Baskets Tante ein Geschenk!« Doch das einzige, was Ikkemotubbe besaß und was Herman Baskets Tante nicht besaß, war das neue Rennpferd. Deshalb sagte Ikkemotubbe nach einer Weile: »Scheint mir ganz so, als begehrt ich das Mädchen noch ärger, als ich glaubte«, und er schickte Owl-by-Night weg, damit er den Zaum des Rennpferdes an der Türklinke von Herman Baskets Küche festband. Dann dachte er, daß es Herman Baskets Tante nicht einmal regelmäßig gelang, Herman Baskets Schwester zu zwingen, daß sie auch nur aufstand und zum Brunnen ging, um Wasser zu holen. Außerdem war sie die angeheiratete Kusine zweiten Grades von der Großnichte der Frau des alten David Colbert, der von allen Chickasaws in unsrer Gegend der Oberste Mann war, und auf Ikkemotubbes ganze Familie und seine Vorfahren blickte sie herab, als wären es nur Pilze.

»Aber von Herman Basket weiß man, daß er sie zwingt, aufzustehen und zum Brunnen zu gehen«, sagte mein Vater. »Und ich habe nie behaupten gehört, daß die Frau vom alten Dave Colbert oder die Nichte seiner Frau oder sonst jemands Frau oder Nichte oder Tante irgendwie besser sei als irgend jemand anders. Gib Herman das Pferd!«

»Da weiß ich was Besseres«, sagte Ikkemotubbe. Denn auf der Pflanzung und überhaupt in ganz Amerika zwischen Natchez und Nashville gab es kein Pferd, von dem Ikkemotubbes neues Pferd je den Schwanz erblickt hätte. »Ich will Herman Basket ein Wettrennen anbieten, damit er sie beeinflußt«, sagte er. »Lauf!« sagte er zu meinem Vater. »Fang Owl-by-Night ab, ehe er beim Haus anlangt!« Mein Vater holte also das Pferd noch rechtzeitig zurück. Doch für den Fall, daß Herman Baskets Tante vielleicht vom Küchenfenster aus etwas beobachtet hätte, schickte Ikkemotubbe Owl-by-Night und Sylvester's John nach Hause, damit sie die Lattenkiste mit seinen Kampfhähnen holten, obwohl er sich davon wenig versprach, weil Herman Baskets Tante bereits die besten Kampfhähne der Pflanzung besaß und ohnehin jeden Sonntagmorgen das ganze Geld gewann. Und dann lehnte Herman Basket es ab, sich so zu verpflichten, daher wäre ein Pferderennen nur zum Vergnügen und wegen des Geldes gelaufen worden. Und Ikkemotubbe erklärte, daß ihm Geld nichts nützen könnte und daß seine Zunge schon vergessen hätte, wie Vergnügen schmecke, weil er Tag und Nacht das verdammte Mädchen im Sinn habe. Doch der Whiskyhändler kam jedenfalls, und deshalb brauchte er sich wenigstens ein oder zwei Tage lang nicht die Harmonika anzuhören.

Dann sah auch David Hogganbeck Herman Baskets Schwester, die auch er jedes Jahr einmal gesehen hatte, seit das Dampfschiff zum erstenmal in die Pflanzung gekommen war. Nach einer Weile war endlich der Winter vorbei, und wir fingen an, das Zeichen zu beobachten, das David Hogganbeck am Landeplatz angebracht hatte, um uns zu zeigen, wann das Wasser hoch genug war, damit das Dampfschiff darin gehen konnte. Dann erreichte der Fluß das Zeichen, und tatsächlich schrie das Dampfschiff innerhalb von zwei Sonnen durch die Pflanzung. Da machte sich das ganze Volk auf – Männer und Frauen und Kinder und Hunde, sogar Herman Baskets Schwester, weil Ikkemotubbe ein Pferd für sie holte, auf dem sie reiten konnte, so daß nur Log-in-the-Creek übrigblieb, aber nicht im Haus, auch wenn es noch kalt war, denn Herman Baskets Tante erlaubte es nicht, daß er im Haus blieb, wo sie jedesmal, wenn sie vorbeiging, über ihn hätte hinwegtreten müssen, sondern er hockte in seiner Wolldecke auf der Veranda und hatte unter der Wolldecke einen alten Gluttopf bei sich – und stand auf dem Landeplatz und beobachtete, wie das Obergeschoß und der Schornstein durch die Baumkronen zogen, und hörte, wie der Schornstein schnaufte und wie auch seine Füße, wenn es nicht gerade schrie, rasch durchs Wasser gingen. Dann hörten wir allmählich David Hogganbecks Geige, und dann kam das Dampfschiff die letzte Flußstrecke wie ein Rennpferd angelaufen, und der Rauch quoll schwarz heraus, und seine Füße schleuderten das Wasser beiseite, wie ein rennendes Pferd den Schmutz wegschleudert, und Kapitän Studenmare, dem das Dampfschiff gehörte, stand tabakkauend an dem einen Fenster, und David Hogganbeck spielte am andern Fenster auf seiner Geige, und zwischen ihnen war der Kopf des jungen Sklaven zu sehen, der das Rad drehte, und der war nicht viel größer als halb so groß wie Kapitän Studenmare und nicht mal ein Drittel so groß wie David Hogganbeck. Und den ganzen Tag hielt das Feilschen an, obwohl David Hogganbeck wenig Anteil daran nahm. Und die ganze Nacht hielt das Tanzen an, und daran nahm David Hogganbeck den größten Anteil. Denn er war fast größer als zwei von den jungen Männern zusammengenommen, und obwohl man ihn nicht für einen Mann gehalten hätte, der fürs Tanzen oder auch fürs Laufen gebaut war, schien es doch, als ob gerade seine doppelte Größe, die doppelt soviel Whisky wie jeder andere fassen konnte, auch doppelt so lange tanzen konnte, bis die jungen Männer einer nach dem andern auf der Strecke blieben und nur er noch übrig war. Und dann gab's Pferderennen und Essen, und obwohl David Hogganbeck keine Pferde hatte und keins ritt, weil kein Pferd ihn hätte tragen und dabei noch rasch hätte laufen können, schloß er jedes Jahr mit zweien von den jungen Männern, die das Volk ausgesucht hatte, eine Wette um Geld ab, und jedesmal gewann David Hogganbeck. Dann sank das Wasser bis zu dem Zeichen, das er auf dem Landeplatz angebracht hatte, und es wurde Zeit für das Dampfschiff, aufzubrechen, solange noch so viel Wasser im Fluß war, daß es darin weggehen konnte.

Und dann ging es nicht weg. Der Fluß wurde kleiner, doch David Hogganbeck spielte noch immer die Geige auf Herman Baskets Veranda, während Herman Baskets Schwester etwas zum Kochen in dem silbernen Weinkrug umrührte und Ikkemotubbe in seinen schönen Kleidern und seinem Zylinder gegen den Pfosten gelehnt saß und Log-in-the-Creek längelang auf dem Boden lag und mit beiden Handmuscheln die Harmonika vor den Mund hielt, wenn man auch jetzt nicht hören konnte, ob er sie blies oder nicht. Dann konnte man das Zeichen sehen, das David Hogganbeck auf dem Landeplatz angebracht hatte, und dabei spielte er immer noch die Geige auf Herman Baskets Veranda, wohin sich Ikkemotubbe einen Schaukelstuhl aus seinem Haus geholt hatte, um darin zu sitzen, bis David Hogganbeck aufbrechen und dem Dampfschiff den Weg zurück nach Natchez zeigen würde. Und während des ganzen Nachmittags stand das Volk auf dem Landeplatz und sah zu, wie die Sklaven des Dampfschiffs Holz für den Dampf in seinen Bauch schleuderten, um es zum Gehen zu bringen; und den größten Teil der Nacht – während David Hogganbeck doppelt soviel trank und doppelt so lange tanzte wie sogar David Hogganbeck, so daß er viermal soviel trank und viermal so lange tanzte wie sogar Ikkemotubbe, sogar ein Ikkemotubbe, der endlich Herman Baskets Schwester angesehen hatte oder wenigstens jemand anders angesehen hatte, der sie angesehen hatte – standen die älteren Leute aus dem Volk am Landeplatz und schauten den Sklaven zu, die Holz in den Bauch des Dampfschiffs schleuderten, nicht, um es zum Gehen zu bringen, sondern um seine Stimme zum Schreien zu bringen, während Kapitän Studenmare sich aus dem Obergeschoß lehnte und das Ende der Schreischnur an die Türklinke gebunden hatte. Und am nächsten Tag kam Kapitän Studenmare selber auf die Veranda und packte das Endstück von David Hogganbecks Geige.

»Sie sind entlassen«, sagte er.

»All right«, sagte David Hogganbeck. Dann packte Kapitän Studenmare das Endstück von David Hogganbecks Geige.

»Wir müssen nach Natchez zurückgehen, wo ich Geld bekommen kann, um sie auszuzahlen!«

»Lassen Sie das Geld im Salon«, sagte David Hogganbeck. »Ich bring das Schiff im nächsten Frühling wieder raus.«

Dann war es Abend. Dann kam Herman Baskets Tante heraus und sagte, wenn sie die ganze Nacht dableiben wollten, dann müßte David Hogganbeck wenigstens aufhören, seine Geige zu spielen, damit andere Leute schlafen könnten. Dann kam sie heraus und sagte, Herman Baskets Schwester solle reinkommen und zu Bett gehn. Dann kam Herman Basket raus und sagte: »Los, Jungens! Seid vernünftig!« Dann kam Herman Baskets Tante raus und sagte, daß sie das nächstemal mit dem Gewehr von Herman Baskets verstorbenem Onkel wiederkäme. Ikkemotubbe und Herman Basket ließen also Log-in-the-Creek auf dem Fußboden liegen und gingen die Verandastufen hinunter. »Gute Nacht«, sagte David Hogganbeck.

»Ich begleite dich nach Hause«, sagte Ikkemotubbe. Sie gingen also durch die Pflanzung zum Dampfschiff. Es war dunkel, und jetzt war kein Feuer in seinem Bauch, weil Kapitän Studenmare noch unter Issetibbehas Hofveranda lag und schlief. Dann sagte Ikkemotubbe: »Gute Nacht!«

»Ich begleite dich noch nach Hause«, sagte David Hogganbeck. Sie gingen also durch die Pflanzung zurück zu Ikkemotubbes Haus. Aber David Hogganbeck blieb diesmal gar keine Zeit, gute Nacht zu sagen, weil Ikkemotubbe sich schon umdrehte, sowie sie beim Haus angelangt waren, und wieder zum Dampfschiff zurück wollte. Dann begann er zu laufen, weil David Hogganbeck noch immer nicht wie ein Mann aussah, der schnell laufen konnte. Aber er hatte auch nicht wie ein Mann ausgesehen, der lange tanzen kann, und als daher Ikkemotubbe beim Dampfschiff angelangt war und sich umdrehte und wieder lief, war er David Hogganbeck nur ein klein wenig voraus. Und als sie bei Ikkemotubbes Haus anlangten, war er David Hogganbeck noch immer nur ein klein wenig voraus und blieb stehen und atmete schnell, aber nur ein bißchen schneller, und hielt die Tür auf, damit David Hogganbeck eintreten konnte.

»Mein Haus ist kein besonderes Haus«, sagte er. »Aber es gehört dir.« Sie schliefen also in jener Nacht beide in Ikkemotubbes Bett in seinem Haus. Und am folgenden Nachmittag – obwohl Herman Basket noch immer nichts weiter tun wollte, als ihm Erfolg wünschen – schickte Ikkemotubbe meinen Vater und Sylvester's John mit seiner Reitstute zu Herman Baskets Tante, damit sie darauf reiten solle, und er und Herman Basket ritten das Pferderennen. Und er ritt schneller, als jemals ein Mann auf der Pflanzung geritten war. Er siegte um viele, viele Längen und ließ Herman Basket – während Herman Baskets Tante zuschaute – all das Geld nehmen, als hätte Herman Basket gesiegt, und am gleichen Abend schickte er Owl-by-Night los, damit er den Zaum des Rennpferdes an der Türklinke von Herman Baskets Küche festband. Doch an dem Abend warnte Herman Baskets Tante sie gar nicht erst. Sie kam gleich mit dem Gewehr von Herman Baskets verstorbenem Onkel heraus, und kaum war eine Sekunde verstrichen, da hatte Ikkemotubbe schon entdeckt, daß sie's auch auf ihn abgesehen hatte. Deshalb ließen er und David Hogganbeck den Log-in-the-Creek auf der Veranda liegen, und beim ersten Lauf zwischen Ikkemotubbes Haus und dem Dampfschiff hielten sie einen Augenblick vor meines Vaters Haus an, doch als mein Vater und Owl-by-Night schließlich Ikkemotubbe suchten und ihm sagen wollten, daß Herman Baskets Tante das Rennpferd tief in den Wald hineingeschickt und versteckt haben müßte, weil sie es bis jetzt noch nicht gefunden hätten, da lagen Ikkemotubbe und David

Hogganbeck beide in David Hogganbecks Bett auf dem Dampfschiff und schliefen.

Und am nächsten Morgen kam der Whiskyhändler, und am Nachmittag luden Ikkemotubbe und die jungen Männer Log-in-the-Creek in den Wald ein, und mein Vater und Sylvester's John kehrten zurück und holten den Bockwagen des Whiskyhändlers, und während mein Vater und Sylvester's John den Bockwagen kutschierten und Log-in-the-Creek mit dem Gesicht nach unten auf dem kleinen Häuschen hinten auf dem Bockwagen lag, wo die Whiskyfässer untergebracht waren, und Ikkemotubbe in dem abgewetzten Generalsrock, den General Jackson Issetibbeha geschenkt hatte, mit verschränkten Armen zuoberst auf dem Häuschen stand und den einen Fuß vorgestreckt und auf Log-in-the-Creeks Rücken gestellt hatte, fuhren sie langsam an der Veranda vorbei, wo David Hogganbeck seine Geige spielte und Herman Baskets Schwester in dem silbernen Weinkrug etwas zum Kochen umrührte. Und als mein Vater und Sylvester's John an dem Abend Ikkemotubbe suchten, um ihm zu sagen, daß sie immer noch nicht entdeckt hätten, wo Herman Baskets Tante das Pferd versteckt hatte, waren Ikkemotubbe und David Hogganbeck in Ikkemotubbes Haus. Und am nächsten Nachmittag luden Ikkemotubbe und die jungen Männer David Hogganbeck in den Wald ein, und diesmal dauerte es sehr lange, und als sie herauskamen, kutschierte David Hogganbeck den Bockwagen, während die Beine von Ikkemotubbe und den andern jungen Männern wie lauter dürre Weinranken aus der offenen Tür des kleinen Whiskyhäuschens herunterbaumelten und Issetibbehas Generalsrock mit den Ärmeln um den Hals des einen Maultiers geschlungen war. Und in jener Nacht jagte niemand dem Rennpferd nach, und als Ikkemotubbe erwachte, wußte er zuerst nicht mal, wo er war. Und er konnte David Hogganbecks Geige schon hören, noch ehe er weit genug von den jungen Männern abrücken konnte, um aus dem kleinen

Whiskyhäuschen zu klettern, denn in jener Nacht konnten weder Herman Baskets Tante noch Herman Basket noch schließlich das Gewehr von Herman Baskets verstorbenem Onkel David Hogganbeck dazu bewegen, die Veranda zu verlassen und wegzugehen oder auch nur mit seinem Geigenspiel aufzuhören.

Am nächsten Morgen hockten sich deshalb Ikkemotubbe und David Hogganbeck auf eine ruhige Stelle im Wald, während die jungen Männer – ausgenommen Sylvester's John und Owl-by-Night, die noch immer dem Pferd nachjagten – Wache standen. »Wir könnten ja um sie kämpfen«, sagte David Hogganbeck.

»Wir könnten um sie kämpfen«, sagte Ikkemotubbe. »Aber die weißen Männer und unser Volk kämpfen verschieden. Wir kämpfen mit Messern, um schlimm zu verletzen und rasch zu verletzen. Das wäre ganz richtig, falls ich verlieren sollte. Denn ich würde mir wünschen, schlimm verletzt zu werden. Aber falls ich gewinnen sollte, möchte ich nicht, daß du schlimm verletzt würdest. Falls ich wirklich gewinne, wäre es notwendig, daß du dabei bist und es siehst. Am Tage der Hochzeit möchte ich, daß du gegenwärtig bist oder wenigstens irgendwo gegenwärtig bist und nicht etwa in eine Wolldecke eingewickelt auf einer Plattform im Wald liegst und wartest, in die Erde einzukehren.« Dann, sagte mein Vater, habe Ikkemotubbe seine Hand auf David Hogganbecks Schulter gelegt und ihm zugelächelt. »Wenn mich das zufriedenstellen würde, dann hockten wir jetzt nicht hier, um zu besprechen, was zu tun ist. Ich denke, du verstehst das?«

»Ich denke, daß ich's verstehe«, erwiderte David Hogganbeck.

Dann, sagte mein Vater, habe Ikkemotubbe seine Hand von David Hogganbecks Schulter weggenommen. »Und wir haben's mit Whisky versucht«, sagte er.

»Das haben wir versucht«, sagte David Hogganbeck.

»Sogar das Rennpferd und der Generalsrock haben mir nichts genützt«, sagte Ikkemotubbe. »Ich habe sie bis zuletzt aufgespart, wie ein Pokerspieler seine zwei verdeckten Karten.«

»Ich würde nicht sagen, daß der Rock dir überhaupt nichts genützt hat«, sagte David Hogganbeck. »Du hast prächtig drin ausgesehn!«

»Aihi«, sagte Ikkemotubbe. »Das Maultier ebenfalls.« Dann sagte mein Vater, hätte er nicht mal mehr gelächelt, während er neben David Hogganbeck hockte und mit einem Zweig in den Sand kritzelte. »Es bleibt uns also nur noch eins«, sagte er. »Und auch darin bin ich bereits besiegt, noch ehe wir anfangen.«

Den ganzen Tag aßen sie also überhaupt nichts. Und als sie an jenem Abend Log-in-the-Creek auf Herman Baskets Veranda liegen ließen, begannen sie – anstatt bloß ein Weilchen zu gehen und dann ein Weilchen zwischen Ikkemotubbes Haus und dem Dampfschiff hin und her zu rennen – schon zu rennen, kaum hatten sie Herman Baskets Haus verlassen. Und als sie sich in den Wald legten, um zu schlafen, war es an einer Stelle, wo es ihnen nicht nur an der Versuchung, sondern auch an Gelegenheit fehlte, etwas zu essen, und von wo aus ein weiterer strammer Lauf als Appetitanreger erforderlich war, um für den Wettkampf zur Pflanzung zu gelangen. Dann war der Morgen da, und sie liefen dorthin zurück, wo mein Vater und die jungen Männer auf ihren Pferden saßen und sie erwarteten, um Ikkemotubbe zu sagen, daß sie noch nicht entdeckt hätten, wo in aller Welt Herman Baskets Tante das Pferd versteckt haben konnte, und um sie durch die Pflanzung zur Rennbahn zurückzubegleiten, wo rund um den Tisch das Volk wartete und Ikkemotubbes Schaukelstuhl von Herman Baskets Veranda für Issetibbeha bereitstand, und dahinter eine Bank für die Schiedsrichter. Zuerst gab's eine Pause, in der ein zehnjähriger Junge einmal rund um die Rennbahn lief, damit sie wieder zu Atem kämen. Dann nahmen Ikkemotubbe und David Hogganbeck ihre Plätze zu beiden Seiten des Tisches ein, einander gegenüber, und Owl-by-Night sagte das Startwort.

Zuerst bekam jeder so viel gekochtes Vogelgekröse, wie es der andere mit beiden Händen schöpfen konnte. Dann bekam jeder so viel Truthahneier, wie er Jahre zählte, Ikkemotubbe zweiundzwanzig und David Hogganbeck dreiundzwanzig, obwohl Ikkemotubbe auf den Vorteil verzichtete und sagte, er wolle auch dreiundzwanzig Eier essen. Dann sagte David Hogganbeck, er habe ein Anrecht auf eins mehr als Ikkemotubbe, deshalb wolle er vierundzwanzig essen, bis Issetibbeha ihnen beiden befahl, zu schweigen und weiterzuessen, und Owl-by-Night zählte die Schalen nach. Dann kamen die Zunge, die Tatzen und die Milz von einem Bären, obwohl Ikkemotubbe dastand und noch auf seinen halben Anteil blickte, während David Hogganbeck bereits aß. Und mittendrin hielt er wieder mal inne und blickte drauf, während David Hogganbeck beinah fertig war. Doch es war recht so; auf seinem Gesicht stand ein leises Lächeln, wie die jungen Männer es am Ende eines anstrengenden Laufs an ihm beobachtet hatten, wenn er von da an nicht deshalb weitermachte, weil er noch lebte, sondern deshalb, weil er Ikkemotubbe war. Und er machte weiter, und Owl-by-Night zählte die Knochen nach, und die Frauen stellten das gebratene Ferkel auf den Tisch, und Ikkemotubbe und David Hogganbeck saßen sich wieder gegenüber und blickten einander über den Schwanz des Ferkels hinweg an, und Owl-by-Night hatte schon das Wort zum Anfangen geäußert, als er das andere Wort zum Innehalten sprach. »Gebt mir etwas Wasser«, sagte Ikkemotubbe. Deshalb reichte mein Vater ihm die Kürbisflasche, und er trank auch einen Schluck. Doch das Wasser kam wieder, als wäre es bloß auf die Rückwand seiner Kehle gestoßen und daran abgeprallt, und Ikkemotubbe stellte die Kürbisflasche hin und hob den Hemdzipfel vor das gesenkte Gesicht und drehte sich um und ging weg, während das Volk beiseite wich, um ihn hindurchzulassen.

Und an jenem Nachmittag gingen sie gar nicht erst zu der ruhigen Stelle im Wald. Sie standen in Ikkemotubbes Haus, während mein Vater und die andern ruhig im Hintergrund standen. Mein Vater sagte, Ikkemotubbe hätte jetzt nicht gelächelt. »Ich hatte gestern recht gehabt«, sagte er. »Wenn ich gegen dich verlieren soll, hätten wir die Messer benutzen müssen. Verstehst du«, sagte er – und jetzt, sagte mein Vater, hätte er sogar wieder gelächelt, wie am Ende eines langen, anstrengenden Laufs, wenn die jungen Männer merkten, daß er weitermachen würde, nicht, weil er noch lebte, sondern weil er Ikkemotubbe war –, »verstehst du, obwohl ich verloren habe, kann ich mich noch immer nicht damit abfinden.«

»Ich hatte dich besiegt, ehe wir anfingen«, sagte David Hogganbeck. »Das wußten wir beide.«

»Ja«, sagte Ikkemotubbe. »Aber ich hatte es vorgeschlagen.«

»Und was schlägst du jetzt vor?« fragte David Hogganbeck. Und nun, sagte mein Vater, hätten sie in dem Augenblick David Hogganbeck ebenso geliebt wie Ikkemotubbe, sie hätten sie in dem Augenblick alle beide geliebt, als Ikkemotubbe mit dem Lächeln in seinem Gesicht vor David Hogganbeck stand und seine rechte Hand flach auf David Hogganbecks Brust gelegt hatte, denn in jenen Tagen gab es noch Männer.

»Noch einmal also, und dann nie mehr«, sagte Ikkemotubbe. »Die Höhle!« Dann kleideten er und David Hogganbeck sich völlig aus, und mein Vater und die andern rieben sie mit Fett ein, den Körper und auch das Haar, mit Bärenfett, das mit Minze untermischt war, diesmal nicht bloß wegen der Geschwindigkeit, sondern auch wegen der Ausdauer, denn die Höhle lag hundertdreißig Meilen entfernt, drüben im Land des alten David Colbert – eine schwarze Höhle in einem Hügel, zu der die Spuren der wilden Tiere nur heranführten und dann abbogen und die kein Hund, auch wenn man ihn noch so prügelte, betreten wollte, und wohin alle Knaben vom Volk ringsum gingen, um dort während ihrer ersten Nacht-fern-vom-Feuer zu liegen und zu beweisen, daß sie genügend Mut hatten, Männer zu werden, denn es war von alters her beim Volk bekannt, daß ein Flüsterlaut oder auch nur die aufgestörte Luft nach einer hastigen Bewegung schon Teile der Decke zum Einsturz brächten, und deshalb glaubten alle, daß eine Bewegung oder ein Geräusch, die nicht einmal sehr stark zu sein brauchten – oder vielleicht zu gewissen Zeiten auch überhaupt nichts –, den ganzen Berg in die Höhle hinunterholen könnten. Dann nahm Ikkemotubbe zwei Pistolen aus der Truhe und leerte sie und lud sie wieder. »Wer die Höhle zuerst betritt, kann sie allein betreten und seine Pistole abfeuern«, sagte er. »Falls er wieder herauskommt, hat er gewonnen.«

»Und wenn er nicht herauskommt?« fragte David Hogganbeck.

»Dann hast du gewonnen«, sagte Ikkemotubbe.

»Oder du«, sagte David Hogganbeck.

Und jetzt, sagte mein Vater, hätte Ikkemotubbe wieder David Hogganbeck zugelächelt. »Oder ich«, sagte er. »Doch ich glaube, ich sagte dir gestern, daß dergleichen für mich kein Sieg ist.« Dann steckte Ikkemotubbe noch eine Ladung Pulver mitsamt Ladepfropf und Kugel in je einen kleinen Medizinbeutel, einen für sich und einen für David Hogganbeck, nur für den Fall, daß derjenige, der die Höhle als erster betrat, nicht rasch genug verlor; und so, nur mit dem Hemd und den Schuhen bekleidet und jeder mit seiner Pistole und dem Medizinbeutel an einer Schnur um den Hals geschlungen, tauchten sie aus Ikkemotubbes Haus auf und fingen an zu laufen.

Es war Abend geworden. Dann wurde es Nacht, und weil David Hogganbeck den Weg nicht kannte, gab Ikkemotubbe auch weiterhin das Tempo an. Doch nach einiger Zeit war es wieder taghell, und nun konnte sich David Hogganbeck, falls er schneller laufen wollte, beim Rennen nach der Sonne und nach den Wegzeichen richten, die Ikkemotubbe ihm beschrieben hatte, als sie an einem Bach ausruhten. Daher lief manchmal David Hogganbeck vorweg und manchmal Ikkemotubbe, und dann überholte David Hogganbeck den Ikkemotubbe, der an einem Quell oder Bach saß und die Füße ins Wasser hielt, und Ikkemotubbe lächelte David Hogganbeck zu und winkte ihm mit der Hand. Dann überholte er David Hogganbeck, und das Land lag jetzt offen da; sie liefen Seite an Seite über die Prärie, und er hatte seine Hand leicht auf David Hogganbecks Schulter gelegt, nicht zuoberst auf die Schulter, sondern leicht dahinter, bis er nach einer Weile David Hogganbeck zulächelte und vorauslief. Doch dann war es Sonnenuntergang, und dann war es wieder dunkel, deshalb verlangsamte Ikkemotubbe seinen Lauf und hielt an, bis er David Hogganbeck hörte und wußte, daß auch David Hogganbeck ihn hören konnte, und dann lief er wieder, so daß David Hogganbeck dem Geräusch seiner Schritte folgen konnte. Als daher David Hogganbeck hinfiel, hörte es Ikkemotubbe und kehrte um und fand David Hogganbeck im Dunkeln und drehte ihn auf den Rücken und fand im Dunkeln Wasser und weichte sein Hemd darin ein und kehrte zurück und wrang das Wasser aus dem Hemd in David Hogganbecks Mund hinein. Und dann war es taghell, und Ikkemotubbe erwachte auch und fand ein Nest mit fünf noch nicht flüggen Vögeln und aß und brachte David Hogganbeck die drei übrigen, und dann ging er weiter, bis er genau dort war, wo David Hogganbeck ihn nicht mehr sehen konnte, und setzte sich wieder, bis David Hogganbeck aufstand.

Und er gab David Hogganbeck auch für jenen Tag die

Wegzeichen bekannt, indem er beim Laufen über die Schulter weg mit David Hogganbeck sprach, doch David Hogganbeck brauchte sie nicht, da er Ikkemotubbe nie wieder überholte. Er kam nie mehr als fünfzehn oder zwanzig Schritte an ihn heran, obwohl es einmal doch so aussah. Denn da war's Ikkemotubbe, der hinfiel. Und es war wieder offenes Land, so daß Ikkemotubbe lange Zeit dort lag und beobachten konnte, wie David Hogganbeck näher kam. Dann war es wieder Sonnenuntergang, und dann war es wieder dunkel, und er lag da und lauschte lange auf David Hogganbecks Kommen, bis es Zeit für Ikkometubbe war, aufzustehen, und das tat er, und sie gingen langsam im Dunkeln weiter, David Hogganbeck mindestens hundert Schritte hinter ihm, bis er ihn fallen hörte, und da legte er sich auch hin. Dann war es wieder Tag, und er sah, wie David Hogganbeck aufstand und langsam auf ihn zukam, und endlich versuchte auch er, aufzustehen, doch tat er's nicht, und es sah so aus, als würde David Hogganbeck ihn einholen. Doch endlich stand er auf, während David Hogganbeck noch vier oder fünf Schritte entfernt war, und sie gingen weiter, bis David Hogganbeck hinfiel, und dann dachte Ikkemotubbe, daß er David Hogganbeck nur beim Hinfallen zuschaue, bis er merkte, daß auch er hingefallen war, doch er richtete sich auf Händen und Knien auf und kroch noch zehn oder fünfzehn Schritte weiter, ehe auch er sich hinlegte. Und dort vor ihm lag bei Sonnenuntergang der Hügel, in dem die Höhle war, und lag dort während der Nacht, und lag noch dort bei Sonnenaufgang.

Ikkemotubbe rannte also als erster in die Höhle, in der Hand schon die gespannte Pistole. Er sagte, wie er am Eingang stehengeblieben wäre, vielleicht, um noch einmal nach der Sonne zu sehen, oder vielleicht auch nur, um zu sehen, wo David Hogganbeck stehengeblieben war. Aber David Hogganbeck rannte auch, und er war noch immer bloß die fünfzehn oder zwanzig Schritte hinter ihm, und außerdem war wegen Herman Baskets verdammter Schwester seit Monden und Monden weder Helle noch Hitze in der Sonne gewesen. Ikkemotubbe rannte also in die Höhle hinein und drehte sich um und sah David Hogganbeck auch in die Höhle hineinrennen und schrie: »Zurück, Dummkopf!« Aber David Hogganbeck rannte doch in die Höhle hinein, sogar noch, als Ikkemotubbe seine Pistole zur Decke aufhob und feuerte. Und dann nichts als Krachen und Einstürzen und Finsternis und Staub, und Ikkemotubbe sagte, wie er gedacht hätte, *Aihi. Es kommt.* Aber es kam nicht, und sogar noch vor der Finsternis sah er, wie David Hogganbeck sich auf Händen und Knien vorwärtsschleuderte, und es war auch keine völlige Finsternis, denn er konnte Sonnenschein und Luft und Tageslicht hinter dem Tunnel sehen, den David Hogganbecks Arme und Beine bildeten, während David Hogganbeck noch immer die eingestürzte Decke mit seinem Rücken aufhielt.

»Beeil dich!« sagte David Hogganbeck. »Zwischen meinen Beinen durch! Ich kann nicht ...«

»Nein, Bruder«, sagte Ikkemotubbe. »Beeil du dich, ehe es dich zerquetscht! Kriech zurück!«

»Beeil dich!« stieß David Hogganbeck zwischen den Zähnen hervor. »Beeil dich, verdammt!« Und Ikkemotubbe tat es, und er erinnerte sich an David Hogganbecks Hüften und Beine, die rot waren vom Licht der aufgehenden Sonne, und auch der Felsblock, der die eingestürzte Decke hielt, lag im Licht der aufgehenden Sonne rot auf David Hogganbecks Rücken. Doch er erinnerte sich nicht, wo er den Pfahl gefunden hatte noch wie er ihn allein in die Höhle getragen und ihn in das Loch neben David Hogganbeck gestoßen und selber seinen Rücken daruntergeduckt und hochgehoben hatte, bis er wußte, daß wenigstens ein Teil des Gewichts der eingestürzten Decke auf dem Pfahl lastete.

»Jetzt«, sagte er. »Rasch!«

»Nein«, sagte David Hogganbeck.

»Rasch, Bruder«, sagte Ikkemotubbe. »Die Last liegt nicht mehr auf dir!«

»Dann kann ich mich wohl nicht bewegen«, sagte David Hogganbeck. Aber auch Ikkemotubbe konnte sich jetzt nicht bewegen, denn jetzt mußte er die eingestürzte Decke mit seinem Rücken und seinen Beinen hochhalten. Deshalb streckte er eine Hand aus und griff David Hogganbeck ins Fleisch und stieß ihn rückwärts aus der Höhle, bis er mit dem Gesicht nach unten im Freien lag. Und vielleicht lastete vorher ein Teil vom Gewicht der eingestürzten Decke auf dem Pfahl, jetzt aber lastete das volle Gewicht darauf, und Ikkemotubbe sagte, wie er gedacht hätte: *Diesmal bestimmt, aihi.* Doch es war nicht sein Rücken, sondern der Pfahl, der zusammenbrach und ihn, ebenfalls mit dem Gesicht nach unten, quer über David Hogganbeck schleuderte – wie zwei hingeworfene Stöcke –, und ein heller Blutklumpen quoll aus David Hogganbecks Mund.

Doch am zweiten Tag hörte David Hogganbeck auf, Blut zu erbrechen, Ikkemotubbe aber war kaum vierzig Meilen zur Pflanzung zurückgelaufen, als mein Vater ihm mit dem Pferd begegnete, auf dem David Hogganbeck reiten sollte. Dann sagte mein Vater: »Ich habe eine Neuigkeit für dich!«

»Ja, ja, du hast das Pferd gefunden«, sagte Ikkemotubbe. »Gut! Komm weiter. Wolln dem verdammten Dummkopf von 'nem Weißen ...«

»Nein, warte, mein Bruder!« sagte mein Vater. »Ich habe eine Neuigkeit für dich!«

Und nun sagte Ikkemotubbe: »Also?«

Doch als Kapitän Studenmare sich Issetibbehas Wagen lieh, um darin nach Natchez zurückzukehren, hatte er auch die Dampfschiffsklaven mitgenommen. Daher machten mein Vater und die jungen Männer ein Feuer im Bauch des Dampfschiffs, damit es gehen sollte, während David Hogganbeck im Obergeschoß saß und von Zeit zu Zeit an der Schreischnur zog, um zu sehen, ob der Dampf noch nicht stark genug sei, und bei jedem Schrei kam immer mehr Volk an den Landeplatz, bis zuletzt das ganze Volk der Pflanzung, ausgenommen vielleicht der alte Issetibbeha, längs des Ufers stand und zuschaute, wie die jungen Männer Holz in den Bauch des Dampfschiffs schleuderten: wenigstens hatte man dergleichen nie zuvor auf unsrer Pflanzung gesehen. Dann war der Dampf stark, und das Dampfschiff fing an zu gehen, und dann fingen auch die Leute an, neben dem Dampfschiff einherzugehen und ein Weilchen den jungen Männern zuzuschauen und dann ein Weilchen Ikkemotubbe und David Hogganbeck zuzuschauen, während das Dampfschiff aus der Pflanzung ging, in der vor kaum sieben Sonnen Ikkemotubbe und David Hogganbeck den ganzen Tag hindurch und noch die halbe Nacht (bis Herman Baskets Tante mit dem Gewehr von Herman Baskets verstorbenem Onkel kam) auf der Veranda von Herman Baskets Haus gesessen hatten, wo jetzt Log-in-the-Creek auf dem Fußboden lag, seine Harmonika mit der hohlen Hand an die Lippen haltend, und Log-in-the-Creeks Frau in den Weinkrug der angeheirateten Kusine zweiten Grades der Großnichte der Frau des alten Dave Colbert Mais oder Erbsen palte. Bald ging Ikkemotubbe ganz und gar fort, und er blieb lange Zeit fort, ehe er wieder zurückkam und sich Doom nannte, mit seinem neuen weißen Freund zurückkam, den auch kein Mensch lieben wollte, und den acht neuen Sklaven, für die wir auch keine Verwendung hatten, weil manchmal jemand aufstehen und etwas erfinden mußte, was die andern, die uns schon gehörten, tun sollten – kam mit den feinen, goldverzierten Kleidern und der kleinen Dose mit dem Salz, an dem die übrigen vier Hündchen auch eins nach dem andern starben, und danach alles übrige, das sich zwischen Doom und dem, was er begehrte, erhob. Aber noch war er nicht ganz fort: er war immer noch bloß Ikkemotubbe, einer von den jungen Männern, einer mehr von den jungen Männern, der liebte und dessen Liebe nicht erwidert wurde, und der die Worte hören und die Tatsachen sehen konnte und der es trotzdem, gleich den jungen Männern, die vor ihm waren, und den andern, die nach ihm kommen sollten, noch immer nicht begreifen konnte.

»Aber nicht ihretwegen!« sagte Ikkemotubbe. »Und auch nicht, weil es Log-in-the-Creek war. Vielleicht fließen sie meinetwegen: weil so ein Kerl wie Log-in-the-Creek sie soweit brachte, daß sie fließen wollten.«

»Denk nicht mehr an sie!« sagte David Hogganbeck.

»Ich tu's nicht. Hab schon aufgehört. Siehst du's?« sagte Ikkemotubbe, während die Abendröte über sein Gesicht strömte, als wäre sie schon Regen statt Licht gewesen, als sie ins Fenster kam. »Es hatte einmal ein weiser Mann unter uns gelebt, der sagte, daß die Liebe einer Frau wie ein Schmetterling sei, der von Blüte zu Blüte flattert und zu guter Letzt sehr leicht dort verweilt, wo ein Pferd gestanden hat.«

»Es hatte einmal ein weiser Mann bei uns gelebt, Salomon genannt, der hat auch oft etwas dergleichen erklärt«, sagte David Hogganbeck. »Vielleicht gibt es einfach eine Weisheit, die für alle Menschen gilt, einerlei, wer sie ausspricht.«

»*Aihi!* Mindestens gibt es für alle Menschen ein und denselben Herzenskummer!« sagte Ikkemotubbe. Dann zog er an der Schreischnur, weil das Schiff jetzt am Haus vorüberging, in dem Log-in-the-Creek und seine Frau wohnten, und jetzt tönte es so wie an jenem ersten Abend, als Kapitän Studenmare noch glaubte, David Hogganbeck würde kommen und dem Schiff den Weg zurück nach Natchez zeigen, bis David Hogganbeck sagte, Ikkemotubbe müsse aufhören. Denn sie würden den Dampf brauchen, weil das Dampfschiff nicht immer ging. Manchmal kroch es, und jedesmal, wenn seine Füße heraufkamen, lag Schlamm auf ihnen, und manchmal wollte es sogar nicht kriechen, bis David Hogganbeck an der Schreischnur zog, wie etwa der Reiter mit dem störrischen Pferd spricht, um es mit seiner Stimme daran zu erinnern, wer oben ist. Dann kroch es wieder, und dann ging es wieder, bis das Volk schließlich nicht mehr Schritt halten konnte, und hinter der letzten Biegung schrie es noch einmal auf, und dann war nichts mehr – weder die dunklen Umrisse der jungen Männer, die herumhüpften und Holz in seinen roten Bauch schleuderten, noch auch nur der Lärm seiner Stimme in der Pflanzung oder in der Nacht. So war es in den alten Zeiten.

Und siehe da!

Der Präsident stand regungslos hinter der Tür des Ankleidezimmers; bis auf seine Stiefel war er fertig angezogen. Es war halb sieben Uhr früh, und es schneite; seit einer Stunde hatte er schon am Fenster gestanden und den Schnee beobachtet. Jetzt stand er hinter der zum Korridor führenden Tür, stand völlig regungslos und auf Strümpfen; hager und groß, wie er war, hatte er den Kopf ein wenig eingezogen, als lausche er, und seiner sorgenvollen Miene fehlte es an jedem Humor, denn der Humor war ihm – im Hinblick auf seine Lage und seine Ansicht darüber – schon vor fast drei Wochen vergangen. Von der Hand hing ihm bis tief gegen das Knie hinab ein eleganter Handspiegel französischer Arbeit, wie er eigentlich auf dem Frisiertisch einer Dame hätte liegen sollen: ganz gewiß zu dieser frühen Stunde an einem Tag im Februar.

Schließlich legte er die Hand auf die Türklinke und öffnete die Tür einen ganz winzigen Spalt: unter dem Druck seiner Hand ging die Tür verstohlen und zollweise und ohne den geringsten Laut etwas weiter auf; ebenso lautlos hielt er sein Auge an den Türspalt und sah auf dem tiefen, dicken Flor des Korridorteppichs einen Knochen liegen. Es war ein gekochter Knochen, eine Rippe; noch hingen dünne Fleischfetzen daran, die in stummen, sich teilweise deckenden Halbmonden die Spuren menschlicher Zähne festgehalten hatten. Und jetzt, bei offener Tür, konnte er auch die Stimmen hören. Noch immer ohne einen Laut, mit der gleichen unendlichen Sorgfalt, hob er den Spiegel und schob ihn weiter vor. Einen Augenblick gewahrte er sein eigenes Spiegelbild und musterte mit einer Art kalten Unglaubens sein Gesicht: das Gesicht eines gewitzigten und tapferen Kämpfers, des beinahe unfehlbaren Experten in der Kenntnis und Lenkung des Menschen und seiner Taten, über das sich jetzt die verwirrte Hilflosigkeit eines Kindes breitete! Dann neigte er den Spiegel etwas mehr, bis er den Korridor darin widergespiegelt fand. Über den Teppich hinweg kauerten zwei Männer einander gegenüber, als trennte sie ein Bach. Er kannte die Gesichter nicht, obwohl er *Das* Gesicht kannte, da er es seit nunmehr drei Wochen tagsüber gesehen und nachts im Traum erblickt hatte. Es war ein gedrungenes Gesicht, dunkel, ein wenig flach, ein wenig mongolisch; verschwiegen, würdevoll, undurchdringlich und ernst. Er hatte es wiederholt gesehen, bis er den Versuch aufgegeben hatte, es zu zählen oder auch nur schätzungsweise zu mustern; selbst jetzt, als er die beiden vor ihm kauernden Männer sah und die ruhigen Stimmen hören konnte, schien es ihm, daß er in einem schwachsinnigen Moment zufolge dauernder Schlaflosigkeit und Überanstrengung auf einen einzelnen Menschen blicke, der seinem Spiegelbild gegenübersaß.

Sie trugen Zylinder und neue Gehröcke; abgesehen von unwichtigen Einzelheiten bezüglich der Kragen und Westen, waren sie für den Vormittag, wenn auch ein wenig früh, tadellos im Stil der Zeit gekleidet – bis herunter zum Gürtel. Aber von da an abwärts wurden Gutgläubigkeit und jedes Gefühl für Schicklichkeit aufs gröbste verletzt. Auf den ersten Blick hätte man gesagt, daß sie unverändert aus dem Pickwickschen England stammten, nur daß die enganliegenden, hellen Unterhosen weder in Reitstiefeln noch überhaupt in irgendwelchen andern Stiefeln endeten, sondern in dunklen, nackten Füßen. Auf dem Fußboden lag neben jedem ein ordentlich zusammengerolltes Bündel dunklen Tuchs; neben jedem Bündel wiederum standen, stummer Zeh bei Zeh und Absatz bei Absatz, zwei Paar neue Stiefel, als wären sie von unsichtbaren Schildwachen eingenommen, die einander über den Korridor hinweg ansahen. Aus einem geflochtenen Eichenrutenkorb neben dem einen der beiden hockenden Männer schoß plötzlich der schlangenähnliche Kopf und Hals eines Kampfhahns hervor, der mit seinem runden, gelben, wütenden Auge den kurz aufblitzenden Spiegel anstarrte. Von diesen beiden Männern kamen die Stimmen, angenehme, würdevolle, ruhige Stimmen:

»Der Hahn hat dir hier oben nicht viel genützt.«

»Das ist wahr. Aber wer weiß? Außerdem hätte ich ihn bestimmt nicht zu Hause lassen können – bei den verdammten, faulen Indianern. Ich hätte keine Feder mehr vorgefunden. Das weißt du ja. Doch es ist lästig, den Käfig Tag und Nacht mit mir herumzuschleppen.«

»Die ganze Geschichte hier ist lästig, falls du meine Meinung wissen willst.«

»Sehr richtig. Die ganze Nacht hier vor der Tür hocken zu müssen, ohne Gewehr oder andere Waffen. Wenn nun während der Nacht schlechte Menschen hätten eindringen wollen – was hätten wir tun können? Falls überhaupt jemand hier einzudringen wünschte. Ich nicht!«

»Niemand will das. Es ist wegen der Ehre.«

»Wessen Ehre? Deine? Meine? Frank Weddels?«

»Wegen der Ehre des weißen Mannes. Du verstehst die weißen Männer nicht. Sie sind wie Kinder: man muß sie nachsichtig behandeln, weil man nie weiß, was ihnen als nächstes in den Sinn kommt. Wenn es daher der Brauch ist, daß die Gäste die ganze Nacht hindurch in der Kälte vor der Tür dieses Mannes hocken, dann müssen wir es eben tun. Übrigens: bist du nicht viel lieber hier drin als draußen im Schnee, in einem von den verdammten Zelten drüben?«

»Ganz gewiß. Was für ein Klima! Was für ein Land! Ich möchte diese Stadt nicht haben, und wenn man sie mir schenkte!«

»Natürlich nicht. Aber so sind die weißen Männer. Doch über den Geschmack läßt sich nicht streiten. Solange wir hier sind, müssen wir versuchen, so zu handeln, wie die Leute hier glauben, daß Indianer handeln sollten. Denn man erfährt es immer erst hinterher, was genau man getan hat, um sie zu kränken oder zu ängstigen. Zum Beispiel auch, die ganze Zeit die Sprache der Weißen sprechen zu müssen ...«

Der Präsident nahm den Spiegel an sich und schloß leise die Tür. Wieder stand er schweigend und regungslos in der Mitte des Zimmers, mit gesenktem Kopf, sinnend, verwirrt und doch unbezwingbar: unbezwingbar, weil es nicht das erstemal war, daß er Widerwärtigkeiten gegenüberstand; verwirrt, weil er nicht einem Feind auf offenem Kampffeld gegenüberstand, sondern innerhalb seines sehr hohen und einsamen Amtes von denen bedrängt wurde, denen er laut gesetzlicher, wenn nicht göttlicher Bestimmung Vater war. Im ehernen Schweigen des winterlichen Morgengrauens schien er, allgegenwärtig und Mauern durchschauend, mit dem Erwachen des stattlichen Hauses eins zu sein. Unsichtbar und in einer Art träumerischen Grauens schien er jeder Gruppe seiner Südstaatler-Gäste anzugehören: der einen, die vor der Tür draußen, und der größeren, die wie ebenso viele aus Stein gehauene Figuren sogar mitten in der Rotunde dieser konkreten und sichtbaren Apotheose des Stolzes einer jungen Nation hockte – in neuen Zylindern und in Gehröcken und in wollenen Unterhosen, die ordentlich zusammengerollten Hosen unter dem Arm, die unbefleckten Schuhe in der andern Hand, dunkel, zeitlos, würdig und gelassen vor den erstaunten Gesichtern und goldenen Tressen, den Schwertern und Ordensbändern und Sternen europäischer Diplomaten!

Der Präsident sagte leise: »Verdammt, verdammt, verdammt!« Er rührte sich und durchquerte das Zimmer, blieb stehen, um seine Stiefel aufzuheben, die neben einem Stuhl standen, und näherte sich der gegenüberliegenden Tür. Wieder blieb er stehen und öffnete auch diese Tür leise und vorsichtig – rein aus einer in drei Wochen zur Gewohnheit gewordenen fatalistischen Einstellung –, obwohl sich dahinter nur seine Frau befand, die friedlich in ihrem Bett schlummerte. Er durchquerte auch dieses Zimmer, seine Stiefel in der Hand, und blieb stehen, um den Spiegel wieder auf den Frisiertisch neben die dazugehörigen Stücke der Garnitur zu legen, die die junge Französische Republik einem seiner Vorgänger geschenkt hatte, und ging dann auf Zehenspitzen weiter und in das Vorzimmer, wo ein Mann in einem langen Umhang aufblickte und sich dann erhob – auch er auf Strümpfen. Sie blickten einander ernst an. »Alles klar?« fragte der Präsident mit leiser Stimme.

»Ja, General.«

»Gut. Haben Sie ...« Der andere deutete auf einen zweiten langen Umhang. »Gut, gut«, sagte der Präsident. Er warf sich den Umhang um die Schultern, noch ehe der andere hinzuspringen konnte. »Jetzt den ...« Diesmal kam ihm der andre zuvor; der Präsident zog den Hut tief ins Gesicht. Sie verließen das Zimmer auf Zehenspitzen, ihre Stiefel in der Hand.

Die Hintertreppe war kalt: ihre bestrumpften Zehen krümmten sich von den Stufen weg; ihr Atemhauch flatterte ihnen um den Kopf. Sie stiegen leise hinab, setzten sich auf die unterste Stufe und zogen sich die Stiefel an.

Draußen schneite es noch. Die Flocken, die vor dem schneefarbenen Himmel und der schneefarbenen Erde nicht zu sehen waren, schienen sich vor dem dunklen Maul der Ställe in heftiger und stummer Überstürzung zu materialisieren. Jeder Busch und Strauch glich einem weißen Ballon, dessen dunkle Bahrtuchfalten leicht und unbeweglich auf die weiße Erde niederfielen. Zwischen ihnen wiederum ragten in einer gewissen Ordnung ein Dutzend ungefähr zeltförmige Hügelchen, und von der obersten Spitze eines jeden hob sich eine kleine Rauchsäule in den windstillen Schnee, als befände sich der Schnee in einem Zustand friedlicher Verbrennung. Der Präsident warf einen einzigen ergrimmten Blick darauf. »Los, voran!« sagte er. Der andre, mit geducktem Kopf und den Mantel nah ans Gesicht haltend, beeilte sich und tauchte im Stall unter. Verflucht der Tag, an dem diese beiden Worte an den Armeechef einer Partei und Nation gerichtet wurden, doch der Präsident war so dicht hinter ihm, daß beider Atem eine einzige Rauchwolke bildeten. Und verflucht der Tag, an dem das Wort *Flucht* so gebraucht wurde, doch sie waren kaum im Stall verschwunden, als sie schon wieder auftauchten, jetzt beritten und schon in leichtem Galopp, und so über den Rasen und an den im Schnee versteckten Zelten vorbei und zu den Toren, die sich auf eine noch im Entstehen befindliche Allee öffneten, welche im Laufe der Zeit zu der Bühne werden sollte, auf der alle vier Jahre die stolze Zierde robusten Mannesalters der jungen Nation zur allgemeinen Bewunderung und zu Neid und Erstaunen der müden Welt paradieren würde. Im Augenblick jedoch wurden die Tore von den eher brennend gegenwärtigen als von prächtigen Zukunftssymbolen eingenommen.

»Obacht!« sagte der andere Mann und zügelte sein Pferd. Sie lenkten beiseite – der Präsident zog den Umhang vor sein Gesicht – und ließen die Gruppe hindurch: die gedrungenen, breiten dunklen Männer, die sich dunkel vom Schnee abhoben, die Zylinder, die formellen Gehröcke und die stämmigen Beine, die von der Hüfte bis zu den Knöcheln in wollenen Unterhosen steckten. Zwischen ihnen schritten drei Pferde, auf deren Rücken die Kadaver von sechs Hirschen geschnürt waren. Sie zogen weiter, an den beiden Reitern vorbei, ohne einen Blick auf sie zu werfen.

»Verdammt, verdammt, verdammt!« sagte der Präsident, dann laut: »Ihr habt gute Jagdbeute gemacht!«

Einer aus der Gruppe blickte flüchtig zu ihm auf. Im Weitergehen sagte er höflich, freundlich und ohne die Stimme zu heben: »Passabel!«

Die Pferde setzten sich in Bewegung. »Ich habe keine Gewehre bemerkt«, sagte der andere Mann.

»Ja«, nickte der Präsident ergrimmt. »Auch dem muß

ich nachgehen. Ich hatte strengen Befehl gegeben ...« Gereizt sagte er: »Verdammt, verdammt! Ob sie ihre zusammengerollten Hosen auch auf der Jagd unterm Arm tragen? Wie?«

Der Minister war beim Frühstück, aß aber nicht. Umgeben von nicht angerührten Gerichten, saß er unrasiert und in seinem Morgenrock da; sein Gesicht zeigte ebenfalls einen verärgerten Ausdruck, als er den Brief überflog, der vor seinem leeren Teller lag. Vor dem Kaminfeuer befanden sich zwei Männer, der eine ein Reiter, der auf einer Holzbank Platz genommen hatte, mit noch nicht geschmolzenem Schnee auf seinem Umhang, während der andere stand – offenbar der Sekretär des Ministers. Als der Präsident und sein Begleiter eintraten, stand der Reiter auf. »Behalten Sie Platz«, sagte der Präsident. Er ging auf den Tisch zu und ließ den Umhang von seiner Schulter gleiten. Der Sekretär trat vor und nahm ihn an sich. »Geben Sie uns zu frühstükken«, sagte der Präsident. »Wir wagen es nicht, nach Hause zu gehen.« Er setzte sich; der Minister legte ihm eigenhändig vor. »Was ist jetzt wieder?« fragte der Präsident.

»Fragen Sie noch?« erwiderte der Minister. Er nahm den Brief in die Hand und starrte ihn an. »Diesmal aus Pennsylvania.« Er schlug auf das Papier. »Erst Maryland, dann New York, und jetzt Pennsylvania. Das einzige Hindernis, das sie aufhalten kann, ist, scheint's, das Wasser im Potomac River.« Seine Stimme war klar und scharf und zornig. »Klagen über Klagen! Diesmal ist es ein Farmer in der Nähe von Gettysburg. Sein Negersklave saß nach Anbruch der Dunkelheit in der Scheune und melkte beim Licht einer Laterne die Kuh, als sie plötzlich – der Neger hat sicher ihrer zweihundert zu sehen geglaubt, da der Farmer sie auf zehn oder zwölf schätzte – in Zylinderhüten aus der Dunkelheit sprangen, mit Messern in der Hand, und nackt vom Gürtel abwärts. Ergebnis, item: eine Scheune und ein Heuschober und eine Kuh verbrannt, als die Laterne umfiel; item: ein tüchtiger Sklave zum letztenmal gesehen worden, als er mit Höchstgeschwindigkeit vom Schauplatz verschwand, auf den Wald zuhaltend und jetzt zweifellos vor Angst oder unter Mitwirkung von wilden Tieren bereits umgekommen. Debet der Regierung der Vereinigten Staaten: für die Scheune und das Heu hundert Dollar, für die Kuh fünfzehn Dollar, für den Negersklaven zweihundert Dollar. Er verlangt es in Gold.«

»Tatsächlich?« sagte der Präsident und aß rasch. »Der Negersklave und die Kuh hielten sie vermutlich für die Geister Hessischer Söldner[3].«

»Ich frage mich, ob sie dachten, die Kuh wäre ein Hirsch«, sagte der Reiter.

»Ach ja«, sagte der Präsdident, »das wollte ich auch noch ...«

»Wie sollte man sie nicht für wer weiß was über oder unter dem Erdboden halten?« rief der Minister. »Die ganze atlantische Meeresküste nördlich des Potomac River wimmelt von Kreaturen in Zylinderhut und Gehrock und wollener Unterhose: Frauen und Kinder erschreckend, Scheunen in Brand steckend, Sklaven verscheuchend, Hirsche tötend ...«

»Ja«, sagte der Präsident, »dazu wollte ich selbst noch ein Wörtchen bemerken. Ich traf eine Gruppe von ihnen auf der Rückkehr, als ich selbst hinauswollte. Sie hatten sechs Hirsche bei sich. Ich hatte doch strengen Befehl gegeben, daß sie keine Gewehre haben dürften!«

Wieder war es der Reiter, der sprach. »Sie benutzen keine Gewehre.«

»Wie?« rief der Präsident. »Ich habe doch selber gesehen ...«

»No, sir. Sie benutzen Messer. Sie pirschen das Wild von hinten an und schwingen sich drauf und schneiden ihm die Kehle durch.«

»Was?« rief der Präsident.

»'s stimmt schon, sir. Ich hab so einen Hirsch gesehen. Er hatte keine einzige Wunde, außer an der Kehle, und die war ihm mit einem einzigen Ratsch bis zum Nackenwirbel aufgeschnitten worden.«

Wieder sagte der Präsident: »Verdammt, verdammt, verdammt.« Dann schwieg der Präsident, und der hohe Militär fluchte eine Weile vor sich hin. Die andern hörten es schweigend mit an; sie hatten ihre Gesichter rücksichtsvoll abgewandt, mit Ausnahme des Ministers, der einen andern Brief zur Hand genommen hatte. »Wenn Sie sie wenigstens überreden könnten, die Hosen anzubehalten«, sagte der Präsident. »Wenigstens im *Haus*!«

Der Minister fuhr zurück, mit gesträubtem Haar, wie ein beleidigter stahlgrauer Kakadu. »Ich, sir? *Ich* soll sie dazu überreden?«

»Warum nicht? Sind sie nicht Ihrem Ministerium unterstellt? Ich bin bloß der Präsident. Verflucht noch mal, es ist schon dahin gekommen, daß meine Frau sich nicht mehr getraut, ihr Schlafzimmer zu verlassen, und erst recht nicht, Damenbesuch zu empfangen. Wie soll ich zum Beispiel dem französischen Gesandten klarmachen, weshalb seine Frau es nicht länger wagt, meine Frau zu besuchen – weil nämlich die Korridore und sogar das Eingangstor zum Haus von halbnackten Chickasaw-Indianern blockiert sind, die auf dem Fußboden schlafen oder halbrohe Fleischrippchen abnagen? Und ich selbst – ich getraue mich nicht an meinen eigenen Eßtisch und muß anderswo um Frühstück bitten, während der offizielle Vertreter der Regierung nichts weiter zu tun hat als ...«

»... als jeden Morgen dem Finanzministerium zu erklären«, fuhr der aufgebrachte Innenminister mit schriller Stimme fort, »weshalb noch einem weiteren holländischen Farmer in Pennsylvania oder New York dreihundert Dollar in Gold für seine zerstörte Farm und sein Vieh ausgezahlt werden müssen, und dem Außenministerium zu versichern, daß die Hauptstadt nicht von Dämonen aus der Hölle belagert wird, und dem Kriegsministerium zu erklären, weshalb zwölf nagelneue Armeezelte an der Spitze mit Metzgermessern ventiliert werden mußten ...«

»Das ist mir auch aufgefallen«, antwortete der Präsident nachsichtig. »Ich hatte es vergessen.«

»Ha! Exzellenz haben es also bemerkt!« entgegnete der Minister aufgebracht. »Exzellenz sahen es und haben es vergessen. Ich habe es weder sehen noch vergessen dürfen. Und jetzt wundern sich Euer Exzellenz, weshalb *ich* sie nicht überrede, Hosen zu tragen!«

»Mir scheint, sie würden's tun«, erwiderte der Präsident gereizt. »Die andern Kleider scheinen ihnen sehr zu gefallen. Aber über den Geschmack läßt sich nicht streiten.« Er aß weiter. Der Minister sah ihn an und wollte etwas sagen. Dann tat er es nicht. Während er den ahnungslosen Präsidenten beobachtete, stahl sich ein merkwürdiger, geheimnisvoller Ausdruck in sein Gesicht: sein zornig gesträubter grauer Schopf glättete sich allmählich, als schrumpfte er zusammen. Seine Stimme klang milde und geschmeidig, als er dann sprach. Die andern drei Männer beobachteten den Präsidenten jetzt mit neugierigen, verstohlenen Mienen.

»Ja«, sagte der Minister, »über den Geschmack läßt sich nicht streiten. Obwohl mir scheint, wenn man als Zeichen der Ehrerbietung und Hochachtung, ganz zu schweigen von Etikette, mit einem Kostüm beschenkt wird, noch dazu vom Häuptling eines – nun ja – Stammes ...«

»Das habe ich auch gedacht«, erwiderte der Präsident unschuldig. Dann hörte er auf zu kauen, blickte hoch und fragte scharf: »Wie bitte?« Die drei im Range tieferstehenden Männer blickten rasch weg, doch der Minister fuhr fort, den Präsidenten mit der gleichen milden, geheimnisvollen Miene zu beobachten. »Was zum Teufel meinen Sie?« fragte der Präsident. Er wußte, was der Minister meinte, genausogut, wie die drei andern Männer es wußten. Ein oder zwei Tage, nachdem sein Gast unangemeldet erschienen war, hatte der Präsident die neue Kleidung für alle angeordnet. Er bestellte Kaufleute und Hutmacher (und bezahlte sie aus eigener Tasche), wie er im Falle eines Krieges Büchsenmacher und Batterieschlosser bestellt haben würde; dadurch wurde es ihm außerdem möglich, ihre Zahl abzuschätzen, wenigstens die der Männer, und innerhalb von achtundvierzig Stunden hatte er dem ernsten, aber kunterbunten Gefolge seines Gastes wenigstens äußerlich ein Gepräge von Dekorum verliehen. Zwei Tage später stattete ihm dann sein Gast – halb Franzose, halb Chickasaw-Indianer, ein untersetzter, beleibter Mann mit dem Gesicht eines Räubers aus der Gascogne und der Manieriertheit eines verwöhnten Eunuchen, mit schmuddeligen Spitzenrüschen am Hals und an den Handgelenken (der gleiche, der nun schon drei Wochen lang seine wachen Stunden und seine nächtlichen Träume mit freundlicher Unentrinnbarkeit verfolgt hatte) – um fünf Uhr frühmorgens, während der Präsident und seine Frau noch zu Bett lagen, einen formellen Besuch ab, zusammen mit zweien seiner Gefolgsleute, die ein Bündel schleppten, und mit (wie es dem Präsidenten schien) mindestens hundert anderen, Männern, Frauen und Kindern, die sich ruhig ins Schlafzimmer drängten, anscheinend, um zuzuschauen, wie er sich damit bekleidete. Mit dem Kostüm nämlich – selbst im ersten Schreck und Grauen fand der Präsident Zeit, sich verstört zu fragen, wo in der Hauptstadt dieser Mann Weddel (oder Vidal) es gefunden hatte: einen Klumpen, ein Netzwerk aus goldenen Tressen, Verschnürungen, Epauletten, Schärpe und Schwert, alles lose zusammengehalten von grellgrünem Tuch und ihm als Gegengeschenk überreicht. Das war's, was der Minister meinte, während der Präsident ihn anstarrte und während hinter ihnen die drei andern standen und mit unerschütterlichem Ernst ins Feuer blickten. »Machen Sie sich ruhig über mich lustig!« sagte der Präsident. »Aber rasch! Sind Sie jetzt fertig mit Lachen?«

»Ich und lachen?« fragte der Minister. »Worüber denn?«

»Gut«, sagte der Präsident. Er schob die Schüsseln von sich weg. »Dann können wir an die Arbeit gehen! Haben Sie irgendwelche Papiere, auf die Sie sich beziehen müssen?«

Der Sekretär des Ministers kam näher. »Soll ich die andern Papiere holen, sir?«

»Papiere?« rief der Minister, und wieder sträubten sich ihm die Haare. »Was zum Teufel brauch ich Papiere? Hab ich etwa seit drei Wochen Tag und Nacht an etwas anderes gedacht?«

»Gut, gut«, beschwichtigte ihn der Präsident. »Wie wär's, wenn Sie mir einen kurzen Überblick gäben, für den Fall, daß ich etwas vergessen habe?«

»Euer Exzellenz können sich weiß Gott glücklich schätzen, wenn es Ihnen möglich war, etwas zu vergessen«, erwiderte der Minister. Aus der Tasche seines Morgenrocks holte er eine Stahlbrille. Doch er benutzte sie nur, um den Präsidenten wieder mit gesträubtem Kakaduschopf empört anzufunkeln. »Dieser Mann – Weddel oder Vidal oder wie er sonst heißen mag, er und seine Familie oder sein Stamm oder was sie sonst sein mögen – behauptet also, den ganzen Teil des Staates Mississippi zu besitzen, der auf dem westlichen Ufer des in Frage stehenden Flusses liegt. Oh, die Übertragungsurkunde ist in Ordnung: dafür hatte sein französischer Vater in New Orleans gesorgt. Well, zufällig ist es nun so, daß seinem Heim oder seiner Plantage auf eine Strecke von dreihundert Meilen die einzige vorhandene Furt gegenüberliegt ...«

»Daß weiß ich alles«, rief der Präsident ungeduldig. »Natürlich bedauere ich es jetzt, daß es überhaupt eine Möglichkeit gegeben hat, den Fluß zu überqueren. Doch sonst verstehe ich nicht ...«

»Die auch nicht«, entgegnete der Minister. »Bis der weiße Mann kam.«

»Ach ja«, rief der Präsident. »Der Mann, der ermor . . .«

Der Minister hob die Hand. »Halt! Er hielt sich etwa einen Monat bei ihnen auf, angeblich, um zu jagen, denn er war den ganzen Tag über abwesend, obwohl er offensichtlich nichts anderes tat, als sich zu vergewissern, daß in der Nähe keine andere Furt war. Er brachte niemals Wild mit; ich könnte mir denken, daß sie sehr darüber lachten – auf ihre freundliche Art.«

»Ja«, sagte der Präsident. »Weddel muß es sehr amüsant gefunden haben.«

». . . oder Vidal oder wie er sonst heißen mag«, fuhr der Minister gereizt fort. »Er scheint nicht einmal zu wissen oder sich auch nur Gedanken darüber zu machen, wie er eigentlich heißt.«

»Weiter!« bat der Präsident. »Mit der Furt!«

»Ja. Eines Tages dann, nach einem Monat, erbot sich der weiße Mann, etwas Land von Weddel zu erwerben – Weddel oder Vidal, verdammt, verd . . .«

»Nennen Sie ihn Weddel«, sagte der Präsident.

». . . von Weddel also. Nicht viel. Ein Stück Land von der Größe dieses Zimmers, für das Weddel oder V . . . ihm einen horrenden Preis abverlangte. Nicht in irgendeiner wucherischen Absicht, versteht sich; bestimmt hätte Weddel dem Mann das Land geschenkt oder es jedenfalls bei einer Partie Messerwerfen als Gewinn ausgesetzt, da es anscheinend bisher noch keinem von ihnen in den Sinn gekommen war, daß der kleine Zipfel Land, den der Mann haben wollte, der einzige verfügbare Zugang zur Furt war. Bestimmt erstreckte sich der Handel selbst über mehrere Tage, wenn nicht gar Wochen, wie eine Art Spiel, um die sonst langweiligen Nachmittage oder Abende auszufüllen, während die Zuschauer herzhaft und freundlich über das erfreuliche Bild lachten. Sie müssen reichlich gelacht haben, besonders, als der Mann den von Weddel geforderten Preis zahlte; sie müssen später sogar gewaltig gelacht haben, als sie beobachteten, wie der weiße Mann in der grellen Sonne arbeitete und einen Zaun um seinen Besitz zog, da es ihnen bestimmt auch dann noch nicht in den Sinn kam, daß der weiße Mann den einzigen Zugang zur Furt verbarrikadiert hatte.«

»Ja«, sagte der Präsident, »aber ich verstehe noch immer nicht ...«

Wieder hob der Minister die Hand – arrogant wie ein Papst, rügend. »Die auch nicht; nicht eher, als bis der erste Reisende einherkam und die Furt überquerte. Der weiße Mann hatte sich eine Zollschranke gebaut.«

»Oh«, sagte der Präsident.

»Ja. Und nun muß es wirklich unterhaltsam für sie gewesen sein, den weißen Mann zu beobachten, der jetzt im Schatten saß: er hatte eine Hirschledertasche an einem Pfosten befestigt, in die jeder Reisende sein Geldstück werfen mußte, und das Tor hatte er so gebaut, daß er es mit einem Strick von der Veranda seiner Blockhütte aus bedienen konnte, ohne seinen Platz zu verlassen. Und nun begann er allerhand zu erwerben, unter anderm das Pferd.«

»Ah«, sagte der Präsident, »jetzt kommen wir der Sache näher.«

»Ja. Von da an begriffen sie es schnell. Wie es scheint, hatten sie ein Wettrennen zwischen dem Pferd des weißen Mannes und dem Pferd des bewußten Neffen verabredet – und gewettet wurde um die Furt und die Zollschranken gegen ungefähr tausend Acker Land. Das Pferd des Neffen verlor. Und in der Nacht ...«

»Ah«, sagte der Präsident, »ich verstehe. In der Nacht wurde der weiße Mann ermor ...«

»Sagen wir, er starb«, fuhr der Minister pedantisch fort, »da es der Agent so in seinem Bericht formuliert hat. Wenn er auch in einer privaten Mitteilung hinzufügte, die Krankheit des weißen Mannes schiene ein gespaltener Schädel gewesen zu sein. Aber darum geht es hier nicht.«

»Nein«, sagte der Präsident. »Es geht um das Haus drüben.« Wo sie jetzt seit drei Wochen waren, Männer, Frauen, Kinder und Negersklaven, fünfzehnhundert Meilen weit auf langsamen Karren hergekommen, seit jenem Tag im Spätherbst, als der Chickasaw-Agent erschienen war, um über den Tod des weißen Mannes Nachforschungen anzustellen. Fünfzehnhundert Meilen weit, über winterliche Sümpfe und Flüssc, über das weg- und steglose östliche Rückgrat des Kontinents, angeführt von dem freundlichen, beleibten Mischlingsdespoten und Patriarchen, der dösend in seiner Kutsche saß, neben ihm sein Neffe, und die eine fette, beringte Hand unter den Kaskaden schmutziger Spitze auf dem Knie des Neffen liegend, um ihn unter Kontrolle zu halten. »Weshalb hat der Agent ihm denn nicht Einhalt geboten?« fragte der Präsident.

»Einhalt geboten?« rief der Minister. »Er machte schließlich ein Zugeständnis und bot ihnen an, den Neffen an Ort und Stelle verhören zu lassen, und zwar von den Indianern, und er behielt es sich einzig vor, die Zollschranke abzuschaffen, da ohnehin niemand den weißen Mann kannte. Aber nein! Der Neffe mußte zu Ihnen kommen, um von Ihnen persönlich freigesprochen oder verurteilt zu werden.«

»Aber konnte der Agent denn nicht alle übrigen aufhalten? Alle übrigen daran hindern, daß sie ...«

»Hindern!« rief der Minister. »Hören Sie! Er zog dorthin und wohnte – Weddel, Vi ... verdammt, verdammt!! Wo war ich? Ja. Weddel sagte ihm, das Haus stehe zu seiner Verfügung, und bald tat's das auch. Wie konnte er denn herausbringen, ob an jedem Morgen weniger Gesichter da waren als am Abend vorher? Hätten Sie's gekonnt? Hätten Sie's wirklich gekonnt?«

»Ich würd's nicht versuchen«, antwortete der Präsident.

»Ich würde bloß ein nationales Danksagungsfest ausrufen lassen. Sie verschwanden also bei Nacht?«

»Ja. Weddel und die Kutsche und ein paar Karren mit Lebensmitteln brachen zuerst auf; sie waren schon etwa einen Monat weg, ehe der Agent merkte, daß die Zahl der Zurückgebliebenen sich etwas verringert hatte. Bei Nacht beluden sie die Karren und zogen ab, familienweise, Großeltern, Eltern, Kinder, Sklaven, Hab und Gut, Hunde, alles! Und weshalb nicht? Weshalb sollten sie sich einen Ferienausflug auf Regierungskosten versagen? Weshalb sollten sie sich – zum geringen Preis einer Fünfzehnhundert-Meilen-Reise, mitten im Winter, durch unbekanntes Land – das Privileg und das Vergnügen entgehen lassen, ein paar Wochen oder Monate in neuen Zylinderhüten und Tuchröcken und Unterhosen im Heim des gütigen weißen Vaters zu verbringen?«

»Ja«, sagte der Präsident. Er sagte: »Und Sie haben ihm erklärt, daß gegen seinen Neffen hier keine Klage vorliegt?«

»Ja. Und daß, wenn sie nach Hause gehen, der Agent den Neffen in aller Öffentlichkeit für unschuldig erklären wird, und zwar in jeder Zeremonie, die ihnen angemessen erscheint. Und er erwiderte – wie hat er's doch ausgedrückt?« – der Minister sprach jetzt mit einer freundlichen, fast singenden Stimme weiter und ahmte beinahe haargenau den Mann nach, dessen Worte er wiederholte: »Wir begehren weiter nichts als Gerechtigkeit. Wenn dieser törichte Bursche einen weißen Mann ermordet hat, dann sollten wir es wissen, finde ich.«

»Verdammt, verdammt, verdammt«, sagte der Präsident. »All right! Wir wollen eine Untersuchung anstellen. Holen Sie sie her, dann haben wir's hinter uns!«

»Hier?« Der Minister fuhr zurück. »In meinem Haus?«

»Warum nicht? Ich habe sie seit drei Wochen; da können Sie sie wenigstens eine Stunde lang haben!« Er wandte sich an seinen Begleiter: »Rasch! Sagen Sie ihm, daß wir hier warten, um seinen Neffen zu verhören!«

Und nun saßen der Präsident und der Minister hinter dem abgeräumten Tisch und blickten zu dem Mann auf, der wie eingerahmt zwischen den geöffneten Türen stand, durch die er eingetreten war, und der die Hand seines Neffen wie ein Onkel hielt, der einen jungen Verwandten vom Lande zum erstenmal in ein hauptstädtisches Wachsfigurenkabinett führt. Unbeweglich betrachteten sie den weichlichen, dickbäuchigen Mann, der ihnen mit seinem weichlichen, freundlichen, undurchdringlichen Gesicht gegenüberstand: mit der langen Mönchsnase, den schweren Lidern, der wabbeligen, milchkaffeefarbenen Kinnwamme über dem schmuddeligen Spitzenschaum einer Eleganz, die seit fünfzig Jahren aus der Mode und verschwunden war; der Mund war klein und voll und sehr rot. Doch irgendwo hinter dem Ausdruck schlapper und müder Enttäuschung, hinter der freundlichen Stimme und der fast weibischen Manieriertheit lag etwas anderes versteckt: etwas Eigensinniges, Gerissenes, Nichtvoraussagbares und Despotisches. Hinter ihm ballte sich, ruhig und in würdigem Ernst, sein dunkelhäutiges Gefolge in Zylinderhüten und Tuchröcken und wollenen Unterhosen, ein jeder seine ordentlich zusammengerollte Hose unter dem Arm.

Er stand noch einen Augenblick länger da und blickte von Gesicht zu Gesicht, bis er den Präsidenten gefunden hatte. Mit einer Stimme voll sanften Vorwurfs sagte er: »Das ist nicht Ihr Haus!«

»Nein«, erwiderte der Präsident. »Es ist das Haus dieses Häuptlings, den ich selbst dazu bestimmt habe, Hüter der Gerechtigkeit zwischen mir und meinem indianischen Volk zu sein. Er wird Euch Gerechtigkeit widerfahren lassen.«

Der Onkel verbeugte sich leicht. »Das ist alles, was wir begehren.«

»Gut«, sagte der Präsident. Auf dem Tisch vor ihm

standen Tintenfaß, Federkiel und Streusandbüchse, und viele Papiere mit Bändern und goldenem Siegel waren deutlich sichtbar ausgebreitet, wenn auch niemand hätte sagen können, ob der schwerlidrige Blick sie bemerkt hatte oder nicht. Der Präsident sah den Neffen an. Jung und schlank stand der Bursche da, das rechte Handgelenk von seines Onkels fetter, spitzenüberrieselter Hand umklammert; so betrachtete er den Präsidenten ruhig und mit ernster und wachsamer Gelassenheit. Der Präsident tauchte den Federkiel in die Tinte. »Ist das der Mann, der ...«

»Der den Mord beging?« erwiderte der Onkel freundlich. »Um das herauszufinden, unternahmen wir diese lange Winterreise. Wenn er es getan hat, wenn der weiße Mann wirklich nicht von seinem schnellen Pferd hinunterfiel und vielleicht mit dem Kopf auf einen scharfen Stein aufschlug, dann sollte dieser mein Neffe bestraft werden. Wir finden, es ist nicht recht, weiße Männer zu erschlagen, wie es die verfluchten Tscherokesen oder die Creeks tun.« Vollkommen unergründlich, vollkommen würdig blickte er auf die beiden erregten Staatspersonen, die hinter dem Tisch ihre ungeschickte Täuschung mit Attrappen aufführten; einen Augenblick begegnete der Präsident den schwerlidrigen Augen und senkte dann seine Lider. Der aufgewühlte Minister aber mit seinem wild gesträubten Schopf starrte den Onkel an:

»Ihr hättet das Pferderennen auf der Furt abhalten sollen«, sagte er. »Wasser hätte keine so klaffende Wunde im Schädel des weißen Mannes verursacht!«

Der Präsident blickte rasch auf und sah, wie das schwere, verschlossene Gesicht geheimnisvoll grübelnd über den Minister nachdachte. Aber fast unmittelbar darauf sprach der Onkel bereits. »Das ist richtig. Doch dieser weiße Mann hätte bestimmt ein Geldstück von meinem Neffen verlangt, falls er durch sein Tor gehen wollte.« Dann lachte er, fröhlich, freundlich, würdevoll. »Vielleicht wäre es besser für den weißen Mann gewesen, wenn er meinem Neffen erlaubt hätte, umsonst hindurchzugehen. Doch darum geht es jetzt nicht.«

»Allerdings nicht«, sagte der Präsident beinah scharf, so daß sie ihn wieder ansahen. Der Federkiel schwebte über dem Papier. »Wie lautet der korrekte Name? Weddel oder Vidal?«

Wieder ertönte die freundliche, gleichmütige Stimme: »Weddel oder Vidal. Was kommt es darauf an, mit welchem Name der Weiße Häuptling uns nennt? Wir sind bloß Indianer: gestern noch gegenwärtig, morgen vergessen.«

Der Präsident beschrieb das Papier. Der Federkiel kratzte gleichmäßig in der Stille, durch die nur ein einziger andrer Laut drang: ein schwacher, gleichmäßiger, unbedeutender Laut, der aus der dunklen und regungslosen Gruppe hinter dem Onkel und dem Neffen herzukommen schien. Der Präsident sandete, was er geschrieben hatte, und faltete es zusammen und stand einen Augenblick da, während sie ihn ruhig beobachteten: den Feldherrn, der noch bei anderen Anlässen als diesem die Menschen vorzüglich befehligt hatte. »Dein Neffe ist dieses Mordes nicht schuldig befunden worden! Mein Häuptling, den ich dazu bestimmt habe, zwischen uns Gerechtigkeit zu sprechen, sagt, er solle heimkehren und nie wieder dergleichen tun, denn das nächstemal würde er ungehalten sein.«

Seine Stimme erstarb in einem erschrockenen Schweigen, in jenem kurzen Augenblick flatterten die schweren Lider, während aus der dunklen Menge hinter ihnen der schwache, ununterbrochene Laut leisen Juckens – von der Hitze und der Wolle hervorgerufen – auch einen Augenblick aufhörte. Der Onkel sprach mit einem Ton entsetzten Unglaubens: »Mein Neffe ist frei?«

»Er ist frei«, antwortete der Präsident.

Der Blick des entsetzten Onkels wanderte durchs Zimmer. »So schnell? Und hier? In diesem Haus? Ich hatte gedacht ... aber es macht nichts.« Sie sahen ihn an. Das Gesicht war wieder glatt und rätselhaft und ausdruckslos. »Wir sind nur Indianer. Bestimmt haben diese vielbeschäftigten weißen Männer nur wenig Zeit für unsre kleinen Angelegenheiten. Vielleicht haben wir sie schon zu lange belästigt.«

»Nein, nein«, entgegnete der Präsident rasch. »Meine indianischen und meine weißen Völker gelten mir gleich viel.« Doch wieder wanderte der Blick des Onkels ruhig im Zimmer umher; der Präsident und der Minister, die Seite an Seite standen, konnten jeder die beim andern aufkeimende Unruhe spüren. Nach einer Weile fragte der Präsident: »Was hattet Ihr denn erwartet, wo die Ratsversammlung stattfinden sollte?«

Der Onkel sah ihn an: »Ihr werdet lachen. In meiner Unwissenheit hatte ich geglaubt, sogar über unsre unbedeutende Angelegenheit würde die Entscheidung in ... aber es macht nichts.«

»Wo ... in?« fragte der Präsident.

Das freundliche, schwere Gesicht blickte ihn wieder einen Augenblick nachdenklich an. »Ihr werdet lachen; trotzdem werde ich mich fügen und es Euch sagen: im großen weißen Beratungshaus unter dem goldenen Adler.«

»Was?« rief der Minister und fuhr wieder auf. »Im ...«

Der Onkel wandte den Blick ab. »Ich sagte ja, daß Ihr lachen würdet. Aber es macht nichts. Wir müssen ohnehin warten.«

»Ihr müßt warten?« fragte der Präsident. »Worauf?«

»Es ist wirklich drollig«, erwiderte der Onkel. Er lachte, immer mit der gleich fröhlich überlegenen Stimme. »Mehr Menschen meines Volkes werden eintreffen. Wir können auf sie warten, da auch sie sehen und hören möchten.« Diesmal vernahm man keinerlei Ausruf, nicht einmal vom Minister. Sie starrten ihn nur an, während die freundliche Stimme weitersprach: »Es scheint, daß ein paar von ihnen sich in bezug auf die Stadt getäuscht haben. Sie hörten von der Hauptstadt des Weißen Häuptlings sprechen, doch zufällig gibt es auch in unserm Land eine Stadt dieses Namens, so daß einige unsrer Leute, als sie sich nach dem Weg erkundigten, falsch unterrichtet wurden und statt dessen dorthin gingen, die armen, unwissenden Indianer!« Er lachte – mit zärtlicher und fröhlicher Duldsamkeit in dem rätselhaften und schläfrigen Gesicht. »Doch ein Bote ist eingetroffen, und innerhalb einer Woche werden sie selbst eintreffen. Dann wollen wir weiterreden über die Strafe für diesen dickköpfigen Burschen!« Er schüttelte den Arm des Neffen ein wenig. Davon abgesehen, bewegte sich der Neffe überhaupt nicht, sondern er beobachtete mit seinem ernsten, unverwandten Blick den Präsidenten.

Lange Zeit war kein andrer Laut wahrzunehmen als das schwache, ununterbrochene Jucken der Indianer. Dann begann der Minister wieder zu sprechen, geduldig wie mit einem Kind. »Seht! Euer Neffe ist frei. Das Papier hier sagt, daß er den weißen Mann nicht erschlagen hat und daß kein Mensch ihn deshalb noch einmal beschuldigen darf, sonst werden ich und der Große Häuptling neben mir erzürnt sein. Er kann jetzt sofort nach Hause zurückkehren. Denn ist es nicht wahrgesprochen, daß die Gräber der Väter eines Mannes während seiner Abwesenheit keine Ruhe finden?«

Abermals trat eine Stille ein. Dann sagte der Präsident: »Außerdem wird das weiße Beratungshaus unter dem goldenen Adler jetzt von einer Versammlung von Häuptlingen benutzt, die dort mehr Macht haben als ich.«

Der Onkel hob die Hand; unter dem schmutzigen Spitzenschaum wackelte sein Zeigefinger in vorwurfsvoller Mißbilligung. »Selbst von einem unwissenden Indianer dürft Ihr nicht verlangen, so etwas zu glauben!« sagte er. Dann fuhr er in genau dem gleichen Tonfall fort; erst hinterher, als der Präsident den Minister darauf aufmerksam machte, begriff dieser, daß der Onkel sich jetzt an ihn wandte. »Und die Häuptlinge werden die weiße Beratungshütte sicher noch eine Zeitlang besetzt halten, vermute ich?«

»Ja«, bestätigte der Minister. »Bis der letzte Schnee dieses Winters zwischen den Blumen und dem grünen Gras vergangen ist.«

»Gut«, sagte der Onkel. »Dann wollen wir warten. Dann hat der Rest meines Volkes Zeit, hier einzutreffen!«

Und so kam es, daß durch die Allee mit der großartigen Zukunft bei noch immer fallendem Schnee eine Kavalkade zog, angeführt von der Kutsche mit dem Präsidenten und dem Onkel und Neffen (auf den Knien des Neffen die fette, beringte Hand), und hinter ihnen eine zweite Kutsche mit dem Minister und seinem Sekretär, und hinter dieser zwei Reihen Soldaten, zwischen denen der dunkle und würdevolle Haufen von Männern, Frauen und Kindern zu Fuß – oder auf dem Arm getragen – folgte; so kam es, daß hinter dem Pult des Sprechers in einem Haus, bestimmt, den hochfliegenden Zukunftstraum auszutragen und zu bedenken, der aller Ungerechtigkeit der Ereignisse und aller Torheit der menschlichen Rasse überlegen war, jetzt der Präsident und der Minister standen, während unter ihnen, umringt von den lebenden Dienern dieses Traumes und umschwebt von den erhabenen und wachsamen Geistern seiner Urheber jetzt der Onkel und der Neffe standen, und hinter ihnen die dunkle Menge der Verwandten und Freunde und Bekannten, von denen gleichmäßig und unvermindert das leise Geräusch gegeneinanderschabender Wolle und Haut ausging. Der Präsident lehnte sich zum Minister hinüber.

»Haben Sie die Kanonen bereit?« flüsterte er. »Glauben Sie bestimmt, daß sie von der Tür aus meinen Arm sehen können? Und wenn die verdammten Kanonen nun explodieren? Sie sind nicht mehr abgefeuert worden, seit Washington zuletzt damit auf Cornwallis schießen ließ! Ob sie mich zur Verantwortung ziehen?«

»Ja«, zischte der Minister.

»Dann steh uns Gott bei! Geben Sie mir das Buch!« Der Minister reichte es ihm. Es waren Petrarkas Sonette, die der Minister, als er an seinem Schreibtisch vorübergegangen war, rasch an sich gerafft hatte. »Hoffentlich erinnere ich mich an genug Jurisprudenz-Latein, um es nicht wie Englisch oder Chickasaw klingen zu lassen!« meinte der Präsident. Er öffnete das Buch, und dann richtete er sich wieder kerzengerade auf, Besieger der Menschen und Sieger in diplomatischen und juristischen und militärischen Schlachten, und blickte herab auf die dunklen, stillen, gespannten wartenden Gesichter; als er sprach, war seine Stimme wieder jene Stimme, die die Menschen auch sonst schon bewogen hatte, innezuhalten und aufzumerken und dann zu gehorchen: »Francis Weddel, Häuptling des Chickasaw-Volkes, und du, Neffe des Francis Weddel und eines Tages auch ein Häuptling, vernehmt meine Worte!« Dann begann er zu lesen. Seine Stimme schwebte kräftig und klangvoll über den dunklen Gesichtern und hallte mit tiefsinnigen und feierlichen Silben durch den erhabenen Kuppelraum. Er las zehn Sonette. Dann, mit erhobenem Arm, kam er zum Schluß. Seine Stimme verhallte dumpf, und er ließ den Arm sinken. Einen Augenblick darauf erdröhnte draußen vor dem Gebäude das krachende Gebrüll der Artillerie. Und nun rührte sich die dunkle Menge zum erstenmal, und ein Laut, ein Gemurmel befriedigten Staunens stieg von ihnen auf. Der Präsident sprach wieder. »Neffe des Francis Weddel, du bist frei! Kehre nach Hause zurück!«

Und jetzt sprach der Onkel. Wieder wackelte sein Finger unter dem Spitzenschaum hervor: »Unfolgsamer Knabe«, sagte er. »Bedenke die Mühe, die du diesen vielbeschäftigten Männern verursacht hast!« Beinahe lebhaft wandte er sich an den Minister; seine Stimme war wieder freundlich, angenehm, beinahe fröhlich: »Und nun die kleine Sache mit der verdammten Furt ...«

Die Herbstsonne fiel ihm warm und angenehm auf die Schultern, und der Präsident sagte ruhig: »Das ist alles« und wandte sich seinem Schreibtisch zu, während der Sekretär fortging. Als er den Brief aufnahm und ihn öffnete, fiel die Sonne auch auf seine Hände und auf das Blatt Papier und gemahnte an das leuchtende Sterben des Jahres und die nahe Ernte und die stillen Rauchsäulen der Holzfeuer – heiteren Friedensbannern über friedlichen Kaminen ringsum im Land.

Plötzlich schrak der Präsident zusammen; er sprang auf, den Brief in der Hand, und starrte ihn entgeistert und voll erschrockener Bestürzung an, während die freundlichen Worte eins ums andere wie Musketenschüsse in sein Begriffsvermögen hineinplatzten:

Lieber Freund und Kollege,

Es ist wirklich drollig! Wieder hat es dieser Hitzkopf von Neffe fertiggebracht – er muß seinen Charakter von seines Vaters Seite her geerbt haben, da es keineswegs der meine ist –, Euch und mich in eine schwierige Lage zu bringen. Wieder geht es um die verdammte Furt! Ein andrer weißer Mann kam zu uns, um, wie wir glaubten, in Frieden zu jagen, da Gottes Wälder und die Hirsche, die Er hineinsetzte, allen Menschen gehören. Doch auch er wurde von der Zwangsvorstellung befallen, sich diese Furt anzueignen, weil er den Gerüchten seines eigenen Volkes gelauscht hat, das in der merkwürdigen und ruhelosen Art weißer Menschen die eine Seite eines Wasserlaufs für so viel besser als die andere hält, daß sie Geldstücke für die Vergünstigung zahlen, um hinüberzugelangen. Deshalb wurde die Sache so angeordnet, wie es dieser weiße Mann wünschte. Vielleicht sagt Ihr, ich hätte nicht recht getan. Aber – ich brauche Euch wohl kaum daran zu erinnern – ich bin ein einfacher Mann, und eines Tages werde ich alt sein, wie ich hoffe, und die beständige Störung durch weiße Männer, die das Wasser überqueren wollen, und das Einsammeln und Aufbewahren der Geldstücke ist nur eine Last. Denn was kann Geld für einen Mann wie mich bedeuten, dessen Los es offenbar ist, seinen Lebensabend im Schatten vertrauter Bäume zu verbringen, aus deren friedlichem Dunkel mein großer weißer Freund das Gesicht jeden Feindes verbannt hat – ausgenommen den Tod? Das waren meine Gedanken, doch wenn Ihr weiterlest, werdet Ihr sehen, daß es anders kommen sollte.

Wieder einmal ist dieser unbesonnene und verantwortungslose Bursche daran schuld. Wie es scheint, hat er diesen neuen weißen Mann herausgefordert (oder der weiße Mann hat ihn herausgefordert: die Wahrheit zu entwirren, überlasse ich Eurer unfehlbaren Weisheit), und zwar zu einem Wettschwimmen im Flusse, und der Wetteinsatz sollte wieder die verdammte Furt gegen ein paar Quadratmeilen Land sein, die mein unbändiger Neffe (da werdet Ihr lachen) überhaupt nicht besitzt! Das Wettschwimmen fand statt, doch unglücklicherweise tauchte unser weißer Mann erst aus dem Flusse auf, nachdem er tot war. Und jetzt ist Euer Agent eingetroffen, und er scheint zu glauben, daß dieses Wettschwimmen vielleicht überhaupt nicht hätte stattfinden sollen. Und daher bleibt mir weiter nichts zu tun übrig, als meine alten Knochen wieder zusammenzuraffen und Euch diesen unbesonnenen Burschen vorzuführen, damit Ihr ihm einen Verweis erteilt. Wir treffen ungefähr in ...

Der Präsident stürzte zum Klingelzug und läutete heftig. Als sein Sekretär eintrat, packte er den Mann bei den Schultern und wirbelte ihn herum, mit dem Gesicht zur Tür. »Holen Sie mir den Kriegsminister und Landkarten von der ganzen Gegend zwischen hier und New Orleans!« rief er. »Schnell!«

Und so sehen wir ihn also wieder: vom Präsidenten ist

nichts mehr da, und es ist allein der Soldat, der mit dem Kriegsminister hinter dem mit Landkarten bedeckten Tisch sitzt, während die Offiziere eines Kavallerieregiments ihnen gegenüberstehen. Der Sekretär am Tisch schreibt in wilder Hast, und der Präsident blickt ihm dabei über die Schulter. »Schreiben Sie es deutlich, so daß selbst ein Indianer es nicht falsch verstehen kann! ... *allen Männern durch diese Verfügung kund und zu wissen«*, sprach er das Geschriebene nach, *»daß Francis Weddel, seine Erben, Nachkommen und Rechtsnachfolger von jetzt an auf ewige Zeiten ... vorausgesetzt* ... Haben Sie vorausgesetzt? Gut!, *vorausgesetzt, daß weder er noch die Seinen jemals wieder das östliche Ufer des oben erwähnten Flusses betreten* ... Und jetzt zu dem verdammten Agenten!« sagte er. »Das Schild muß zweifach ausgeführt und zu beiden Seiten der Furt aufgestellt werden: *Die Vereinigten Staaten übernehmen keinerlei Verantwortung, weder für Mann, Frau oder Kind, ob schwarz, weiß, gelb oder rot, die diese Furt überqueren, und kein weißer Mann soll sie kaufen, pachten oder als Geschenk annehmen, es sei denn bei schwerster Bestrafung durch das Gesetz* ... Kann ich das schreiben?«

»Leider nicht, Euer Exzellenz«, sagte der Sekretär.

Der Präsident dachte rasch nach. »Verdammt«, sagte er. »Streichen Sie also die Vereinigten Staaten durch!« Der Sekretär tat es. Der Präsident faltete die beiden Briefe und übergab sie dem Kavallerie-Oberst. »Reiten Sie!« sagte er. »Ihr Befehl lautet: Halten Sie sie auf!«

»Und wenn sie sich weigern und sich nicht aufhalten lassen?« fragte der Oberst. »Soll ich dann feuern?«

»Ja«, sagte der Präsident. »Erschießen Sie jedes Pferd, jedes Maultier und jeden Ochsen. Zu Fuß gehen sie nämlich nicht, daß weiß ich. Jetzt weg mit Ihnen!« Die Offiziere zogen sich zurück. Der Präsident wandte sich wieder den Landkarten zu, noch immer ganz Soldat: eifrig, glücklich, als ritte er selber mit dem Regiment oder als hätte er es im

Geiste schon mit der scharfsinnigen Umsicht ausschwärmen lassen, die die für den Feind nachteiligste Stelle erkennen und auswählen – und sie dann auch als erster erreichen kann. »Hier wird es sein«, sagte er. Er setzte den Finger auf die Landkarte. »Ein Pferd, General, damit ich hier auf ihn stoßen und seine Flanke aufrollen und ihn vor mir hertreiben kann!«

»Abgemacht, General!« sagte der Kriegsminister.

Ad Astra

Ich weiß nicht, was wir waren. Mit Ausnahme von Comyn waren wir ursprünglich Amerikaner gewesen, aber nach drei Jahren in unsrer britischen Uniform und mit dem britischen Pilotenabzeichen und hier und da einem Ordensbändchen hatten wir uns, glaube ich, in den drei Jahren überhaupt nicht die Mühe gemacht, uns zu fragen, was wir waren, oder darüber nachzudenken oder uns zu erinnern.

Und an jenem Tag, jenem Abend, waren wir sogar noch weniger als das oder mehr als das: waren entweder unterhalb aller Erkenntnis, daß wir's uns in den drei Jahren gar nicht gefragt hatten, oder darüber hinaus. Der Subadar[4] – nach einer Weile war er da, im Turban und mit seinen komischen Majorsabzeichen – sagte uns, wir wären wie Menschen, die versuchten, sich in Wasser zu bewegen. »Doch bald wird sie sich klären, die Atmosphäre aus Haß und bösen Worten«, sagte er. »Wir sind wie Menschen, die versuchen, sich in Wasser zu bewegen, und die mit stockendem Atem ihre schrecklich verkümmerten Glieder betrachten und einer des andern schreckliche Starre betrachten, ohne Empfindung, ohne Kontakt, aller Dinge beraubt, bis auf die Ohnmacht und die Bedürftigkeit.«

Und dann waren wir im Wagen und fuhren nach Amiens: Sartoris am Steuer, und Comyn, ihn um einen halben Kopf überragend, wie eine Übungsattrappe neben ihm auf dem Vordersitz, und der Subadar, Bland und ich auf dem Rücksitz, jeder mit ein oder zwei Flaschen in der Tasche. Mit Ausnahme des Subadars natürlich. Er war untersetzt, klein und dick, aber seine Mäßigkeit war ungeheuer groß. In dem Mahlstrom von Alkohol, in den wir andern unser unentrinnbares Selbst geflüchtet hatten, war er wie ein Felsen und sprach gelassen und mit einer feierlichen Baßstimme, die ihm vier Nummern zu groß war: »In meiner Heimat war ich ein Fürst. Aber alle Menschen sind Brüder.«

Doch jetzt, nach zwölf Jahren, sehe ich uns wie Insekten an der Wasseroberfläche, isoliert und ohne Ziel und unermüdlich. Nicht auf der Oberfläche, sondern in ihr, innerhalb jener Grenze, die weder Luft noch Wasser ist, manchmal eingetaucht und manchmal nicht. Ihr habt wohl schon in einer Bucht eine glatte Grunddünung beobachtet, bei seichtem Wasser, eine stille Bucht, die in ihrer satten Vertrautheit etwas unheimlich wirkt, während hinter dem finsteren Horizont noch das abziehende Unwetter tobt. Das war das Wasser, und wir das Strandgut. Selbst nach zwölf Jahren ist es mir nicht klarer als so. Es war ohne Anfang und ohne Ende. Aus dem Nichts heraus heulten wir auf, ohne etwas von dem Unwetter zu begreifen, dem wir entronnen waren, und von dem fremden Strand, dem wir nicht entrinnen konnten, und daß wir in der Pause zwischen zwei Seen der Dünung starben, wir, die wir zu jung gewesen waren, um jemals gelebt zu haben.

Mitten auf der Landstraße hielten wir, um wieder zu trinken. Das Land war dunkel und leer. Und still: das war's, was einem auffiel, was man bemerkte. Man konnte die Erde atmen hören, wie aus der Narkose kommend, als wüßte sie noch nicht, glaubte noch nicht, daß sie erwacht war. »Aber jetzt ist Frieden«, sagte der Subadar. »Alle Menschen sind Brüder.«

»Du hast mal im Union-Club gesprochen«, sagte Bland. Er war blond und groß. Wenn er durch ein Zimmer ging, in dem sich Frauen aufhielten, hinterließ er ein Kielwasser von Seufzern, wie ein Fährboot, das auf die Rampe gleitet. Er stammte, wie Sartoris, aus den Südstaaten; aber zum Unterschied von Sartoris hatte in den fünf Monaten, die er draußen war, keiner je ein Einschußloch in seiner Maschine entdecken können. Er war mit einer Spange und einem Verwundetenabzeichen aus einem Oxford-Bataillon (er war Rhodes-Stipendiat) hierher zu uns verlegt worden. Wenn er betrunken war, sprach er immer von seiner Frau, obwohl wir alle wußten, daß er nicht verheiratet war.

Er nahm Sartoris die Flasche weg und trank. »Ich habe eine allerliebste kleine Frau«, sagte er. »Ich muß euch von ihr erzählen!«

»Laß es sein«, entgegnete Sartoris. »Gib sie Comyn! Der braucht 'n Mädel!«

»All right«, sagte Bland. »Kannst sie haben, Comyn!«

»Ist sie blond?« fragte Comyn.

»Weiß ich nicht«, erwiderte Bland. Er wandte sich wieder an den Subadar. »Du hast mal im Union-Club gesprochen. Ich erinnere mich an dich.«

»Ach«, sagte der Subadar. »In Oxford. Ja.«

»Er darf ihre Schulen besuchen, die Schulen der Bleichhäutigen und Vornehmen«, sagte Bland. »Aber er kann nicht ihr Offizierspatent bekommen, weil Vornehmheit eine Frage der Hautfarbe ist – und nicht der Abstammung oder des Verhaltens.«

»Der Krieg ist wichtiger als die Wahrheit«, sagte der Subadar. »Deshalb müssen sein Prestige und seine Privilegien den Wenigen vorbehalten bleiben, damit er nicht bei den Vielen, die sterben müssen, an Beliebtheit einbüßt.«

»Wieso wichtiger?« fragte ich. »Ich dachte, der hier wird geführt, um für immer mit den Kriegen Schluß zu machen?«

Der Subadar machte eine kleine Geste: trübe und abbittend und still. »Ich war im Augenblick auch ein Weißer. Für den Weißen ist er wichtiger, weil er die Summe seiner Taten ist: es ist seine Natur.«

»Du siehst also weiter, als wir sehen?«

»Wenn man aus dem Dunkel ins Helle blickt, sieht man weiter, als wenn man im Hellen ist und das Helle betrachtet. Es ist das Prinzip des Fernrohrs. Die Linse narrt uns nur mit dem, was die leidenden und begehrenden Sinne niemals bestätigen können.«

»Was siehst du also?« fragte Bland.

»Ich sehe Mädchen«, sagte Comyn, »ich sehe ganze Felder voll ihrer blonden Haare, blond wie Weizen, und mich mitten im Weizen. Hat vielleicht jemals einer von euch beobachtet, wie ein nicht sichtbarer Hund in einem Weizenfeld herumstöbert?«

»Nicht auf der Suche nach Mädels«, antwortete Bland.

Comyn drehte sich breit und wuchtig auf seinem Platz um. Er war ungeheuer groß. Es war ein Anblick für Götter, zuzusehen, wenn zwei Mechaniker ihn wie mit einem Schuhlöffel ins Cockpit einer Dolphin[5] zwängten: wie wenn zwei Zimmermädchen ein Behelfskopfkissen in einen zu kleinen Bezug stopfen wollen. »Für einen Schilling hau ich dir eine runter«, sagte Comyn.

»Du glaubst also an die Rechtschaffenheit des Menschen?« fragte ich.

»Für einen Schilling hau ich euch allen eine runter«, sagte Comyn.

»Ich glaube an die Erbarmungswürdigkeit des Menschen«, sagte der Subadar. »Das ist mehr.«

»Dann will ich dir den Schilling geben«, sagte Comyn.

»All right«, sagte Sartoris. »Hat überhaupt schon mal einer 'n bißchen Whisky gegen die Nachtluft probiert?«

Comyn nahm die Flasche und trank. »Ganze Felder voll«, sagte er, »und ihre kleinen runden weißen Weiberärschchen blinken im wogenden Weizen.«

Wir tranken also wieder, tranken auf der verlassenen Landstraße zwischen zwei Rübenfeldern in der dunklen Stille, und der Taumel der Trunkenheit begann fühlbar zu werden. Er kehrte von dorther zurück, wohin immer er sich verzogen hatte, und wälzte sich über uns und den Subadar, den ernsten, nüchternen Felsklotz, bis seine Stimme fern und ruhig und unwirklich klang, als er uns erklärte, daß wir alle Brüder seien. Dann war Monaghan da, stand im grellen Licht der Schweinwerfer seines Wagens neben unserm Wagen, in einer R.F.C.-Mütze[6] und einer amerikanischen Uniform mit herunterbaumelnden Achselklappen, und trank aus Comyns Flasche. Neben ihm stand noch ein Mann, auch in einem Waffenrock, der aber kürzer und ordentlicher als der unsre war, und mit einem Verband um den Kopf.

»Ich hau dir eine runter«, sagte Comyn zu Monaghan. »Und geb dir den Schilling!«

»All right«, sagte Monaghan und trank wieder.

»Wir sind alle Brüder«, sagte der Subadar. »Manchmal machen wir vor der verkehrten Herberge halt. Wir glauben, es wäre Nacht, und wir machen halt, obwohl es nicht Nacht ist. Das ist alles.«

»Ich geb dir einen Sovereign«, sagte Comyn zu Monaghan.

»All right«, sagte Monaghan. Er hielt dem andern Mann die Flasche hin, dem mit dem verbundenen Kopf.

»Ich danke Ihnen«, sagte der Mann. »Ich habe reichlich.«

»Ich hau dem da eine runter«, sagte Comyn.

»Weil wir nämlich nur tun können, was in unserm Herzen steckt!« erklärte der Subadar. »Doch wir sehen über das Herz hinaus.«

»Der Teufel hol dich, wenn du's tust!« sagte Monaghan. »Er gehört mir!« Er wandte sich an den Mann mit dem verbundenen Kopf. »Gehörst du mir oder nicht? Hier, trink!«

»Ich habe reichlich, danke, Gentlemen!« sagte der andre. Aber ich glaube, daß ihn keiner von uns richtig beachtete, ehe wir im Cloche-Clos waren. Es war überfüllt und voller Rauch und Lärm. Als wir eintraten, brach aller Lärm plötzlich ab, einer entzweigeschnittenen Saite gleich, deren Ende sich in einer Art entrüsteter Bestürzung der uns folgenden Gesichter verhedderte; und der Kellner – ein alter Mann in einer schmutzigen Schürze – sperrte den Mund auf und wich mit einem Ausdruck empörter Ungläubigkeit vor uns zurück, wie ein Atheist, der sich plötzlich Christus oder dem Teufel gegenübersieht. Wir gingen, während der Kellner im gleichen Tempo wie die sich nach uns umdrehenden, empörten Gesichter vor uns zurückwich, quer durch den Schankraum zu einem Tisch, der einem andern benachbart war, an dem drei französische Offiziere saßen, die uns mit dem gleichen erstaunten, dann empörten und schließlich wütenden Ausdruck beobachteten. Wie ein Mann standen sie auf; der ganze Raum und die Stille selbst füllten sich mit einem Stimmen-Stakkato, das einem Maschinengewehrfeuer glich. Da erst drehte ich mich um und besah mir zum erstenmal Monaghans Begleiter in seiner grünen Uniform und seiner schwarzen, gutsitzenden Hose und den schwarzen Stiefeln und dem Verband. Er hatte sich kürzlich beim Rasieren geschnitten, und mit seinem verbundenen Kopf und dem höflichen und benommenen und blutleeren und leidenden Gesicht sah er aus, als hätte Monaghan ihm ziemlich übel mitgespielt. Sein rundes, junges Gesicht mit dem makellos gewickelten Verband schien die himmelweite Andersartigkeit, die ihn von dem turbangeschmückten Subadar trennte, nur noch zu betonen; flankiert von Monaghan mit seiner wilden Miene und der liederlichen Uniform, und umgeben von den entrüsteten und empörten Gesichtern der Franzosen schien er mit höflichem und lebhaftem Interesse über seinen Kampf gegen den Rausch nachzudenken, den Monaghan ihm aufnötigen wollte. Er hatte etwas von einem heiligen Antonius an sich: aufrecht, soldatisch, jeder Knopf an seinem Platz, mit dem makellosen Verband und den frischen Rasierwunden, schien er eifrig nachzugrübeln, beseelt vom festen Glauben an die Überlegenheit individuellen Verhaltens über ein wildes und unerklärliches Chaos. Dann bemerkte ich Monaghans zweiten Begleiter: einen amerikanischen Militärpolizisten. Er trank nicht. Er saß neben dem

Deutschen und drehte sich mit dem Tabak aus einem Stoffbeutel Zigaretten.

Monaghan – auf der andern Seite des Deutschen – füllte abermals das Glas. »Hab ihn heute früh runtergeholt«, sagte er. »Ich will ihn mit heimnehmen!«

»Warum?« fragte Bland. »Was hast'n mit ihm vor?«

»Er gehört mir!« erklärte Monaghan. Er stellte dem Deutschen das volle Glas hin. »Da! Trink!«

»Ich hab mal dran gedacht, meiner Frau einen mitzubringen«, sagte Bland. »Um ihr zu beweisen, daß ich bloß in 'nem Krieg gewesen bin. Aber ich hab niemals einen guten gefunden. Einen unbeschädigten, mein ich.«

»Los!« sagte Monaghan. »Trink!«

»Ich hatte reichlich«, sagte der Deutsche. »Den ganzen Tag hatte ich schon reichlich.«

»Willst du denn mit ihm nach Amerika gehn?« fragte Bland den Deutschen.

»Ja, es würde mir gefallen. Besten Dank!«

»Natürlich würd's dir gefallen«, sagte Monaghan. »Ich mach noch 'n Mann aus dir! Da! Trink!«

Der Deutsche hob das Glas, aber er hielt es nur in der Hand. Seine Miene war angespannt und flehend und doch voll einer Gelassenheit, wie die eines Mannes, der sich selbst besiegt hat. Ich stelle mir vor, daß manche von den alten Märtyrern mit einem solchen Ausdruck die Löwen betrachtet haben müssen. Er litt übrigens – nicht vom Alkohol, sondern von seiner Kopfwunde. »Ich habe in Bayreuth eine Frau und ein Kleines. Meinen Sohn. Ich habe ihn noch nicht gesehen.«

»Ah!« sagte der Subadar. »Bayreuth! Ich war einmal im Frühling dort.«

»So?« sagte der Deutsche. Er blickte den Subadar rasch an. »Wirklich? Wegen der Musik?«

»Ja«, erwiderte der Subadar. »In Ihrer Musik haben ein paar Ihrer Landsleute die wahre Brüderlichkeit gespürt und empfunden und gelebt. Wir andern können nur über das Herz hinaussehen. Aber in der Musik können wir ihnen ein Weilchen folgen.«

»Und dann müssen wir umkehren«, sagte der Deutsche. »Das ist nicht gut. Weshalb müssen wir immer wieder umkehren?«

»Die Zeit dafür ist noch nicht gekommen«, erwiderte der Subadar. »Aber bald. Es ist nicht mehr so fern wie ehemals. Jetzt nicht mehr.«

»Ja«, sagte der Deutsche. »Die Niederlage wird uns gut tun. Eine Niederlage ist gut für die Kunst; der Sieg ist nicht gut.«

»Du gibst also zu, daß ihr besiegt seid?« fragte Comyn. Er schwitzte wieder, und Sartoris' Nasenflügel waren ganz weiß. Ich dachte daran, was der Subadar von den Menschen im Wasser gesagt hatte. Nur war unser Wasser die Trunkenheit, die Isolierung durch den Alkohol, die den Menschen dahin bringt, zu kreischen und zu lachen und sich herumzuschlagen, nicht einer mit dem andern, sondern jeder mit seinem unerträglichen Selbst, dem sie in ihrer Trunkenheit noch viel lieber entrinnen wollen und noch viel weniger entrinnen können. Laut und überlaut, ohne die schwarze Gewitterwolke eines empörten Frankreich zu beachten (die andern Tische leerten sich unaufhaltsam; die Stammgäste scharten sich jetzt um die hohe Bar, wo die *patronne* saß, eine alte Frau mit Stahlbrille, vor sich auf der Theke ein dickes Strickzeug), brüllten wir einander an, redeten aus unsrer unentrinnbaren Vereinsamung heraus in fremden Zungen und wiederholten uns, ohne daß einer dem andern zuhörte, während – von uns überstimmt und noch fremdartiger – der Deutsche und der Subadar ruhig von Musik und Kunst sprachen und von dem Sieg, der aus der Niederlage geboren wird. Und draußen in der Novemberfinsternis wartete der Waffenstillstand, der nicht ganz glaubwürdige, nicht völlig erwachte Alpdruck, die Atempause uralter, in Worte gekleideter Lüste und flaggengeschmückter und herausgeputzter Begierden.

»Herrgott!« schrie Monaghan. »Ich bin 'n Shanty-Ire[7]! Wahrhaftig, das bin ich!«

»Was ist dabei?« fragte Sartoris mit kreideweißen Nüstern in seinem stark geröteten Gesicht. Im Juli war sein Zwillingsbruder gefallen. Er gehörte zu einer Camel-Staffel unter uns, und Sartoris war unten, als es passierte. Eine ganze Woche danach, sobald er von seiner Patrouille zurückkehrte, versah er sich mit Benzin und Munition und stieg wieder auf. Allein. Eines Tages sah ihn jemand, wie er etwa fünftausend Fuß über einer alten Ak.W.[8] hing. Vermutlich hatte der andere Bursche, der an jenem Morgen bei seinem Bruder war, die Kennzeichen auf der Kiste des Anführers der Hunnenpatrouille gesehen; jedenfalls benutzte Sartoris die alte Ak.W. jetzt als Köder. Woher er sie hatte und wen er überredet hatte, sie zu fliegen, weiß ich nicht. Doch in jener Woche bekam er drei Hunnen, schoß sie ab, wenn sie sich auf die Ak.W. stürzen wollten, und am achten Tag stieg er nicht wieder auf. »Er muß ihn erwischt haben«, sagte Hume. Aber wir wußten es nicht. Er sagte es uns nie. Und von da an war er wieder der alte. Gesprochen hatte er nie sehr viel; machte bloß seine Patrouillenflüge, und vielleicht einmal die Woche setzte er sich hin und soff sich auf seine stille Art die Nasenflügel weiß.

Bland füllte ihm das Glas, beinah tropfenweise, mit katzenhafter Trägheit. Ich begriff, weshalb die Männer ihn nicht leiden konnten, wohl aber die Frauen. Comyn starrte den Deutschen an: er hatte die Arme auf dem Tisch verschränkt, und seine Manschette lag in einer Pfütze verschütteten Alkohols. Seine Augen waren blutunterlaufen und quollen ein wenig hervor. Der amerikanische Militärpolizist mit seiner in die Stirn gezogenen Affenkappe rauchte mit völlig ausdruckslosem Gesicht seine mageren Zigaretten. Die Stahlkette seiner Signalpfeife hing aus seiner Brusttasche;

seine Pistole hatte er nach vorn bis über die Schenkel geschoben. Weiter hinten scharten sich die Franzosen, Soldaten, Kellner und die *patronne*, um die Bartheke. Ich konnte ihre Stimmen wie aus weiter Ferne vernehmen, gleich Grillen im Septembergras, während die Schatten ihrer Hände die Wand hinaufflitzten und wieder wegschnellten.

»Ich bin kein Soldat«, sagte Monaghan. »Ich bin kein Gentleman. Ich bin nichts.« Am Grunde der beiden herunterbaumelnden Achselklappen befand sich je ein kleiner Riß; zwei längere verliefen parallel zur linken Brusttasche, über der sein Pilotenabzeichen und das Band gewesen waren. »Ich weiß nicht, was ich bin. Drei Jahre lang bin ich in dem verdammten Krieg gewesen, und ich weiß weiter nichts, als daß ich nicht tot bin. Ich ...«

»Woher weißt du, daß du nicht tot bist?« fragte Bland.

Monaghan sah Bland an, und der Mund stand ihm von dem angefangenen Satz her noch offen.

»Für 'n Schilling hau ich dir eine runter«, sagte Comyn. »Mir paßt deine blöde Visage nicht, Leutnant! Blöder Leutnant!«

»Ich bin 'n Shanty-Ire«, sagte Monaghan. »Wahrhaftig, das bin ich! Mein Vater war auch 'n Shanty-Ire, weiß Gott! Und ich weiß nicht, was mein Großvater war. Weiß nicht, ob ich überhaupt einen habe! Mein Vater kann sich an keinen erinnern. Wahrscheinlich war's einer von mehreren. Er mußte also nicht mal 'n Gentleman sein. Hat er niemals gemußt. Deshalb konnt er Abwässerkanäle in die Erde buddeln und damit 'ne Million Dollar verdienen und sagen – ich hab's selber gehört, und wenn er die Pfeife geraucht hat, hättet ihr euch die Seele aus 'm Leibe gekotzt, ihr verdammten Vornehmtuer und Schwäch ...«

»Tust du dich mit deines Vaters Geld dicke – oder mit seinen Abwässerkanälen?« fragte Bland.

»– hat zu ihnen raufgesehn und dann zu mir gesagt: ›Wenn du bei deinen feinen Freunden bist‹, hat er gesagt,

›bei den Papas und Mamas und Schwestern von denen, die du von Yale her kennst, dann kannst du sie mal drauf stoßen, daß jeder Mensch der Sklave von sei'm eigenen Dreck ist, und deshalb ist dein alter Pappi, den sie am Boteneingang von ihren Vierzig-Stock-Küchen warten lassen, der König über sie alle...‹ Was hast du gesagt?« Er sah Bland an.

»Hör mal, alter Junge«, sagte der Militärpolizist. »Das langt mir jetzt! Ich muß über den Gefangenen Rapport machen.«

»Warte«, sagte Monaghan, ohne den Blick von Bland abzuwenden. »Was hast du gesagt?«

»Tust du dich mit deines Vaters Geld dicke – oder mit seinen Abwasserkanälen?« fragte Bland.

»Mit gar nix«, entgegnete Monaghan. »Wozu? Genausowenig wie ich mich mit den dreizehn Hunnen dicketue, die ich runtergeholt hab, oder mit den zwei Bändern, von denen mir das eine sein verdammter König gegeben hat«, und er deutete mit dem Kinn auf Comyn.

»Nenn ihn nicht meinen verdammten König!« warnte Comyn, dessen Manschette allmählich den verschütteten Alkohol aufsaugte.

»Seht mal her«, sagte Monaghan und fuhr mit der Hand nach den Rissen auf seinen baumelnden Achselklappen und auf die beiden parallel verlaufenden Risse über der Brusttasche, »das ist meine Meinung von all eurem verfluchten Gequatsche über Ruhm und Gentlemen! Ich bin jung gewesen, hab geglaubt, man muß so sein. Dann saß ich im Schlamassel, und 's war keine Zeit mehr, Schluß zu machen, auch nicht, als ich merkte, daß es einen Dreck wert war. Doch jetzt ist's vorbei; jetzt ist's Schluß. Jetzt kann ich das sein, was ich bin: 'n Shanty-Ire! Sohn von 'nem Emigranten, der nichts als die Schaufel und die Picke kannte, bis ihm seine Jugend und der Spaß an der Freude vorzeitig ausgetrieben wurden. Aus 'm Torfmoor kam er, und sein Sohn ging auf die Gentlemen-Schule und kehrte übers große Wasser zurück, um sich wie all die andern aufzuspielen, die das Torfmoor und den sauren Schweiß von denen besaßen, die drin rumstapften, und der König sagte Bravo!«

»Für 'n Schilling hau ich dir eine runter«, sagte Comyn.

»Aber warum willst du ihn mit heimnehmen?« fragte Bland. Monaghan blickte Bland stumm an. Auch Monaghan hatte etwas von einem Gekreuzigten an sich: wortkarg, wütend, nicht aus Beschränktheit, sondern über sie, wie wenn sich in ihm mehr als in jedem andern von uns der verstummte Aufruhr der alten Lüste und Begierden konzentriert hätte, um endlich zu erwachen, entsetzt über die eigene Ohnmacht und aufgestaute Verzweiflung. Bland saß schlaksig, mit ausgestreckten Beinen da, die Hände in den Hosentaschen, sein schönes Gesicht unerträglich gelassen. »Auf was für einer saitenbespannten Picke könnte er fiedeln? Vielleicht auf einer Schaufel, die mit den Därmen einer streunenden Katze bespannt ist? Vielleicht soll er etwas über die Wasserklosetts von Manhattan komponieren, damit es deinem Vater abends nach dem Essen vorgespielt wird?« Monaghan sah Bland nur mit dem gleichen, wilden, hingerissenen Ausdruck an. Bland drehte sein trauriges Gesicht ein wenig auf die Seite, wo der Deutsche saß.

»Also hört mal!« sagte der Militärpolizist.

»Haben Sie eine Frau, Herr Leutnant?« fragte Bland.

Der Deutsche sah auf. Er blickte rasch von Gesicht zu Gesicht. »Ja, danke«, sagte er. Sein volles Glas hatte er noch immer nicht angerührt, hielt es nur in der Hand. Aber er war nicht weniger bezecht als vorher: der Alkohol wurde in seinem Kopf zum Schmerz, und der Kopf hämmerte und brummte vom genossenen Alkohol. »Meine Angehörigen sind kleine preußische Barone. Wir waren vier Brüder: der zweite war beim Militär, der dritte war in Berlin und tat nichts, und der kleine war Kadett bei den Dragonern; ich war der älteste und ging zur Universität. Dort hab ich's gelernt. Es waren jene Jahre! Gerade, als wären wir, jung und frisch vom Land, zusammengeführt worden, ausgewählt, würdig befunden, Augenzeuge einer Zeit zu sein, die wie eine Frau schwanger war mit den großen Geschicken der Erde und des Menschen. Als sollte der alte Plunder, der alte Unrat menschlicher Dummheit weggefegt werden, um einer neuen Rasse Platz zu machen, die in der heroischen Einfachheit der alten Zeiten über die neue Erde wandelte. Sie kannten jene Jahre, nicht wahr? Als das Auge funkelte und das Blut schneller pochte?« Er forschte in unsern Gesichtern. »Nicht? Nun, vielleicht nicht in Amerika. Amerika ist neu; in einem neuen Haus liegt nicht so viel Plunder herum wie in einem alten.« Er sah einen Augenblick in sein Glas, mit stillem Gesicht. »Ich kehre nach Hause zurück; ich sage zu meinem Vater, ich hätte auf der Universität gelernt, daß es nicht recht ist, und ich will nicht Baron werden. Er kann es nicht glauben. Er spricht von Deutschland, dem Vaterland; ich sage zu ihm, das ist es ja gerade, das! Du sagst Vaterland, ich Bruderland, und ich sage zu ihm, das Wort *Vater* ist eine Unkultur, die als erstes weggefegt wird; es ist das Symbol einer Hierarchie, die die Geschichte der Menschheit mit der Ungerechtigkeit der Willkür gezeichnet hat, anstatt mit Sittlichkeit; mit Gewalt, anstatt mit Liebe.

Sie lassen den einen aus Berlin kommen, der andre kommt vom Militär. Ich sage dauernd, Baron will ich nicht werden, denn es ist nicht recht. Wir sind in dem kleinen Saal, wo an der Wand die Bilder meiner Vorfahren hängen; ich stelle mich vor ihnen auf, wie beim Kriegsgericht, und sage ihnen, daß Franz Baron werden muß, denn ich will's nicht sein. Mein Vater sagt, du kannst, du willst, es ist für Deutschland. Da sag ich: wird meine Frau dann für Deutschland Baronin werden? Und wie beim Kriegsgericht gestehe ich, daß ich die Tochter eines Musikanten geheiratet habe, eines Bauern.

Damit ist's entschieden. Der aus Berlin soll Baron werden. Er und Franz sind Zwillinge, aber Franz ist schon Hauptmann, und selbst der jüngste Offizier der Armee darf an unsers Kaisers Tafel essen; er braucht nicht Baron zu sein. Ich lebe also in Bayreuth, zusammen mit meiner Frau und meiner Musik. Es ist, als wäre ich gestorben. Ich erhalte keine Briefe – bis zu dem einen, der mir mitteilt, daß mein Vater gestorben ist und daß ich ihn getötet habe, und der aus Berlin ist jetzt zu Hause und ist Baron. Aber er bleibt nicht zu Hause. Im Jahre 1912 heißt es in einer Berliner Zeitung, daß der Mann einer gewissen Dame ihn getötet hat, und daher ist Franz nun doch Baron.

Dann kommt der Krieg. Doch ich bin in Bayreuth, zusammen mit meiner Frau und meiner Musik, denn wir glauben, daß es nicht lange dauern wird, weil es früher auch nicht lange gedauert hat. Das Vaterland in seinem Stolz brauchte uns junge Männer von den Hochschulen, aber wann es uns brauchte, das wußte es nicht. Und als es begriff, daß es uns brauchte, da war es zu spät, und jeder Bauer, der sich nicht ohne weiteres töten ließ, genügte ebensogut. Und deshalb ...«

»Warum sind Sie dann gegangen?« fragte Bland. »Haben die Frauen Sie gezwungen? Haben sie Sie vielleicht mit Eiern beworfen?«

Der Deutsche sah Bland an. »Ich bin ein Deutscher; das ist mehr als das ›Ich‹, als das ›Ich bin‹. Aber nicht für Baron und Kaiser!« Dann, ohne die Augen zu bewegen, sah er Bland nicht mehr an. »Es hat ein Deutschland gegeben, ehe es Barone gab«, sagte er. »Und nachher wird es auch dasein.«

»Sogar nach dem jetzigen Krieg?«

»Um so mehr! Damals war es Stolz – ein Wort in aller Munde. Jetzt ist es – wie sagt man doch gleich?«

»Eine Nation senkt ihre Fahnen«, schlug der Subadar vor. »Eine Nation besiegt sich selbst.«

»Oder eine Frau setzt ein Kind in die Welt«, meinte der Deutsche.

»Auf die Lust folgen die Geburtswehen«, sagte der Subadar, »auf die Geburtswehen die Bestätigung, das Göttliche, die Wahrheit.«

Der Militärpolizist drehte sich noch eine Zigarette. Er betrachtete den Subadar mit einem Ausdruck im Gesicht, der zugleich wütend und beherrscht und kalt war. Er befeuchtete das Zigarettenpapier und sah mich an.

»Als ich in das verfluchte Land hier kam«, sagte er, »habe ich geglaubt, 'n Nigger is 'n Nigger. Aber jetzt soll mich der Teufel holen, wenn ich weiß, was sie sind. Was'n der da? 'n Schlangenbeschwörer?«

»Ja«, antwortete ich. »Ein Schlangenbeschwörer.«

»Dann sollte er lieber seine Schlange rausholen und verduften. Ich muß meinen Rapport über den Gefangenen hier schreiben. Seht euch doch mal die drei Frösche[9] drüben an!«

Als ich mich umdrehte, verließen drei von den Franzosen so beleidigt und entrüstet, daß man's ihrem Rücken ansah, den Schankraum. Der Deutsche sprach wieder.

»Ich erfahre durch die Zeitung, daß Franz Oberst ist und dann General, und daß der Kadett, der, als ich ihn zuletzt sah, noch immer ein rundbackiges Anhängsel seines Gewehrs war, jetzt Flieger ist und ein As, dem der Kaiser mit eigener Hand das Eiserne Kreuz verliehen hat. Dann ist es 1916. Ich sehe in der Zeitung, daß der Kadett von Ihrem Kampfflieger Bishop getötet wurde« – er verbeugte sich leicht vor Comyn –, »dem guten Mann. Da war ich nun selber Kadett. Es ist, als wüßte ich's. Es ist, als ob ich sehe, was kommen muß. Ich ließ mich also zu den Fliegern versetzen, und obwohl ich jetzt weiß, daß Franz General beim Oberkommando ist und ich mir jeden Tag sage: ›Du bist wieder da‹, weiß ich doch, daß es nicht recht ist.

So war's, bis unser Kaiser floh. Dann höre ich, daß Franz jetzt in Berlin ist. Ich glaube, daß es eine Wahrheit gibt, daß wir nicht all unsern Stolz verwirkt haben, denn wir wissen, daß es jetzt nicht mehr viel länger dauern wird; und Franz ist in Berlin in Sicherheit, weitab vom Schuß.

Dann kommt ein Morgen, an dem ich den Brief mit meiner Mutter Handschrift erhalte, die ich seit sieben Jahren nicht gesehen habe, an mich als Baron adressiert. Franz ist in einer Berliner Straße von einem deutschen Soldaten vom Pferd geschossen worden. Es ist, als wäre alles vergessen, denn Frauen können all so etwas rasch vergessen, weil für sie nichts wirklich ist – weder Wahrheit noch Gerechtigkeit noch sonst etwas –, bis auf das, was man in den Händen halten oder was sterben kann. Daher verbrenne ich all meine Papiere, das Bild von meiner Frau und meinem Sohn, den ich noch nicht gesehen habe, vernichte meine Erkennungsmarke und entferne alle Abzeichen von meiner Uniform« – er zeigte auf seinen Kragen.

»Soll das heißen, daß Sie nicht die Absicht hatten, zurückzukehren?« fragte Bland. »Warum haben Sie nicht eine Pistole für sich selbst benutzt und Ihrer Regierung ein Flugzeug erhalten?«

»Selbstmord ist nur für den Körper«, sagte der Deutsche. »Der Körper entscheidet nichts. Er ist ohne Bedeutung. Man muß ihn nur sauberhalten, falls möglich.«

»Er ist nur ein Zimmer im Gasthaus«, sagte der Subadar. »Er ist nur etwas, in dem wir uns ein Weilchen verbergen.«

»Der Waschraum«, sagte Bland. »Die Toilette.«

Der Militärpolizist stand auf. Er klopfte dem Deutschen auf die Schulter. Comyn starrte den Deutschen an.

»Ihr gebt also zu, daß ihr besiegt seid?« fragte er.

»Ja«, sagte der Deutsche. »Wir waren als die ersten an der Reihe, weil's bei uns am schlimmsten zuging. Euer England kommt als nächstes dran. Dann wird es auch ihm nicht besser gehen.«

»Sagen Sie nicht, *mein* England!« rief Comyn. »Ich gehöre dem irischen Volk an.« Er wandte sich an Monaghan. »Du sagtest, mein verdammter König! Sag nicht wieder

›mein verdammter König‹. Irland hat seit Ur Neill keinen König mehr gehabt, und Gott segne seinen rothaarigen Hintern!«

Der Deutsche blieb steif und beherrscht; er machte eine leichte Geste. »Verstehen Sie?« fragte er niemand im besonderen.

»Die Sieger verlieren das, was die Besiegten gewinnen«, sagte der Subadar.

»Und was wollen Sie jetzt tun?« fragte Bland.

Der Deutsche antwortete nicht. Kerzengerade saß er mit seinem leidenden Gesicht und dem makellosen Verband da.

»Was willst du denn selber tun?« wandte sich der Subadar an Bland. »Was will jeder von uns allen tun? Die ganze Generation, die im Krieg gekämpft hat, ist heute nacht gestorben. Wir wissen es bloß noch nicht.«

Wir sahen den Subadar an: Comyn mit seinen blutunterlaufenen Schweinsaugen, Sartoris mit seinen weißen Nasenflügeln und der im Stuhl hingerekelte Bland – faul, unerträglich, mit der Miene einer verwöhnten Frau. Hinter dem Deutschen stand der Militärpolizist.

»Es scheint dir ganz verdammt gleichgültig zu sein«, sagte Bland.

»Du glaubst es nicht?« fragte der Subadar. »Wart's ab! Du wirst sehen!«

»Warten?« entgegnete Bland. »Mir scheint, ich hab in den letzten drei Jahren nichts getan, um mir das angewöhnen zu können. In den letzten sechsundzwanzig Jahren! Und davor – kann ich mich nicht erinnern. Vielleicht ebenfalls.«

»Dann wirst du sehen, ohne zu warten«, erklärte der Subadar. »Du wirst sehen!« Er blickte uns alle mit ernster Gelassenheit an. »Die seit vier Jahren da draußen verfaulen« – er schwenkte seinen kurzen, dicken Arm –, »sind nicht toter als wir.«

Wieder berührte der Militärpolizist die Schulter des Deutschen. »Zum Teufel«, sagte er, »komm jetzt mit, mein

Junge!« Dann wandte er den Kopf um, und wir blickten alle auf die beiden Franzosen, einen Offizier und einen Sergeanten, die neben unserm Tisch standen. Ein Weilchen blieben wir einfach so. Es war, als hätten all die kleinen Insekten gemerkt, daß ihre Kreise sich deckten und daß sie überhaupt nicht länger ohne Ziel zu sein brauchten oder immerfort weiterrennen müßten. Unter dem Dunst des Alkohols begann ich in meinem Magen eine harte, heiße Kugel zu spüren, wie manchmal mitten im Kampf oder wie wenn man weiß, gleich passiert etwas: eben der Augenblick, in dem man denkt: ›Jetzt! Jetzt kann ich alles über Bord werfen und einfach ‚Ich' sein. Jetzt. Jetzt.‹ Es ist ganz angenehm.

»Was soll das hier, Monsieur?« fragte der französische Offizier. Monaghan sah zu ihm auf. Er lag schräg hintenüber im Stuhl, auf die Hinterbacken gestemmt, als wären es Füße, und den einen Arm auf dem Tisch. »Warum machen Sie Frankreich Schwierigkeiten, Monsieur?« fragte der Offizier.

Jemand packte Monaghan, als er aufspringen wollte; es war der Militärpolizist hinter ihm, der ihn festhielt, als er schon halb stand. »Moooomentchen mal«, sagte der Militärpolizist; »Mooooomentchen mal!« Während er sprach, zitterte die Zigarette auf seiner Unterlippe; seine Hände lagen auf Monaghans Schultern, und seine Armbinde zeichnete sich keck ab. »Was geht's dich an, Frosch?« entgegnete er. Hinter dem Offizier und dem Sergeanten standen die andern Franzosen und die alte Frau. Sie versuchte, sich durch den Kreis der Männer zu zwängen. »Das ist *mein* Gefangener«, erklärte der Militärpolizist. »Ich nehm ihn mit, wohin's mir paßt, und behalte ihn dort, solang's mir Spaß macht! Was sagst du dazu?«

»Mit welchem Recht, Monsieur?« fragte der Offizier. Er war groß und hatte ein hageres, schwermütiges Gesicht. Ich sah jetzt, daß das eine seiner Augen aus Glas war. Es steckte starr und unbeweglich in einem Gesicht, das noch toter als das künstliche Auge aussah.

Der Militärpolizist warf einen raschen Blick auf seine Armbinde, dann sah er wieder den Offizier an und klatschte auf seine Pistole, die ihm jetzt am Schenkel unten hing. »Ich schleppe ihn durch euer ganzes verdammtes Sauland! Ich schlepp ihn in euern verdammten Senat und geb euerm Präsidenten 'n Fußtritt, damit sein Sessel für meinen Gefangenen frei wird, und du kannst Daumen lutschen, bis ich wiederkomme und dir die Scheiße von den Stiefeln wische!«

»Oh«, sagte der Offizier, »ein Teufelshund[10], wie ich sehe!« Er stieß das Wort zwischen den Zähnen hervor, ohne Regung in dem leblosen Gesicht, das an sich schon eine Beleidigung war. Die *patronne* hinter ihm begann auf französisch zu kreischen:

»*Boche! Boche!* Kaputt! Kaputt! Jede Tasse, jeder Unterteller, Gläser und Teller, alles, alles! Ich werd's euch zeigen! Hab sie für den Tag heute aufgehoben! Acht Monate lang, seit der Granate hab ich sie für den Tag heute in einer Kiste aufgehoben, Teller und Tassen und Untertassen und Gläser, alles, was ich dreißig Jahre lang gehabt habe, alles futsch, alles auf einmal kaputt! Und jedes neue Glas hat fünfzig Centimes das Stück gekostet, schlechtes Zeugs, daß ich mich schäme, es meinen Gästen vorzusetzen ...«

Die Langeweile kann einen unerträglichen Grad, einen Höhepunkt erreichen. Selbst Alkohol kann ihr dann nicht beikommen. Der Pöbel wird dadurch zu Gewalttaten getrieben, einfach durch die unerträglich gewordene, bis zum Zerreißpunkt überdehnte Eintönigkeit. Als Monaghan sich erhob, stieß ihn der Militärpolizist zurück. Dann war es, als stießen wir alle gemeinsam etwas über Bord und fixierten furchtlos und ohne Scham das Gespenst, das wir vier Jahre lang mit Redefloskeln geschmückt hatten, um jedesmal, wenn das Flaggentuch wegrutschte, in gemeinsamer und wackerer Bereitwilligkeit vorzuspringen. Ich sah, wie sich der Militärpolizist auf den Offizier warf und wie dann Comyn aufstand und dazwischentrat. Ich sah, wie der Militärpolizist dreimal mit der Faust auf Comyns Kinn schlug, ehe Comyn ihn wie ein Paket vom Boden aufhob und hoch über die Menge wegschleuderte, so daß er horizontal durch die Luft flog, dabei aber schon an seiner Pistole zerrte. Ich sah drei *poilus* auf Monaghans Rücken, und wie der Offizier versuchte, ihm mit der Flasche eins überzuziehen, und wie Sartoris von hinten auf den Offizier sprang. Comyn war weg; durch die Lücke, die er hinterlassen hatte, drängte sich kreischend die *patronne*. Zwei Männer griffen nach ihr, und sie kämpfte sich weiter, um den Deutschen anzuspucken. *»Boche! Boche!«* kreischte sie und sabberte und spuckte, während ihr die grauen Haare in losen Zotteln ins Gesicht hingen; dann drehte sie sich um und spuckte mich an. »Du auch!« schrie sie. »England ist nicht verwüstet! Du bist auch bloß hergekommen, um das letzte Fleisch von Frankreichs Knochen abzunagen! Schakal! Geier! Bestie! Kaputt! Kaputt! Alles! Alles! Alles!« Und inmitten von all dem Wirrwarr saßen ungerührt und ohne sich zu rühren, wachsam, aufmerksam und beherrscht, der Deutsche und der Subadar – der Deutsche mit seinem überlegenen und leidenden Gesicht, der Subadar gelassen wie ein hockender Götze, und beide mit einem Turban wie die Propheten des Alten Testaments.

Es dauerte nicht lange. Zeit spielte keine Rolle dabei. Oder vielmehr, wir befanden uns außerhalb der Zeit, nicht auf der Oberfläche, sondern darin, in dieser Grenzlinie zwischen dem Alten, wo wir nicht wußten, daß wir gestorben waren, und dem Neuen, wo uns der Subadar sagte, daß wir tot seien. Hinter den erhobenen Flaschen und den blauen Ärmeln, hinter den schmutzigen Händen und den Gesichtern, die wie Masken zu starren Fratzen in lautlosem Schrei verzerrt waren, kleine Kinder fürchten zu machen, erblickte ich Comyn wieder. Er kam angestampft wie ein schwerbeladenes Schiff auf stürmischer See, unter dem Arm den alten Kellner, die Pfeife des Militärpolizisten an den Lippen. Dann schmetterte Sartoris einen Stuhl gegen die einzige Lampe im Raum.

Es war kalt auf der Straße – eine Kälte, die durch die Kleider und durch die vom Alkohol erweiterten Poren drang und verstohlen mit den Knochen tuschelte. Der Platz lag leer da, die Laternen brannten nur vereinzelt und weit weg. So still war es, daß ich das Rieseln des Wassers im Brunnen hören konnte. Aus einiger Entfernung drangen Laute her, auch sie weit weg, unter einem schweren, tief herabhängenden Himmel: ein Rufen, weithin reichend, mit jenem schrillen, fast weiblichen Klang, den alle Rufe an sich haben, sogar die einer Männerversammlung, und nur hin und wieder unterbrochen durch die Klänge einer Kapelle. Im Schatten einer Mauer stützten Monaghan und Comyn den Deutschen. Er war bewußtlos. Bis auf den Schimmer des weißen Verbands waren die drei unsichtbar, und auch zu hören war nichts von ihnen, ausgenommen das unaufhörliche, eintönige Gefluche Monaghans.

»Zwischen den Franzosen und den Engländern hätte es nie zu einem Bündnis kommen sollen«, sagte der Subadar. Er sprach mühelos; seine ungezwungene Stimme klang – gar nicht im Verhältnis zu seiner jetzt nicht sichtbaren Gestalt – voll wie Orgelton. »Verschiedenartige Völker sollten nie ihre Kräfte vereinen, um für das gleiche Ziel zu kämpfen. Jeder möge für eine andere Sache kämpfen, für Ziele, die nicht im Widerspruch zueinander stehen, und jeder auf seine eigene Art.« Sartoris ging an uns vorbei; er kam vom Brunnen und trug seine mit der Öffnung nach oben gekehrte, geschwollene Mütze behutsam vor sich her. Außer seinen Schritten hörten wir noch das aus der Mütze tropfende Wasser. Er verschmolz mit dem Klumpen dichteren

Schattens, aus dem der Verband hervorschimmerte und wo Monaghan leise und unablässig vor sich hinfluchte. »Und jeder nach seiner eigenen Tradition«, sagte der Subadar. »Meinem Volk haben die Engländer Gewehre gegeben. Sie betrachteten sie und kamen damit zu mir: ›Der Speer hier ist zu schwer und zu kurz: wie kann man einen flinken Feind mit einem Speer von dieser Form und diesem Gewicht töten?‹ Und sie haben ihnen Uniformen mit Knöpfen gegeben, die stets zugeknöpft sein sollten. Ich bin oft durch einen ganzen Schützengraben voll meiner Leute gegangen, in denen sie bewegungslos kauerten, bis an die Ohren in Wolldekken und Stroh und leere Sandsäcke eingegraben, und die Gesichter grau vor Kälte. Ich habe die Wolldecken hochgehoben und darunter geduldige, nur mit einem Hemd bekleidete Leiber entdeckt.

Die englischen Offiziere sagten immer zu ihnen: ›Geht dorthin und tut das und das!‹, aber sie rührten sich nicht. Und eines Tages dann, am hellichten Mittag, sprang das ganze Bataillon, das hinter einer Tamariske eine Bewegung gesehen hatte, aus dem Schützengraben und riß mich und einen Offizier mit sich fort. Wir eroberten den Schützengraben, ohne einen Schuß zu feuern; was von uns übrigblieb – der Offizier, ich und siebzehn Mann –, lebte drei Tage in einem Laufgraben der vordersten feindlichen Linie; eine ganze Brigade war nötig, um uns zu befreien. ›Warum habt ihr nicht geschossen?‹ fragte der Offizier. ›Ihr habt euch abknallen lassen wie die Fasane!‹ Sie sahen ihn nicht an. Wie Kinder standen sie da, tuschelnd, aufmerksam, aber nicht beschämt. Ich fragte ihren Häuptling: ›Waren die Gewehre geladen, O Das?‹ Wie Kinder standen sie da, scheu, nicht beschämt. ›O Sohn vieler Könige‹, begann Das. ›Sag dem Sahib die Wahrheit dessen, was du weißt!‹ forderte ich ihn auf. ›Sie waren nicht geladen, Sahib‹, antwortete Das.«

Die Klänge des Orchesters drangen von neuem dumpf durch die dicke Luft. Sie ließen den Deutschen aus einer

Flasche trinken. Monaghan sagte: »So! Geht's dir jetzt besser?«

»Es ist der Kopf«, erwiderte der Deutsche. Sie sprachen ruhig, als unterhielten sie sich über eine Tapete.

Monaghan fluchte wieder. »Ich geh wieder rein! Weiß Gott, ich ...«

»Nein, nein«, sagte der Deutsche. »Das dulde ich nicht. Ich stehe schon in Ihrer Schuld ...«

Wir standen im Schatten der Mauer und tranken. Wir hatten nur noch eine einzige Flasche. Als sie leer war, zerschlug Comyn sie an der Mauer.

»Und jetzt?« fragte Bland.

»Weiber!« sagte Comyn. »Willst du Comyn vom Volke der Iren zwischen lauter blondem Haar sehen, wie einen Hund im Weizen?«

Wir standen da, hörten in der Ferne die Kapelle, das ferne Rufen.

»Geht's dir bestimmt besser?« fragte Monaghan.

»Danke«, sagte der Deutsche. »Ich fühle mich wohl.«

»Dann los!« rief Comyn.

»Willst du ihn mitnehmen?« fragte Bland.

»Ja«, sagte Monaghan. »Warum nicht?«

»Warum bringst du ihn nicht zum A.P.M.? Er hat eine Wunde!«

»Soll ich dir deinen verdammten Schädel einschlagen?« fragte Monaghan.

»All right«, sagte Bland.

»Los jetzt!« kommandierte Comyn. »Nur 'n Dummkopf will lieber raufen als seine Ladung abfeuern. Alle Menschen sind Brüder, und all ihre Frauen sind Schwestern. Kommt also jetzt, ihr Mitternachtsfüsiliere!«

»Hören Sie mal«, sagte Bland zum Deutschen, »wollen Sie mit ihm gehn?« Mit dem Verband um den Kopf waren einzig er und der Subadar zu sehen – wie zwei verwundete Männer zwischen fünf Geistern.

»Stütz ihn mal 'ne Minute!« sagte Monaghan zu Comyn. Monaghan trat auf Bland zu. Er beschimpfte ihn. »Ich rauf mich gern«, sagte er mit der gleichen eintönigen Stimme. »Ich laß mich sogar gern verprügeln.«

»Halt!« sagte der Deutsche. »Ich kann es wirklich nicht dulden.« Monaghan wartete. Er und Bland standen sich auf einen Fußbreit Zwischenraum gegenüber. »Ich habe meine Frau und meinen Sohn in Bayreuth«, sagte der Deutsche. Er sagte es zu mir. Er gab mir die Anschrift, zweimal, und mit großer Sorgfalt.

»Ich schreibe ihr«, versicherte ich. »Was soll ich ihr sagen?«

»Schreiben Sie ihr, es sei nichts. Sie wissen ja.«

»Ja. Ich werde ihr schreiben, daß Sie gesund sind.«

»Schreiben Sie ihr, das Leben sei nichts.«

Comyn und Monaghan bemächtigten sich wieder seiner Arme, einer auf jeder Seite. Sie drehten sich um und gingen, ihn beinah tragend, von uns weg. Comyn blickte sich noch einmal um. »Friede sei mit euch!« sagte er.

»Und mit euch – Friede!« sagte der Subadar. Sie gingen weiter. Wir konnten sie sehen, als sich ihre Silhouetten an der Einmündung einer beleuchteten Gasse abzeichneten. Ein Bogen spannte sich über die Gasse, und das matte, kalte, bleiche Licht lag auf dem Bogen und auf den Mauern, so daß es wie ein Tor aussah; sie stützten beide den Deutschen und schritten durch das Tor.

»Was werden sie mit ihm machen?« fragte Bland. »Ihn in die Ecke stellen und das Licht löschen? Oder haben die französischen Bordelle auch Männerbetten?«

»Wen geht das was an, zum Teufel?« sagte ich.

Die Klänge des Orchesters drangen von neuem dumpf herüber; es war kalt. Jedesmal, wenn mein Fleisch vor Kälte und Trunkenheit erschauerte, schien mir, ich müßte es über meine Knochen scharren hören.

»Seit sieben Jahren bin ich nun in diesem Klima«, sagte

der Subadar. »Doch die Kälte liebe ich immer noch nicht.« Seine Stimme klang tief und ruhig, wie wenn er sechs Fuß groß wäre. Es schien mir, als hätten diejenigen, die ihn erschufen, sich beraten: »Wir wollen ihm etwas geben, womit er seine Botschaft verkünden kann.« »Warum? Wer wird sich seine Botschaft anhören?« »Er selbst. Deshalb wollen wir ihm etwas geben, womit er sich bemerkbar machen kann.«

»Warum gehst du dann nicht nach Indien zurück?« fragte Bland.

»Oh«, antwortete der Subadar, »mir geht's wie ihm: ich möchte auch nicht Baron sein.«

»Und deshalb reißt du aus und läßt die Fremden rein, die dein Volk wie Ochsen und Kaninchen behandeln?«

»Damit, daß ich ging, habe ich in einem einzigen Tag zunichte gemacht, was aufzubauen zweitausend Jahre erforderte. Zählt das nicht?«

Wir zitterten vor Kälte. Jetzt bedrohte uns alles mit Kälte – die Musik und die Rufe, die mit kalten Händen unsern Knochen zuflüsterten – nicht mehr unsern Ohren.

»Well«, sagte Bland, »ich glaube, die englische Regierung tut mehr, um dein Volk zu befreien, als du selber tun könntest.«

Der Subadar berührte Blands Brust mit leichter Hand. »Du bist weise, mein Freund. England kann froh sein, daß nicht alle Engländer so weise sind wie du.«

»Du willst also für den Rest deiner Tage im Exil leben, ja?«

Der Subadar deutete mit seinem kurzen, dicken Arm auf den leeren Torbogen, hinter dem Comyn und der Deutsche und Monaghan verschwunden waren. »Hast du nicht gehört, was er sagte? Das Leben ist nichts.«

»Glaub's, wenn du willst«, sagte Bland. »Aber weiß Gott, mir wär's schrecklich, wenn ich glauben müßte, daß alles, was ich aus den letzten drei Jahren gerettet habe, gar nichts ist.«

»Du hast einen Toten gerettet«, sagte der Subadar gelassen. »Du wirst es schon sehen.«

»Ich habe mein weiteres Schicksal gerettet«, entgegnete Bland. »Weder du noch sonst jemand kann wissen, was das sein wird.«

»Was ist dein Schicksal anders, als tot zu sein? Es trifft sich unglücklich, daß es gerade deine Generation sein mußte. Es trifft sich unglücklich, daß du für den größeren Teil deines Lebens wie ein Geist über die Erde wandeln mußt. Aber das war dein Schicksal.« Aus weiter Ferne drangen die Rufe her, mit jenem verhaltenen Ton, der gleichzeitig weiblich und kindlich war, und dann wieder die Musik, blechern, dumpf wie die Stimmen, von einer hoffnungslosen, hysterischen Heiterkeit, vor allem jedoch hoffnungslos. Im kalten Schimmer der Beleuchtung gähnte der Torbogen leer und unergründlich und stumm, wie das Tor zu einer andern Stadt, zu einer andern Welt. Plötzlich verließ uns Sartoris. Er ging schnurstracks auf die Mauer zu, lehnte den Kopf auf die stützenden Arme und übergab sich.

»Verdammtnochmal«, sagte Bland. »Ich muß was trinken! Wo ist die Flasche?«

»Weg!«

»Weg? Du hattest doch zweie?«

»Und jetzt hab ich keine. Trink Wasser!«

»Wasser?« rief er. »Wer will denn Wasser, verdammtnochmal?«

Dann bildete sich wieder die heiße, harte Kugel in meinem Magen, komisch – unerträglich – wirklich; und wieder der Augenblick, in dem man ›Jetzt‹ sagt. Jetzt kann ich alles von mir werfen.

»*Du* willst's, du verfluchter Kerl!« rief ich.

Bland sah mich nicht an. »Zweimal«, sagte er mit ruhiger, geistesabwesender Stimme. »Zweimal in einer Stunde! Na, wenn das nichts ist?« Er drehte sich um und ging zum Brunnen. Sartoris kam wieder zu uns. Er hielt sich sehr aufrecht. Die Musik verschmolz mit der Kälte und drang mir in die Knochen.

»Wieviel Uhr ist es?« fragte ich.

Sartoris blinzelte auf seine Uhr. »Der Zwölfte.«

»Es ist später als Mitternacht«, sagte ich. »Es muß später sein!«

»Ich hab gesagt, es wär der Zwölfte«, entgegnete Sartoris.

Bland beugte sich über den Brunnen. Dort war es ein bißchen hell. Als wir zu ihm kamen, richtete er sich auf und trocknete sich das Gesicht. Das Licht lag auf seinem Gesicht, und einen Augenblick glaubte ich, er hätte seinen ganzen Kopf im Wasser gehabt, da er sich das Gesicht so hoch hinauf trocknete. Dann sah ich, daß er weinte. Er stand da, trocknete sich das Gesicht und weinte heftig, aber lautlos.

»Meine arme kleine Frau«, sagte er. »Meine arme kleine Frau!«

Sieg

I

Wer ihn an jenem regnerischen Morgen auf der Gare de Lyon bemerkte, wie er aus dem Marseiller Schnellzug stieg, sah einen großen, ein wenig steifen Mann mit gebräuntem Gesicht und spitz gezwirbeltem Schnurrbart und fast weißem Haar. ›Ein Milord‹, dachte man, wenn man seinen strengen, korrekten Anzug, den korrekten, korrekt getragenen Stock und sein nicht umfangreiches Gepäck bemerkte; ›ein Militär und ein Milord. Aber mit seinen Augen stimmt etwas nicht.‹ Immerhin gab es seit nunmehr vier Jahren in Europa sehr viele Menschen, Männer und auch Frauen, mit deren Augen etwas nicht stimmte. Man sah ihn also davongehen, einen halben Kopf größer als die Franzosen, mit seinen eingesunkenen und nervösen Augen, mit der nervösen, entschlossenen und gleichzeitig selbstbewußten Miene, wie er in einen Wagen stieg, und man dachte dabei – falls man überhaupt noch an ihn dachte –: ›Sicher wird man ihn in den Räumen der Gesandtschaft oder an einem Tisch auf den Boulevards oder im Bois in einer Kutsche mit den eleganten englischen Ladies sehen.‹ Das war alles.

Und wer ihn an der Gare du Nord aus dem Wagen steigen sah, dachte: ›Der Milord kehrt in aller Eile nach Hause zurück‹; der Träger, der seinen Koffer nahm, wünschte ihm in ziemlich gutem Englisch »Guten Morgen!« und sagte »Monsieur geht sicher nach England?«, wofür er als Antwort den typischen englischen Blick erhielt, den er vermutlich auch erwartet hatte, und brachte ihn in einem Erster-Klasse-Abteil des Zuges Paris–Calais unter. Und das war wiederum alles. Es hatte auch dann noch seine Richtigkeit, als er in Amiens ausstieg. Sogar englische Milords machten dergleichen. Erst in Rozières begann man aufzublicken und ihm nachzublicken, als er vorbeigegangen war.

In einem Mietwagen rumpelte er durch eine zerstörte Straße voller zerstörter Hausmauern, die ohne Türen und Fenster wie zackige Scherben ins Dämmerlicht aufragten. Die Straße, die hin und wieder teilweise durch eingestürzte Wände und Haufen von Mauerwerk blockiert war, in dessen Ritzen spärliches Gras wuchs, führte an öden und in Trümmern liegenden Höfen vorbei: auf dem einen Hof verrostete stumm zwischen geilem Unkraut ein umgekippter Tank. Das war Rozières, aber hier blieb er nicht, denn hier lebte kein Mensch, und es war auch nichts da, wo man hätte bleiben können.

Der Wagen rumpelte also langsam weiter und ließ schließlich die Ruinen hinter sich. Die schlammige und ungepflasterte Straße führte zu einem Dorf aus aufdringlich neuen Ziegelsteinen und Wellblech und Dächern aus geteerter Dachpappe amerikanischer Herkunft und hielt vor dem größten Haus. Es stand ohne Sockel dicht am Bürgersteig: eine Ziegelmauer mit einer Tür und einem Fenster aus amerikanischem Glas, auf dem das Wort RESTAURANT stand. »Da wären wir, Monsieur«, sagte der Fahrer.

Der Fahrgast stieg aus – mitsamt Koffer und Überzieher und korrektem Stock. Er betrat den ziemlich großen, kahlen Schankraum, der wegen der neuen Tünche kalt wirkte. Er enthielt einen Billardtisch, an dem drei Männer Billard spielten.

Einer blickte über die Schulter und grüßte: *»Bonjour, Monsieur!«*

Der Neuankömmling erwiderte kein Wort. Er durchquerte den Raum, ging an der neuen, verzinkten Bartheke vorbei und näherte sich einer offenen Tür, hinter der eine Frau, etwa um die Vierzig, von der Näharbeit in ihrem Schoß aufblickte.

»Bong jour, Madame«, sagte er. *»Dormie, Madame?«*

Die Frau warf ihm einen einzigen kurzen, stillen Blick zu. *»C'est ça, Monsieur«*, sagte sie und stand auf.

»Dormie, Madame?« fragte er und hob die Stimme ein wenig; sein spitziger Schnurrbart wies ein paar Regenperlchen auf, und unter seinen nervösen, aber selbstbewußten Augen lag etwas Feuchtigkeit. *»Dormie, Madame?«*

»Bon, Monsieur«, sagte die Frau. *»Bon. Bon.«*

»Dor ...« versuchte es der Neuankömmling noch einmal. Jemand berührte seinen Arm. Es war der Mann, der ihn, als er eintrat, vom Billardtisch aus begrüßt hatte.

»Regardez, Monsieur l'Anglais«, sagte der Mann. Er nahm dem Neuankömmling den Koffer ab und deutete mit dem Arm zur Decke empor. *»La chambre.«* Er berührte den Reisenden wieder am Arm, legte das Gesicht in die Handmuschel und schloß die Augen; er zeigte wieder auf die Decke und ging durch den Schankraum zu einer Holztreppe ohne Geländer. Als er an der Bar vorbeikam, nahm er sich dort einen Kerzenstummel und zündete am Fuß der Treppe die Kerze an (der große Schankraum und das Zimmer hinter der Tür, in dem die Frau saß, wurden von einzelnen Birnen beleuchtet, die kahl an Schnüren von der Decke hingen).

Sie stiegen, flackernde Schatten vor sich herwerfend, zu einem schmalen Flur hinauf, der kalt war und feucht wie ein Grab. Die Wände waren mit grobem Mörtel beworfen, der noch nicht ganz trocken war. Der Fußboden war mit Tannenholz gedielt und wies weder einen Teppich noch einen Anstrich auf. Billige Türklinken aus Metall blinkten in symmetrischer Anordnung. Die stagnierende Luft legte sich schwer wie eine Hand sogar auf die Kerzenflamme. Sie betraten ein Zimmer, das auch nach feuchtem Mörtel roch und noch kälter als der Flur war; die stagnierende Kälte war fast greifbar – als wäre die Luft innerhalb der leblosen und neuen Wände wie ein Drei-Minuten-Gelée erstarrt. Das Zimmer enthielt ein Bett, eine Kommode, einen Stuhl, einen Waschständer; die Schüssel, der Krug und der Eimer waren amerikanische Emaille. Als der Reisende das Bett berührte, ließ das Leinen nicht das leiseste Knistern hören; es war grob wie Sacktuch und blieb fast an der Hand kleben, so feucht war es in dieser leblosen Luft, die den Atemhauch der beiden Männer vor der matten Flamme verdichtete.

Der Wirt stellte die Kerze auf die Kommode. *»Dîner, Monsieur?«* fragte er. Der Reisende blickte auf den Wirt hinunter; in seiner korrekten Kleidung und mit der nervösen Miene wirkte er paradox. Seine gewichsten Schnurrbartspitzen glitzerten wie kleine Bajonette über einem Krawattenmuster, das – wenn es der Wirt auch nicht wissen konnte – die Farben eines schottischen Regiments aufwies. *»Manger?«* schrie der Wirt und bewegte in wildem Mienenspiel seine Kinnbacken. *»Manger?«* brüllte er, und sein Schatten äffte seine Bewegung nach, als er auf den Fußboden deutete.

»Ja«, schrie der Fremde ihm seine Antwort ins Gesicht, obwohl sie keinen Meter auseinanderstanden. »Ja! Ja!«

Der Wirt nickte heftig, zeigte auf den Fußboden und dann auf die Tür, nickte wieder und verließ das Zimmer.

Er ging hinunter. Die Frau fand er jetzt in der Küche, vor dem Kochherd. »Er will essen«, sagte der Wirt.

»Dacht's mir schon«, sagte die Frau.

»Man sollte meinen, daß sie lieber zu Hause bleiben«, sagte der Wirt. »Ich bin froh, daß ich nicht zu einem Volk gehöre, dessen Menschen dazu verdammt sind, in einem zu kleinen Land zu wohnen: es kann sie nicht allesamt gleichzeitig unterbringen.«

»Vielleicht ist er hergekommen, um sich den Krieg zu besehn?« sagte die Frau.

»Natürlich ist er das«, entgegnete der Wirt. »Aber da hätt er vier Jahre früher kommen sollen. Damals hätten wir Engländer gebraucht, die sich den Krieg besehn!«

»Damals war er zu alt, um rüberzukommen«, erwiderte die Frau. »Hast du nicht sein Haar gesehn?«

»Dann soll er doch zu Hause bleiben!« meinte der Wirt. »Er ist nicht jünger geworden!«

»Vielleicht ist er rübergekommen, um das Grab von seinem Sohn zu besuchen?« sagte die Frau.

»Der?« sagte der Wirt. »Der da? Der ist viel zu kalt. Der hat nie 'n Sohn gehabt.«

»Hast vielleicht recht«, erwiderte die Frau. »Aber das ist schließlich seine Sache. Für uns geht's drum, ob er Geld hat.«

»Stimmt«, sagte der Wirt. »Ein Mann in unserm Beruf muß das Federvieh nehmen, wie's gerade kommt.«

»Man kann's aber rupfen«, sagte die Frau.

»Gut!« rief der Wirt. »Sehr gut! Rupfen ist glänzend! 's wär der Mühe wert, es dem Engländer zu erzählen.«

»Soll er's doch lieber selbst rausfinden, wenn er abreist!«

»Gut!« rief der Wirt. »Noch besser! Gut, oh, sehr gut!«

»Obacht!« sagte die Frau. »Da kommt er.«

Sie horchten auf die gleichmäßigen Schritte des Reisenden, und dann erschien er in der Tür. Im schwächeren Licht des großen Schankraums sahen sein dunkles Gesicht und das weiße Haar wie ein Kodak-Negativ aus.

Der Tisch war für zwei Personen gedeckt, vor jedem Platz stand eine Karaffe mit Wein. Als der Reisende Platz nahm, trat der andere Gast ein und setzte sich auf den andern Platz – ein kleiner Mann mit verschlagenem Rattengesicht, das auf den ersten Blick überhaupt keine Wimpern zu haben schien. Er steckte sich die Serviette in den Ausschnitt seiner Weste, nahm die Suppenkelle (die Terrine stand zwischen ihnen mitten auf dem Tisch) und bot sie dem andern an. *»Faites-moi l'honneur, Monsieur«*, sagte er.

»Ich spreche nicht französisch«, sagte der andere und aß.

Der kleine Mann aß nicht. Er hielt den noch nicht eingetauchten Löffel über seinem Suppenteller in der Schwebe.

»Särr scheen für mich. Ich spräken das Inglisch. Ich bin Schweizer, ich. Ich spräken alle Sprache.« Der andere erwiderte nichts. Er aß gleichmäßig weiter, aber nicht schnell. »Sie sind zurück und betrachten das Grab von Ihre tapfere Landsmänner, eh? Sie haben Sohn hier vielleicht, eh?«

»Nein«, sagte der andre. Er aß weiter, ohne sich zu unterbrechen.

»Nein?« Der andere aß seinen Teller leer und stellte die Terrine auf die Seite. Er trank etwas Wein. »Was bedauerlich, der Mann, der Sohn hier hat«, sagte der Schweizer. »Aber ist fertig jetzt. Nicht?« Wieder sagte der andere kein Wort. Er blickte den Schweizer nicht an. Mit seinen eingesunkenen Augen und dem starren Schnurrbart in seinem starren Gesicht schien er überhaupt nichts anzublicken. »Ich, ich leiden auch. Alle leiden. Aber ich sagen mir, was möchtest du? Es ist Krieg.«

Der andere antwortete noch immer nicht. Er aß ruhig weiter, ohne sich stören zu lassen, beendete seine Mahlzeit, erhob sich und verließ den Schankraum. Im Vorbeigehen zündete er seine Kerze vor der Bar an, wo der Wirt, der neben einem andern Mann in einer Kordsamtjacke lehnte, sein Glas ein wenig hob und ihm zutrank. *»Au bon dormir!«* sagte der Wirt.

Der Reisende blickte auf den Wirt. Im Kerzenschimmer wirkte sein Gesicht eingesunken, der gewichste Schnurrbart war steif, und die Augen lagen im Schatten. »Was?« fragte er. »Ja. Ja.« Er wandte sich ab und zur Treppe. Die beiden Männer an der Bar beobachteten ihn, wie er mit seinem steifen, stolzen Rücken hinaufging.

Seit der Zug Arras verlassen hatte, beobachteten die beiden Frauen den Mitreisenden in ihrem Abteil. Es war ein Dritter-Klasse-Wagen, weil auf jener Strecke keine Züge mit Erster-Klasse-Wagen verkehrten. Sie saßen mit ihrem in Schals gehüllten Körper da, hatten die derben, stillen

Bäuerinnenhände über den geschlossenen Körben auf ihrem Schoß gefaltet und beobachteten den Mann ihnen gegenüber – das vornehme Weiß des Haares, das sich abhob vom braunen, eingesunkenen Gesicht, die nadelfeinen Schnurrbartspitzen, den im Ausland gearbeiteten Anzug und den Stock –, den Mann ihnen gegenüber auf der abgewetzten, schmierigen Holzbank, der aus dem Fenster blickte. Zuerst hatten sie nur scheu hingesehen, darauf vorbereitet, den Blick schnell abzuwenden, doch da der Mann sie gar nicht zu gewahren schien, begannen sie, hinter der vorgehaltenen Hand leise miteinander zu flüstern. Aber der Mann schien es nicht zu bemerken, deshalb sprachen sie bald mit gedämpfter Stimme und beobachteten mit blanken, aufmerksamen, neugierigen Augen die steife, paradoxe Gestalt, die sich, auf den Stock gestützt, im Sitzen ein wenig vorneigte und aus dem schmutzigen Fenster blickte, hinter dem nichts zu sehen war als hin und wieder eine aufgerissene Landstraße oder der mannshohe Stumpf eines zerschmetterten Baumes, der die kleinen Äcker umgepflügten Landes unterbrach. Die Furchen kreisten ohne ersichtlichen Grund um kleine Inseln aus Erde, die mit niedrigen, rotgestrichenen Schildern markiert waren ... rätselhafte Inseln, und einsam über der Zerstörung, die sie in ihrem Schoß bargen. Dann verlangsamte der Zug seine Fahrt und fuhr plötzlich zwischen Trümmern weiter, aus denen sich ein kleines Wellblechhaus erhob, das in großen Buchstaben einen Namen trug; sie sahen, wie der Mann sich vorbeugte.

»Sieh mal!« sagte eine von den beiden Frauen. »Sieh mal seine Lippen an! Er liest den Namen! Was hab ich dir gesagt? Hab ich doch gleich gesagt! Sein Sohn ist hierherum gefallen.«

»Dann müßt er 'ne Menge Söhne gehabt haben«, entgegnete die andere Frau. »Seit wir aus Arras raus sind, hat er jedesmal den Namen gelesen. Haha! Der und 'n Sohn! So'n Kalter!«

»Sie bekommen aber Kinder!«

»Das ’s ja der Grund, weshalb sie Whisky trinken. Sonst ...«

»Hast recht. Die denken bloß an Geld und Essen, die Engelschen.«

Bald darauf stiegen sie aus; der Zug fuhr weiter. Dann stiegen andre Reisende ins Abteil, Bauern mit beschmutzten Stiefeln; sie trugen Körbe mit lebendem oder totem Geflügel; auch sie beobachteten die starre, regungslose Gestalt, die am Fenster lehnte, während der Zug durch das in Trümmern liegende Land fuhr, vorbei an Bahnhöfen aus Ziegelstein oder Wellblech inmitten von Ruinenhaufen, und sie sahen, wie sich seine Lippen bewegten, wenn er die Namen las.

»Soll er sich nur mal den Krieg besehn, von dem er anscheinend auch endlich gehört hat«, sagten sie untereinander. »Dann kann er wieder heimfahren. Auf seiner Tenne ist er nicht ausgefochten worden, der Krieg!«

»Und auch nicht in seinem Haus«, sagte eine Frau.

II

Das Bataillon steht in Reih und Glied im Regen. Es hat zwei Tage im Ruhequartier gelegen, die Ausrüstung ist ergänzt und gesäubert, Lücken sind ausgefüllt und die Reihen geschlossen worden, und jetzt steht es mit der dummen Fügsamkeit von Schafen im endlosen Regen, der tropfnassen Gestalt des Feldwebels gegenüber.

Dann taucht in einer Tür jenseits des Platzes der Oberst auf. Er bleibt einen Augenblick auf der Türschwelle stehen, schließt seinen Trenchcoat und tritt, begleitet von zwei Adjutanten, zimperlichen Schritts mit seinen blankgewichsten Stiefeln in den Schlamm und kommt näher.

»Stillgestanden ... ’tung!« brüllt der Feldwebel. Ein Ruck

läuft durch das Bataillon, ein einziges dumpfes, unwilliges Geräusch. Der Feldwebel dreht sich um, macht einen Schritt auf die Offiziere zu und salutiert, das Stöckchen in die Achselhöhle geklemmt. Das Stöckchen des Obersten zuckt gegen seinen Mützenschirm.

»Rührt euch, Leute!« sagt er. Wieder läuft ein Ruck durch das Bataillon: ein einziges langsames, versickerndes Geräusch. Die Offiziere nähern sich der ersten Reihe des ersten Zuges. Der Feldwebel folgt hinter dem letzten Offizier. Der Sergeant des ersten Zuges tritt einen Schritt vor und salutiert. Der Oberst reagiert überhaupt nicht. Der Sergeant schließt sich dem Feldwebel an, und zu fünft schreiten sie die Kompaniefront ab und starren im Vorbeischreiten in jedes regungslose, geradeausstarrende Gesicht. Die erste Kompanie.

Der Sergeant salutiert hinter dem Rücken des Obersten und kehrt auf seinen ursprünglichen Platz zurück und nimmt Habt-acht-Stellung ein. Der Sergeant der zweiten Kompanie ist vorgetreten, salutiert, wird ignoriert und schließt sich dem Feldwebel an, und zusammen schreiten sie die Front der zweiten Kompanie ab. Vom Trenchcoat des Obersten trieft das Wasser auf seine blankgewichsten Stiefel. Schlamm vom Boden kriecht an den Stiefeln hoch und stößt auf das Wasser und wird vom Wasser in Rinnsalen durchfurcht und kriecht wieder an den blankgewichsten Stiefeln hoch.

Dritte Kompanie. Der Oberst bleibt vor einem Soldaten stehen. Wo ihm der Regen von der Mütze tröpfelt, hat er seinen Trenchcoat im Nacken hochgezogen, so daß er einem cholerischen und entrüsteten Vogel gleicht. Die andern beiden Offiziere, der Feldwebel und der Sergeant bleiben ebenfalls stehen, und zu fünft starren sie die ihnen gegenüberstehenden Soldaten an. Die fünf Soldaten blicken starr und ohne mit der Wimper zu zucken scharf geradeaus, mit Gesichtern wie aus Holz und mit Augen wie aus Holz.

»Sergeant!« ruft der Oberst mit seiner verdrießlichen Stimme, »hat dieser Mann sich heute rasiert?«

»Sir!« ruft der Sergeant mit schallender Stimme. Der Feldwebel fragt: »Hat dieser Mann sich heute rasiert, Sergeant?«, und alle fünf starren jetzt den Soldaten an, dessen starrer Blick an ihnen vorbei und durch sie hindurchzudringen scheint, als wären sie nicht vorhanden. »Treten Sie einen Schritt vor, wenn Sie in Reih und Glied sprechen!« sagt der Feldwebel.

Der Soldat, der nicht gesprochen hat, tritt aus seiner Reihe vor und jagt dabei dem Obersten einen Schlammspritzer noch höher die Stiefel hinauf.

»Sie heißen?« fragt der Oberst.

»024186 Gray«, leiert der Soldat wie geölt herunter. Die Kompanie – das Bataillon – starrt scharf geradeaus.

»Sir!« donnert der Feldwebel.

»Sir-r«, sagt der Soldat.

»Haben Sie sich heute früh rasiert?« fragt der Oberst.

»Nö, sir-r!«

»Warum nicht?«

»Rasier mich nich, sir-r!«

»Sie rasieren sich nicht?«

»Bin noch nich so alt, daß 'ch mich rasieren muß.«

»Sir!« donnert der Feldwebel.

»Sir-r«, sagt der Soldat.

»Sie sind noch nicht ...« Die Stimme des Obersten erstirbt irgendwo hinter seinem cholerischen Blick und dem vom Mützenschirm tröpfelnden Wasser. »Notieren Sie seinen Namen, Feldwebel!« sagt er und geht weiter.

Das Bataillon blickt starr geradeaus. Bald danach sehen sie, wie der Oberst, die beiden Offiziere und der Feldwebel im Gänsemarsch wieder auftauchen. An der richtigen Stelle bleibt der Feldwebel stehen und salutiert hinter dem Rükken des Obersten. Der Oberst zuckt wieder mit seiner Stöckchenhand und geht, begleitet von den beiden Offizieren, in ziemlichem Trab zur Tür zurück, aus der er aufgetaucht war.

Der Feldwebel stellt sich wieder vor dem Bataillon auf. »Stillgestanden!« brüllt er. Eine einzige, nicht unterscheidbare Bewegung läuft von Glied zu Glied, ein nicht unterscheidbarer Vorläufer des feuchten und jähen Rucks, der im Entstehen vergeht. Der Stock des Feldwebels steckt nicht in seiner Achselhöhle; er stützt sich jetzt darauf, wie es die Offiziere tun. Eine Weile fliegt sein Blick über die Front des Bataillons.

»Sergeant Cunninghame!« ruft er schließlich.

»Sir!«

»Haben Sie den Namen des Mannes notiert?«

Einen Augenblick herrscht Stille – ein bißchen länger als ein kurzer Moment und ein bißchen weniger als ein langer Moment. Dann fragt der Sergeant: »Von welchem Mann, sir?«

»Sie da!« sagt der Feldwebel.

Das Bataillon steht erstarrt. Der Regen peitscht gleichmäßig in den Schlamm zwischen der Frontreihe und dem Feldwebel, als hätte er sich schon zu sehr verausgabt, um sich zu beeilen oder aufzuhören.

»Der Mann da, der sich nicht rasiert!« sagt der Feldwebel.

»Gray, sir«, sagt der Sergeant.

»Gray! Treten Sie vor!«

Der Soldat Gray taucht ohne Hast auf und stapft teilnahmslos vor dem Bataillon entlang, mit einem Kilt angetan, der dunkel und feucht und schwer wie eine nasse Pferdedecke an ihm herunterhängt. Er bleibt vor dem Feldwebel stehen.

»Warum haben Sie sich heute früh nicht rasiert?« fragt der Feldwebel.

»Bin noch nicht so alt, daß 'ch mich rasieren muß«, erwidert Gray.

»Sir!« sagt der Feldwebel.

Gray blickt starr über die Schulter des Feldwebels hinweg.

»Sagen Sie ›Sir‹, wenn Sie einen Unteroffizier anreden!« befiehlt der Feldwebel. Gray blickt eigensinnig an seiner Schulter vorbei; sein Gesicht unter der schirmlosen Mütze beachtet den kalten, peitschenden Regen so wenig, als wäre es aus Granit.

Der Feldwebel hebt die Stimme.

»Sergeant Cunninghame!«

»Sir!«

»Notieren Sie den Namen des Mannes auch wegen Insubordination!«

»Sehr wohl, sir!«

Der Feldwebel blickt Gray wieder an. »Und ich werde dafür sorgen, daß Sie ins Strafbataillon kommen, mein Bursche. Wegtreten!«

Gray dreht sich ohne Hast um und kehrt auf seinen Platz in der Reihe zurück, während der Feldwebel ihn beobachtet. Abermals hebt der Feldwebel die Stimme:

»Sergeant Cunninghame!«

»Sir!«

»Sie haben den Namen des Mannes nicht notiert, als es Ihnen befohlen wurde. Wenn das noch mal vorkommen sollte, dann blüht Ihnen was!«

»Sehr wohl, sir!«

»Wegtreten!« ruft der Feldwebel.

»Aber warum haste dich nich rasiert?« fragte ihn der Korporal. Sie waren wieder im Quartier, einem Stall mit zerfressenen Steinmauern, in die kein Licht drang, und hockten in der uringesättigten Luft auf feuchtem Stroh um ein stinkendes Kohlenbecken. »Hast doch gewußt, daß am Morgen Truppenbesichtigung ist?«

»Bin noch nich so alt, daß 'ch mich rasiern muß«, erwiderte Gray.

»Hast doch gewußt, daß der Oberst dich aufs Korn nehmen würde bei der Runde!«

»Bin noch nich so alt, daß 'ch mich rasiern muß«, erwiderte Gray eigensinnig und ohne Erregung.

III

»Seit zweihundert Jahren«, sagte Matthew Gray, »ist noch nie ein Tag vergangen (ausgenommen den Sonntag), an dem ein Schiff auf dem Clyde von Stapel lief oder bei Clydemouth ausfuhr, ohne einen von den Grays eingeschlagenen Nagel zu tragen.« Über seine Stahlbrille hinweg blickte er mit geducktem Nacken auf den jungen Alec. »Und auch trotz des sündhaften Sabbat-Hämmerns und -Sägens! Denn wenn ein Schiff in einem Tag gebaut werden könnte, würden die Grays es bauen«, schloß er strenge und stolz. »Und jetzt, wo du groß genug bist und selber mit deinem Großvater und mir auf die Werft gehen und wie ein Mann unter Männern arbeiten könntest, und wo 'ch dir selber wie 'nem Mann Hammer und Säge anvertrauen könnte ...«

»Still, Matthew!« sagte der alte Alec. »Der Junge kann so gerade sägen und an einem Tag so viel Nägel einschlagen wie du oder sogar ich!«

Matthew beachtete seinen Vater nicht. Er fuhr fort, seine schwerfälligen, wohlüberlegten Gedanken zu äußern, und beobachtete seinen ältesten Sohn über die Brille hinweg. »Und wo John Wesley noch um zwei Jahre zu jung ist und der kleine Martin um zehn Jahre und dein Großvater ein alter Mann ist, der bald ...«

»Still!« sagte der alte Alec. »Ich bin man erst achtundsechzig. Willst dem Jungen wohl erzählen, wenn er seine kleine Reise nach London gemacht hat und wiederkommt, daß er mich dann vielleicht im Gemeindeasyl vorfindet? Zu Weihnachten ist es aus und vorbei.«

»Weihnachten hin oder her«, sagte Matthew, »einen Gray, einen Schiffbauer, geht ein englischer Krieg überhaupt nix an!«

»Still jetzt!« sagte der Alte. Er stand auf, trat an den Kaminschrank und kam mit einem Kasten zurück. Er war aus Holz, das vor Alter dunkel und blank schimmerte; die Ecken waren eisenbeschlagen, und er war mit einem riesigen Schloß versehen, das jedes Kind mit einer Haarnadel hätte öffnen können. Er holte aus seiner Tasche einen eisernen Schlüssel, der fast so groß wie das Schloß war. Er öffnete den Kasten und hob behutsam ein kleines, mit Samt bezogenes Juwelieretui heraus und öffnete es ebenfalls. Auf der Seide lag ein Orden, ein Stückchen Bronze an einem roten Band: ein Victoria-Kreuz. »Ich hab die Schiffe von Clydemouth ausfahren lassen, während dein Oheim das Stückchen Messing von der Königin bekam«, sagte der alte Alec. »Beklagt hat sich keiner. Und wenn's sein muß, lass ich die Schiffe weiterhin von Clydemouth ausfahren, während Alec schnell mal bei der Königin Dienst tut. Laß den Jungen gehen!« sagte er. Er legte den Orden wieder in den Holzkasten und verschloß ihn. »Ein bißchen Kämpfen kann dem Jungen nichts schaden. Wenn ich so alt wäre wie er, würd ich selber gehn! Alec, mein Kind, hör zu! Sieh dich mal um, ob sie nicht einen gesunden Burschen von achtundsechzig Jahren nehmen wollen, und dann geh 'ch mit dir und lasse alte Leute wie Matthew weiterwursteln. Nein, Matthew, mußt den Jungen nicht hindern! Haben die Grays nicht immer der Königin gedient, wenn Not am Mann war?«

Der junge Alec ging also eines Wochentags in seinen Sonntagskleidern und mit einem Neuen Testament und einem Laib hausgebackenen Brotes, beides in ein Tuch geknüpft, den Hügel hinunter, um sich freiwillig zu melden. Für den alten Alec war es der letzte Arbeitstag, denn bald danach ging Matthew eines Tages allein bergab zur Schiffswerft und ließ den alten Alec zu Hause. Und von da an saß er an sonnigen Tagen (und manchmal auch bei schlechtem Wetter, bis seine Schwiegertochter ihn fand und ihn wieder ins Haus scheuchte) in einen Schal gehüllt auf einem Stuhl der Veranda und blickte gen Süden und gen Osten und rief der im Haus beschäftigten Schwiegertochter hin und wieder zu: »Hör doch! Hast du sie gehört? Kanonen!«

»Ich höre nichts«, erwiderte die Schwiegertochter dann. »'s ist bloß die Brandung bei Kinkeadbight. Komm jetzt ins Haus! Matthew schilt mich sonst!«

»Stille, Frau! Glaubst du, daß irgendwo in der Welt ein Gray 'ne Kanone abfeuert, und ich könnt's nicht von den andern unterscheiden?«

Bald nachdem er sich gestellt hatte, erhielten sie einen Brief von ihm, noch aus England, daß es was ganz andres sei, ob man in England Soldat oder in Clydeside Schiffbauer wäre, und er würde später mehr schreiben. Was er auch tat, etwa jeden Monat oder so, und schrieb ihnen, Soldatsein wäre was ganz anderes als Schiffebauen, und es regnete noch immer. Dann hörten sie sieben Monate lang nichts mehr von ihm. Doch sein Vater und seine Mutter schrieben ihm auch weiterhin am ersten Montag jeden Monats einen gemeinschaftlichen Brief – Briefe, die fast identisch waren mit den voraufgegangenen, dem Dutzend voraufgegangener Briefe.

Uns geht es gut. Die Schiffe fahren schneller zum Clyde raus, als sie versenkt werden können. Hast Du noch das Buch?

Das war in seines Vaters bedachtsamer, stolzer Handschrift geschrieben. Dann in seiner Mutter Handschrift:

Geht es Dir gut? Brauchst Du etwas? Jessie und ich stricken die Strümpfe und schicken sie bald. Alec. Alec.

Diesen Brief erhielt er während der sieben Monate seiner Zeit im Strafbataillon; sein alter Korporal schickte ihn ihm nach, da er seinen Angehörigen nichts von dem Wechsel in seinem Leben erzählt hatte. Er beantwortete den Brief, als er zusammengekauert zwischen seinen Verbrecherkollegen im Schlamm hockte; unter die Uniform hatte er sich Zeitungen geknöpft, und um die Füße hatte er Streifen einer zerrissenen Wolldecke gewickelt.

Mir geht es gut. Ja, ich habe das Buch noch. (Er schrieb ihnen nicht, daß seine Kameraden es benutzten, um sich damit ihre Zigaretten anzuzünden, und daß sie jetzt über die *Klagelieder* weit hinaus waren.) *Es regnet immer noch. Grüßt Großvater und Jessie und Matthew und John Wesley!*

Dann hatte er die Zeit im Strafbataillon abgebüßt. Er kehrte zu seinem alten Bataillon zurück, zu seinem alten Zug, und fand ein paar neue Gesichter und einen Brief vor:

Uns geht es gut. Die Schiffe laufen noch immer aus dem Clyde aus. Du hast eine neue Schwester bekommen. Deiner Mutter geht es gut.

Er faltete den Brief zusammen und steckte ihn weg. »Ich seh viel neue Gesichter im Bataillon«, sagte er zum Korporal. »Wir haben sicher auch einen neuen Feldwebel, was?«

»Nö«, sagte der Korporal. »'s ist der gleiche.« Er blickte Gray an, mit gespannter, forschender Miene; dann hellte sich sein Gesicht auf. »Hast dich ja heute früh rasiert!«

»Mhm«, sagte Gray. »Bin jetzt alt genug, mich zu rasiern.«

Es war am gleichen Abend, an dem das Bataillon nach Arras marschieren sollte. Um Mitternacht sollte es ausrükken, daher beantwortete er ihren Brief sofort:

Mir geht es gut. Grüßt Großvater und Jessie und Matthew und John Wesley und das Baby.

»Morrn! Morrn!« Der General, Kopf und Knie in Decken eingehüllt, lehnt sich aus seinem Auto, winkt mit der behandschuhten Rechten und ruft ihnen fröhlich zu, während sie auf der Landstraße nach Bapaume am Wagen vorbeipatschen und in den Straßengraben gehen, um ihm auszuweichen.

»'n lustiger alter Kauz«, sagte eine Stimme.

»Off'ziere!« höhnte eine andre Stimme. Er fängt an zu fluchen, weil er im glitschigen Schlamm ausrutscht, und versucht nun, sich am oberen Rand des knietiefen Grabens festzuklammern.

»Ach was«, sagt ein dritter, »die Offiziere würden bestimmt auch in den Krieg ziehen.«

»Warum gehn se'n dann nich?« sagt ein vierter. »Der Krieg is nich da hinten!«

Zug um Zug rutschen und schlittern sie in den Graben und zerren die schweren Füße aus dem zähen Schlamm und passieren die haltenden Wagen und krabbeln mühsam wieder auf den Fahrdamm. »... und er hat mir gesagt, Fritz hat 'ne neue Kanone, sagt er, die schießt bis nach Paris rein, sagt er, und ich sag zu ihm, das 's noch gar nichts, ich hab eine, die trifft mitten in unser Hauptquartier rein!«

»Morrn! Morrn!« Der General fährt fort, mit seinem Handschuh zu winken und fröhlich zu rufen, während das Bataillon ihm ausweicht, in den Graben hinunter und wieder rauf auf den Fahrdamm.

Sie sind im Schützengraben. Bis das erste Gewehr direkt vor ihrer Nase abgefeuert wird, ist kein Schuß gefallen. Gray ist der dritte Mann. Während all der Zeit, in der sie zwischen Leuchtsignalen von Granattrichter zu Granattrichter krochen, hatte er sich näher an den Feldwebel und an den Offizier herangearbeitet; beim grellen Aufflammen des ersten Schusses kann er die Lücke im Stacheldraht erkennen, zu der sie der Offizier führt, und das feuchte, düstere Glitzern des Drahtes sehen, wo Kugeln den Schlamm und den Rost abgeschrammt haben, und als Silhouette vor dem grellen Licht die hohe, aufspringende Gestalt des Feldwebels. Da springt auch Gray, das Bajonett voraus, in den Schützengraben, der von röchelnden Schreien und dumpfen Schlägen widerhallt.

Die Leuchtsignale steigen jetzt zu Dutzenden in die Luft; im leichenfahlen Licht sieht Gray, wie der Feldwebel systematisch Handgranaten in den anstoßenden Quergang schleudert. Er läuft auf ihn zu, am Offizier vorbei, der sich zusammengekrümmt an den Schützenauftritt lehnt. Der Feldwebel ist hinter dem Quergang verschwunden. Gray folgt ihm und sieht ihn wieder. Der Feldwebel hält mit der einen Hand die Sackleinwand beiseite, mit der andern will er gerade eine Handgranate in den Unterstand schleudern, wie man etwa eine Orangenschale in ein Kellerloch wirft.

Beim Aufleuchten der Signalrakete dreht sich der Feldwebel um. »Sind Sie's, Gray?« sagt er. Die Granate schlägt drüben auf, dumpf, von Erde erstickt; der Feldwebel will wieder eine aus dem Sack holen, den er um den Hals trägt, als ihm Grays Bajonett in die Kehle fährt. Der Feldwebel ist ein großer Mensch. Mit grellweißen Zähnen im aufgerissenen Mund fällt er hintenüber, klammert sich aber mit beiden Händen an den Gewehrlauf und zieht Gray mit. Gray läßt das Bajonett nicht los. Er versucht, den auf das Bajonett aufgespießten Körper so zu schütteln, wie er eine Ratte auf einer Regenschirmspeiche schütteln würde.

Er reißt dem Feldwebel das Bajonett weg, und der Feldwebel fällt zu Boden. Gray dreht das Gewehr um und hämmert mit dem Kolben ins Gesicht des Feldwebels, aber der Boden im Schützengraben ist zu weich und bietet keinen Widerstand. Er blickt wild umher. Sein Blick fällt auf eine Laufplanke, die aufrecht im Schlamm steckt. Er zerrt sie heraus, schiebt sie unter den Kopf des Feldwebels und zerhämmert ihm mit dem Gewehrkolben das Gesicht. Hinter ihm im ersten Laufgraben brüllt der Offizier: »Die Signalpfeife, Feldwebel!«

IV

Im Tagesbefehl hieß es, daß bei einem Nachtangriff der Infanterist Gray, einer von vier Überlebenden anschließend an die Kampfunfähigkeit des Offiziers und an den Tod aller Unteroffiziere, das Kommando übernahm und (Zweck des Angriffs war ein Handstreich, um Gefangene zu machen) eine feste Stellung in der feindlichen Frontlinie besetzt hielt, bis Verstärkung eintraf und die Stellung befestigt wurde. Der Offizier berichtete, er habe die Soldaten zurückgeschickt und ihnen befohlen, ihn im Stich zu lassen und sich zu retten, Gray sei jedoch von irgendwoher mit einem deutschen Maschinengewehr aufgetaucht und habe, während seine drei Kameraden eine Verschanzung bauten, den Offizier in Sicherheit gebracht und ihm die Pistole fortgenommen und das bunte Leuchtsignal gegeben, das zum Angriff rief: und alles so rasch, daß die Verstärkung eintraf, noch ehe der Feind einen Gegenangriff machen oder einen Sperrfeuergürtel legen konnte.

Es ist fraglich, ob seine Angehörigen den Bericht überhaupt zu Gesicht bekamen. Jedenfalls war der Ton der Briefe, die er während seines Lazarettaufenthalts von ihnen erhielt, unverändert:

Uns geht es gut. Noch immer laufen Schiffe aus.

Sein nächster Brief an sie traf wieder einmal erst nach mehreren Monaten ein. Er schrieb ihn, als er wieder im Bett aufsitzen konnte. Aus London.

Ich bin krank gewesen, aber jetzt geht's mir besser. Ich habe ein Ordensband wie das im Kästchen, aber nicht ganz und gar rot. Die Königin war da. Grüße an Großvater und Jessie und Matthew und John Wesley und das Baby.

Die Antwort wurde an einem Freitag geschrieben.

Deine Mutter ist froh, daß es Dir besser geht. Dein Großvater ist gestorben. Das Baby heißt Elizabeth. Uns geht es gut. Deine Mutter läßt Dich grüßen.

Sein nächster Brief traf drei Monate später ein, wieder im Winter.

Meine Wunde ist geheilt. Ich gehe in eine Offiziersschule. Grüße Jessie und Matthew und John Wesley und Elizabeth.

Matthew Gray sann lange über diesen Brief nach, so lange, daß sich die Antwort um eine Woche verschob und am zweiten Montag des Monats anstatt am ersten geschrieben wurde. Er schrieb ihn mit Bedacht und wartete, bis seine Familie zu Bett gegangen war. Es wurde ein so langer Brief – oder er hatte so lange darüber gesessen –, daß seine Frau nach einiger Zeit im Nachthemd zu ihm ins Zimmer kam.

»Geh wieder ins Bett«, sagte er zu ihr. »Ich komme bald. Es ist was Wichtiges, was ich dem Jungen schreiben muß.«

Als er endlich die Feder hinlegte und sich zurücklehnte, um das Geschriebene durchzulesen, war es ein langer Brief, den er langsam und bedächtig und ohne Änderungen oder Klecks geschrieben hatte.

... Dein bißchen Band ... denn in der Richtung liegen Hochmut und Stolz. Der Stolz und der Hochmut, Offizier werden zu wollen ... mißachte niemals Deine Herkunft, Alec! Du bist kein Gentleman. Du bist ein schottischer Schiffbauer. Wenn Dein Großvater hier wäre, würde er nicht zaudern, Dir das gleiche zu sagen ... Wir sind froh, daß Deine Wunde geheilt ist. Deine Mutter läßt Dich grüßen.

Er schickte den Orden nach Hause und seine Fotografie mit der neuen Uniform und den Sternen und dem Band und den Streifen an den Ärmeln. Aber er selbst ging nicht nach Hause. Im Frühling ging er wieder nach Flandern, als überall in den zerwühlten Rüben- und Kohlfeldern der Mohn blühte. Als er Urlaub bekam, verbrachte er ihn in London, in Offiziersheimen, und sagte seinen Angehörigen nicht, daß er Urlaub hatte.

Das Buch hatte er noch. Gelegentlich fiel es ihm zwischen

seinen andern Sachen in die Hände, und er öffnete es auf der zerlesenen Seite, die sein ganzes Leben beeinflußt hatte: *»... und eine Stimme sagte: ›Petrus, raffe dich auf und töte!‹«*

Sein Bursche beobachtete ihn oft, wie er, in Gedanken versunken und geistesabwesend, im Buch blätterte und über die zerlesene Seite nachgrübelte: jetzt Offizier geworden, ein hagerer, einsamer Mann mit einem Gesicht, das seine Jahre, oder die fehlenden Jahre, Lügen strafte: mit einer reifen und tiefen Gelassenheit und Ruhe, einer ernsten und entschlossenen Überzeugung im Ausdruck und in der Bewegung (»als wär er der alte Haig[11] persönlich«, sagte der Bursche) –, beobachtete ihn an seinem aufgeräumten Tisch, wie er gleichmäßig und langsam schrieb, die Zunge in der Backentasche, wie ein Kind schreibt:

Mir geht es gut. Seit zwei Wochen hat es nicht mehr geregnet. Grüße an Jessie und Matthew und John Wesley und Elizabeth.

Vor vier Tagen kam das Bataillon von der Front zurück. Es hat seinen Major und zwei Hauptleute und die Mehrzahl der Subalternoffiziere verloren, so daß der am Leben gebliebene Hauptmann jetzt Major ist, und die zwei Leutnants und ein Sergeant sind Kompanieführer. Inzwischen ist Verstärkung eingetroffen, die Reihen sind aufgefüllt, und das Bataillon rückt morgen wieder aus. Daher ist heute die K-Kompanie mit Gewehr bei Fuß zur Inspektion angetreten, während der Subalternhauptmann – er heißt Gray – langsam jeden Zug abschreitet.

Langsam geht er von Mann zu Mann, langsam und gründlich mustert er jeden, hinter ihm der Sergeant. Er bleibt stehen.

»Wo ist Ihr Schanzgerät?« fragt er.

»Fort ...«, fängt der Soldat an. Dann bricht er ab und blickt starr geradeaus.

»Fortgesprungen, was?« beendet der Hauptmann den Satz für ihn. »Seit wann? An welchen Kämpfen haben Sie in den letzten vier Tagen teilgenommen?«

Der Soldat blickte starr über die verschlafene Straße. Der Hauptmann geht weiter. »Notieren Sie seinen Namen, Sergeant!«

Er geht weiter zum zweiten Zug, zum dritten. Wieder bleibt er stehen. Er mustert den Soldaten von Kopf bis Fuß.

»Wie heißen Sie?«

»010801 McLane, sir-r.«

»Ersatz?«

»Ersatz, sir-r.«

Der Hauptmann geht weiter. »Notieren Sie seinen Namen, Sergeant. Sein Gewehr ist nicht geputzt!«

Die Sonne geht unter. Das Dorf hebt sich als schwarze Silhouette gegen den Abendhimmel ab; der Fluß flammt in der widergespiegelten Glut. Die Brücke über dem Fluß ist ein schwarzer Bogen, über den sich langsam, und wie aus schwarzem Papier ausgeschnitten, Männer bewegen.

Die Gruppe duckt sich in den Straßengraben, während der Hauptmann und der Sergeant vorsichtig über die Böschung spähen.

»Können Sie sie erkennen?« fragt der Hauptmann mit leiser Stimme.

»Hunnen, sir-r«, flüstert der Sergeant. »Ich kenne die Helme.«

Dann hat die Kolonne die Brücke überquert. Der Hauptmann und der Sergeant kriechen in den Graben zurück, wo sich die Gruppe duckt, unter ihnen ein Mann mit verbundenem Kopf. »Bringt den Mann jetzt zum Schweigen!« befiehlt der Hauptmann.

Er führt sie im Graben entlang, bis sie den Außenrand des Dorfes erreicht haben. Hier sind sie nicht länger in der Sonne; sie setzen sich still an den Fuß einer Mauer und umringen den Verwundeten, während der Hauptmann und der Sergeant wieder wegkriechen. Nach fünf Minuten kehren sie zurück. »Pflanzt die Bajonette auf!« sagt der Sergeant mit leiser Stimme. »Ruhig jetzt!«

»Soll ich bei dem verwundeten Burschen bleiben, Sergeant?« flüstert der eine.

»Nein«, entgegnet der Sergeant. »Wir müssen's mit ihm riskieren! Vorwärts!«

Sie stehlen sich leise an der Mauer entlang, hinter dem Hauptmann her. Die Mauer stößt im rechten Winkel auf die Straße, die Landstraße, die über die Brücke führt. Der Hauptmann hebt die Hand. Sie machen halt und beobachten ihn, während er um die Ecke späht. Sie befinden sich gegenüber vom Brückenkopf. Die Brücke und die Straße liegen verlassen da; das Dorf träumt still im Licht der untergehenden Sonne. Jenseits des Dorfes hängt vor dem Himmel der Staub der sich zurückziehenden Kolonne und wird rosenfarbig und golden.

Dann hören sie einen Laut, ein kurzes, kehliges Wort. Keine zehn Meter entfernt und hinter einer bis auf Brusthöhe eingestürzten Mauer, gegenüber von der Brücke, hokken vier Männer um ein Maschinengewehr. Der Hauptmann hebt wieder die Hand hoch: sie packen ihre Gewehre. Ein Vorwärtsstürmen von eisenbeschlagenen Stiefeln auf Pflastersteinen, ein erstaunter Schrei, der schroff abbricht, Schläge, kurze, keuchende Atemzüge, Flüche; kein einziger Schuß.

Der Mann mit dem verbundenen Kopf beginnt schrill zu lachen, bis ihm jemand die Hand über den Mund legt – sie schmeckt nach Messing – und ihn zum Schweigen bringt. Unter der Anleitung des Hauptmanns drücken sie die Tür des Hauses ein und schleifen das Maschinengewehr und die vier Toten hinein. Sie hieven das Maschinengewehr treppauf und stellen es am Fenster auf, das den Brückenkopf beherrscht. Die Sonne sinkt tiefer, die Schatten legen sich lang und still über das Dorf und den Fluß. Der Mann mit dem verbundenen Kopf plappert vor sich hin.

Eine neue Kolonne rückt auf der Straße vor, stur und ordentlich, in Kohlenträgerhelmen. Sie überquert die Brücke und marschiert durchs Dorf. Eine Abteilung trennt sich von der Nachhut der Kolonne und spaltet sich in drei Gruppen. Zwei von ihnen haben Maschinengewehre, die sie auf den beiden gegenüberliegenden Seiten der Straße aufstellen; die nähere benutzt dafür die Barrikade, hinter der soeben das Maschinengewehr erobert wurde. Die dritte Gruppe kehrt zur Brücke zurück und trägt Schanzgerät und Sprengladung bei sich.

Der Sergeant zählt sechs von den neunzehn Mann ab, und sie gehen schweigend die Treppe hinunter. Der Hauptmann bleibt mit dem Maschinengewehr am Fenster.

Wieder ein rasches Vorspringen, ein Handgemenge, Schläge. Vom Fenster beobachtet der Hauptmann, wie die Köpfe der Maschinengewehrabteilung jenseits der Straße sich umdrehen, dann schwenkt die Mündung des Maschinengewehrs herum und feuert. Der Hauptmann bestreicht sie einmal mit seinem Maschinengewehr, dann fegt er damit über die Gruppe auf der Brücke und sieht, wie sie zur nächsten Mauer flüchten – genau wie ein Volk Schnepfen. Der Hauptmann hält das Maschinengewehr noch immer auf sie gerichtet. Im Laufen sinken sie zusammen, liegen wie Tupfen auf der weißen Landstraße und rühren sich nicht mehr. Dann schwenkt er das Maschinengewehr zurück und richtet es auf das feindliche Maschinengewehr jenseits der Straße. Es verstummt.

Wieder gibt er einen Befehl. Die übrigen Männer mit Ausnahme des Verwundeten rennen die Treppe hinab. Die Hälfte bleibt bei dem Maschinengewehr unterhalb des Fensters und zerrt es herum. Die andern stürzen weiter, quer über die Straße, zum zweiten Maschinengewehr. Sie sind erst halbwegs drüben, als das zweite Maschinengewehr loszuhämmern beginn. Wie ein Mann werfen sich die rennenden Soldaten mitten im Laufen hin. Ihre Kilts fliegen vornüber und entblößen ihre bleichen Schenkel. Das Maschinengewehr streicht über die Haustür, wo die andere Gruppe das erste Maschinengewehr von den Toten freimacht. Als der Hauptmann sein Maschinengewehr nach unten schwenkt, pufft links vom Fensterrahmen Staub auf, sein Maschinengewehr klirrt metallisch, etwas Heißes sengt ihm den Arm entlang und quer über die Rippen. Staub pufft auf der rechten Seite des Fensters auf. Er beschießt wieder das andere Maschinengewehr. Es verstummt. Noch lange, nachdem es verstummt ist, feuert er weiter auf den wirr darüberliegenden Klumpen.

Die dunkle Erde schneidet in den Rand der Sonne hinein. Jetzt liegt die Straße ganz im Schatten; ein letzter waagerechter Strahl fällt ins Zimmer und verblaßt. Hinter dem Hauptmann – im Dämmerlicht – lacht der Verwundete auf, dann geht sein Lachen in ein stilles, zufriedenes Geplapper über.

Kurz vor Anbruch der Dunkelheit überquert noch eine Kolonne die Brücke. Es ist noch hell genug, um zu erkennen, daß diese Truppen Khaki tragen und daß ihre Helme flach sind. Doch wahrscheinlich ist niemand da, sie zu beobachten, denn als eine Gruppe ins zweite Stockwerk hinaufstieg und den Hauptmann neben dem kalten Maschinengewehr im Fenster lehnen sah, glaubten sie, er wäre tot.

Diesmal las Matthew Gray den Tagesbefehl. Jemand schnitt ihn aus der *Gazette* aus und schickte ihm den Zettel, und er schickte ihn weiter, an seinen Sohn im Lazarett, zusammen mit folgendem Brief:

... *Da Du ja durchaus in den Krieg wolltest, freuen wir uns, daß Du es recht machst. Deine Mutter findet, Du hättest genug getan und Du solltest nach Hause kommen. Aber Frauen verstehen dergleichen Dinge nicht. Doch finde ich, es wäre an der Zeit, daß sie aufhörten mit Kämpfen. Was nützen all die hohen Löhne, wenn das Essen so teuer ist, daß für niemanden ein Profit dabei herausschaut, als nur für die Profitmacher. Wenn es mit einem Krieg dahin kommt, daß er nicht mal den Leuten nützt, die siegen, dann ist es Zeit aufzuhören.*

V

Im Bett neben dem seinen und später auf dem Liegestuhl neben dem seinen auf der langen Glasveranda lag ein Leutnant. Oft unterhielten sie sich miteinander. Oder vielmehr, der Leutnant sprach, während Gray zuhörte. Er sprach vom Frieden und was er tun wollte, wenn der Krieg vorbei wäre, und er sprach, als wäre er schon bald vorbei oder als würde es nach Weihnachten vorbei sein.

»Um Weihnachten sind wir wieder draußen«, entgegnete Gray.

»Auch die von den Gasangriffen? Die schicken sie nicht wieder raus! Die müssen erst ausgeheilt werden.«

»Wir werden ausgeheilt sein.«

»Aber nicht so bald. Bis Weihnachten ist alles vorbei. Es kann nicht noch ein Jahr dauern. Sie glauben mir wohl nicht, wie? Manchmal scheint es mir, Sie wollten durchaus wieder raus. Aber es ist bestimmt bald vorbei. Weihnachten ist es vorbei, und dann zieh ich ab! Nach Kanada. Zu Hause ist für unsereins nichts zu holen.«

Er blickte auf den andern, auf den hageren, abgezehrten Mann mit dem beinah weißen Haar, der mit geschlossenen Augen im herbstlichen Sonnenschein lag: »Sie sollten lieber mit mir auswandern!«

»Zu Weihnachten sehe ich Sie in Givenchy!« sagte Gray.

Doch dazu kam es nicht. Am elften November war er im Lazarett und hörte die Glocken läuten, und er war auch noch am Weihnachtstag dort, als er einen Brief von zu Hause erhielt:

Du kannst jetzt nach Hause kommen. Zu früh kann's jetzt nicht mehr sein. Schiffe werden nötiger denn je gebraucht, jetzt, wo der Stolz und der Hochmut verraucht sind.

Der Militärarzt begrüßte ihn fröhlich. »Verflixt, da klebe ich noch hier rum, und dabei kenne ich einen Ort in Devonshire, wo man die Nachtigallen hören kann, weiß Gott!« Er horchte Grays Brust ab. »Nicht viel, bloß ein kleines Geräusch. Wird Sie nicht belästigen, falls Sie sich von jetzt an von Kriegen fernhalten! Könnte Sie auch davor bewahren, wieder in einen Krieg hineinzugeraten.« Er erwartete, daß Gray lachen sollte, aber Gray lachte nicht. »Well, jetzt ist er vorbei, hol's der Kuckuck! Unterschreiben Sie hier, ja?« Gray unterschrieb. »Hoffentlich vergessen wir ihn so schnell, wie er begann. Well ...« Er streckte die Hand aus und lächelte sein antiseptisches Lächeln. »Cheer-o, Hauptmann! Und viel Glück!«

Als Matthew Gray um sieben Uhr morgens den Hügel hinunterstieg, sah er den Mann, den großen Mann mit der Lazarettfarbe, in Stadtkleidern und mit einem Stock, und er blieb stehen.

»Alec?« rief er. »Alec!« Sie gaben sich die Hand. »Ich konnte nicht ... ich hätte nicht ...« Er sah seinen Sohn an, sah das weiße Haar, den gewichsten Schnurrbart. »Du hast jetzt zwei Bänder für das Kästchen, wie du uns schriebst!« Dann – um sieben Uhr morgens – stieg Matthew wieder bergan. »Jetzt gehen wir zu deiner Mutter!«

Aber Alec Gray wandte sich noch einen Augenblick um. Vielleicht war er noch nicht so weit vorangekommen, wie er geglaubt hatte, oder vielleicht hatte er nur einen Hügel erklommen, und die Rückkehr war nicht so sehr ein Neubeginn als vielmehr etwas einer Lawine Ähnliches, wenn sie auf das Steinchen wartet – so flüchtig der Moment auch war. »Die Werft, Vater!«

Sein Vater ging mit entschlossenem Schritt weiter bergauf, in der Hand sein Lunchpaket. »Die kann warten«, sagte er. »Wir gehen zu deiner Mutter!«

Seine Mutter kam ihm an der Tür entgegen. Hinter ihr sah er den jungen Matthew, der jetzt ein Mann war, und John Wesley, und dann Elizabeth, die er noch nie gesehen hatte. »Du bist ja nicht in deiner Uniform nach Hause gekommen!« sagte der junge Matthew.

»Nein«, antwortete er. »Nein, ich ...«

»Deine Mutter hätte dich gern in deiner Uniform und allem Drum und Dran gesehen«, sagte sein Vater.

»Nein«, rief seine Mutter. »Nein, nie!«

»Still, Annie«, sagte sein Vater. »Wo er doch jetzt ein Hauptmann ist und zwei Bänder für das Kästchen hat! Das ist falsche Bescheidenheit! Du hast Mut bewiesen; du solltest ... Aber es ist gar nicht wichtig: die richtige Uniform für einen Gray ist ein Overall und ein Hammer.«

»Ay, sir«, sagte Alec, der schon vor langer Zeit entdeckt hatte, daß kein Mensch Mut hat, daß jedoch jedermann in die Tapferkeit hineinstolpern kann, so blindlings wie jemand, der auf der Straße in ein offenes Kanalloch fällt.

Er erzählte es seinem Vater erst am Abend, nachdem seine Mutter und die Kinder zu Bett gegangen waren. »Ich gehe wieder nach England. Dort ist mir eine Stelle versprochen worden.«

»Aha«, sagte sein Vater. »Wohl in Bristol? Dort werden auch Schiffe gebaut.«

Der warme Lampenschimmer fiel auf die schwarze, blankpolierte Holzfläche des Kastens auf dem Kaminsims. Ein Wind erhob sich: er höhlte den Himmel wie eine dunkle Schale aus und schnitzte Haus und Hügel und Vorgebirge aus dem dunklen Weltraum.

»Heute nacht wird's draußen stürmen«, sagte sein Vater.

»Es ist etwas anderes«, erklärte Alec. »Ich habe nämlich jetzt Freunde.«

Sein Vater setzte die Stahlbrille ab. »Du hast jetzt Freunde? Sicher Offiziere und dergleichen?«

»Ja.«

»Und Freunde haben ist gut, um abends am Kamin zu sitzen und mit ihnen zu sprechen. Doch darüber hinaus: nur wer uns liebt, kann unsre Fehler ertragen. Man muß einen Menschen sehr lieben, um sich mit all seinen Unvollkommenheiten abzufinden, Alec.«

»Aber solche Freunde sind es nicht, Vater. Es sind ...« Er verstummte. Er blickte seinen Vater nicht an. Matthew saß da und rieb gemächlich mit dem Daumen die Brillengläser blank. Sie konnten den Wind hören. »Wenn es sich nicht gut anläßt, komme ich wieder auf die Werft.«

Sein Vater betrachtete ihn ernst und rieb gemächlich die Brillengläser blank. »Schiffbauer sind von andrer Art, Alec. Gott fürchten und so arbeiten, als wäre es dein eigener Rumpf, in den du die Rippen einsetzt ...« Er rührte sich. »Wir wollen sehen, was das Buch dazu sagt!« Auf dem Tisch lag eine schwere, messingbeschlagene Bibel. Er öffnete sie; ihm war, als höben sich die Worte vom Blatt, um ihm entgegenzukommen. Trotzdem las er sie laut vor: *»... und die Hauptleute der Tausende und die Hauptleute der Zehntausende ...«* Ein Kapitel über den Hochmut. Er sah seinen Sohn an und senkte den Kopf, um ihn über die Brille hinweg anzublicken. »Du willst also nach London gehen?«

»Ja«, sagte Alec.

VI

Die Stellung wartete auf ihn. In einem Büro. Er hatte sich schon Karten machen lassen: Hauptmann A. Gray, M.C., D.S.M.[12], und nach seiner Rückkehr trat er in London in den Offiziersbund ein und trug damit zur Unterstützung der Witwen und Waisen bei.

Er nahm eine Wohnung in einem guten Stadtviertel und ging zu Fuß zum Büro und zurück; er hatte Visitenkarten und einen gewichsten Schnurrbart und ruhige, korrekte Kleider, und seinen Stock trug er auf unnachahmliche Art, gleichzeitig flott und unaufdringlich, und den Blinden und Verstümmelten am Piccadilly gab er Kupfermünzen und erkundigte sich nach den Namen ihrer Regimenter. Einmal monatlich schrieb er nach Hause:

Mir geht es gut. Grüße an Jessie und Matthew und John Wesley und Elizabeth.

Während des ersten Jahres heiratete Jessie. Er schenkte ihr Tafelsilber, strengte sich etwas über seine Verhältnisse an und griff auf seine Ersparnisse zurück. Er sparte – nicht für seine alten Tage; er glaubte zu sehr an das Empire, um so etwas zu tun – er, der sich dem Empire so völlig wie eine Frau und Braut hingegeben hatte. Er sparte für die Zeit, wenn er noch einmal über den Kanal zu den toten Stätten seines verlorenen und wiedergefundenen Lebens reisen würde.

Das geschah drei Jahre später. Er beabsichtigte schon, um einen Urlaub zu bitten, als der Direktor eines Tages das Thema anschnitt. Mit einem einzigen, aber korrekten Koffer reiste er nach Frankreich. Doch er wandte sich nicht sofort nach Osten. Er fuhr an die Riviera; eine Woche lang lebte er wie ein Gentleman, gab Geld aus wie ein Gentleman, einsam, allein in dem strahlenden Vogelkäfig schlanker, ausgehaltener Frauen aus ganz Europa.

Das war der Grund, weshalb jeder, der ihn an jenem Morgen in Paris aus dem Mittelmeer-Expreß steigen sah, sich sagte: ›Hier kommt ein reicher Milord‹, und weshalb es auch jeder in den Dritter-Klasse-Zügen mit den harten Holzbänken sagte, in denen er, etwas vornübergebeugt und auf seinen Stock gestützt, dasaß und mit stummen Lippen die Namen der Wellblechbahnhöfe in dem zerstörten und wiedererwachenden Land nachbuchstabierte, das seit nunmehr drei Jahren still unter den sinnlosen und unversehrten Bataillonen der Tage dalag.

Als er nach London zurückkehrte, mußte er entdecken, was er schon hätte wissen sollen, bevor er abreiste. Er hatte seine Stellung verloren. Die schlechten Zeiten, sagte der Direktor und redete ihn überaus höflich mit seinem Offiziersrang an.

Die wenigen Ersparnisse, die er gemacht hatte, schmolzen allmählich dahin; den letzten Rest benutzte er, um ein schwarzseidenes Kleid für seine Mutter zu kaufen; dazu ein Brief:

Mir geht es gut. Grüße an Matthew und John Wesley und Elizabeth.

Er besuchte Freunde, suchte die Offiziere auf, die er gekannt hatte. Einer – der Mann, den er am besten kannte – empfing ihn in einem behaglichen Zimmer am Kamin und setzte ihm Whisky vor. »Du bist jetzt ohne Stellung? Verdammtes Pech! Übrigens – erinnerst du dich an Whiteby? Er hatte eine Kompanie im ... Netter Mensch! Allerdings ohne Familie. Hat sich vorige Woche das Leben genommen. Die schlechten Zeiten!«

»Oh, wirklich? Ja, ich erinnere mich an ihn. Verdammtes Pech!«

»Ja, verdammtes Pech! Netter Mensch!«

Nicht länger gab er den Blinden und den Kriegsverletzten am Piccadilly seine Kupfermünzen. Er brauchte sie für Zeitungen:

Handwerker gesucht.

Werde Maurer!

Männer gesucht, die chauffieren können. Kriegsdienstnachweis nicht erforderlich.

Verkäufer (nur unter einundzwanzig Jahren).

Schiffbauer gesucht.

Und endlich:

Gesucht: Gentleman mit gesellschaftlichen Beziehungen und guter Adresse, um Kunden vom Lande zu empfangen. Vorübergehend.

Er bekam die Stellung, und mit seinem gewichsten Schnurrbart und seiner korrekten Kleidung zeigte er den Besuchern aus Birmingham und Leeds die Fleischtöpfe des Londoner Westends. Es war vorübergehend.

Handwerker.

Tischler.

Anstreicher.

Auch der Winter war eine vorübergehende Angelegenheit. Im Frühling fuhr er mit seinem gewichsten Schnurrbart und frisch gebügelten Kleidern nach Surrey, um dort eine Folge von Büchern, eine Enzyklopädie, gegen Provision zu verkaufen. Er verkaufte all seine Habe bis auf das, was er am Leibe trug, und gab seine Wohnung in der Stadt auf.

Er hatte noch immer den Stock, den gewichsten Schnurrbart und die Visitenkarten. Surrey war sanft und grau und milde. Ein winziges kleines Haus in einem winzigen kleinen Garten. Ein ältlicher Mann in einer Hausjoppe werkelt in einem Blumenbeet. »Guten Tag, sir! Darf ich ...«

Der Mann in der Hausjoppe blickte auf. »Gehen Sie doch zum Seiteneingang! Kommen Sie nicht hier herein!«

Er geht zum Seiteneingang. Eine weiße Lattenpforte, frisch gestrichen, trägt ein Emailleschild:

Hausieren und Betteln verboten!

Er geht durch die Pforte und klopft an die schmucke kleine Haustür, die hinter Ranken versteckt liegt. »Guten Tag, Miss. Darf ich den ...«

»Gehn Sie weg! Haben Sie nicht das Schild an der Gartenpforte gelesen?«

»Aber ich ...«

»Gehn Sie weg, oder ich rufe den Herrn!«

Im Herbst kehrte er nach London zurück. Vielleicht hätte

er nicht einmal selber sagen können, weshalb. Vielleicht war es nicht in Worte zu fassen, war vielleicht eine Eingebung, die ihn zurückführte, damit er in jenem großartigen Augenblick der Verherrlichung und Rechtfertigung seines Lebens anwesend sein konnte, das wieder abgestorben war. Jedenfalls war er dabei, noch immer mit seinem gewichsten Schnurrbart, sehr gerade, den Stock unter die linke Achsel geklemmt, zwischen den Königlichen Truppen im Messingküraß auf Apfelschimmelwallachen und der Garde in scharlachrotem Waffenrock und der militanten Kirche in Stola und Chorhemd und den fürstlichen Verteidigern Gottes in bescheidener Zivilkleidung, zwei Minuten lang alle in Habtachtstellung, verzweiflungsvoll zuhörend. Er besaß noch dreißig Schilling, und er ließ sich wieder Karten nachdrucken: Hauptmann A. Gray, M.C., D.S.M.

Es ist einer von den seltenen, blassen Tagen, der nur einem kränklichen, zu früh geborenen Kind des Frühlings gleicht, während der Frühling selber noch wochenlang auf sich warten läßt. Im kargen Sonnenlicht verlieren sich die Gebäude hinauf in dunstiges Rot und Gold. Die Frauen tragen Veilchen am Pelzmantel und scheinen in der weichen, verräterischen Luft wie Blumen aufzublühen.

Die Frauen sind es, die zweimal auf den Mann blicken, der sich in einer Ecke an die Wand lehnt: ein großer Mann mit weißem Haar und mit einem Schnurrbart, der zu zerfransten Enden hochgezwirbelt ist, mit einer verschossenen und ausgefransten Regimentskrawatte unter dem Zelluloidkragen und einem ehemals guten, aber jetzt fadenscheinigen Anzug, der jedoch offensichtlich innerhalb der letzten vierundzwanzig Stunden aufgebügelt wurde. Er lehnte sich mit geschlossenen Augen an die Wand und hält den schäbigen Hut mit der Öffnung nach oben vor sich hin.

Lange Zeit stand er so, bis jemand seinen Arm berührte. Es war der Wachtmeister. »Weitergehen, sir! Es ist nicht erlaubt.« In seinem Hut lagen sieben Pennies und drei Halfpence. Er kaufte sich ein Stück Seife und ein bißchen Essen.

Noch ein Jahrestag kam und ging; er stand wieder da, den Stock unter der Achsel, zwischen all den leuchtenden, stummen Uniformen, der stillen Schar, teils freimütig, teils unbeugsam in ausgedientem Zeug, mit geduldigen, betroffenen Gesichtern. In seinen Augen steht jetzt nicht mehr die hoffnungsvolle Resignation des Bettlers, sondern eher die Bitterkeit und das Echo vom verbitterten und nicht vernommenen Lachen eines Buckligen.

Ein karges Feuer brennt auf dem abschüssigen Pflaster. Im launischen Licht ragen die feuchte, flechtenbewachsene Mauer des Uferdamms und der Steinbogen der Brücke auf. Am Fuße der gepflasterten Uferböschung kluckert und gurgelt der unsichtbare Fluß bei steigender Flut.

Fünf Gestalten liegen am Feuer, manche mit bedecktem Kopf, als schlummerten sie, andre rauchend oder schwatzend. Einer von ihnen sitzt aufrecht da, den Rücken der Mauer zugekehrt, die Hände still neben sich; er ist blind: so schläft er auch. Er sagt, er habe Angst, sich hinzulegen.

»Weißt du nicht, daß du liegst, selbst wenn du's nicht siehst?«

»'s könnte mir was passieren«, erwiderte der Blinde.

»Was wohl? Hast du Angst, sie würden dir 'ne Granate an den Kopf werfen – auch wenn du dann wieder sehen könntest?«

»Sie würden ihm bestimmt gern 'ne Granate an den Kopf werfen«, sagt ein dritter.

»Ja, weshalb stellen sie uns nicht alle in einer Reihe auf und belegen uns mit Sperrfeuer, verdammt nochmal?«

»Ist er dadurch blind geworden?« fragte ein vierter. »Durch 'ne Granate?«

»Ja. Er war in Mons. Ein Depeschenfahrer, auf einem Motorrad. Erzähl's ihnen mal, Kamerad!«

Der Blinde hebt das Gesicht ein wenig. Sonst aber rührt er sich nicht. Er spricht mit tonloser Stimme. »Sie hatte 'ne kleine Narbe am Handgelenk. Daran hab ich's erkannt. Denn die Narbe hab ich ihr gewissermaßen selber beigebracht. Wir haben eines Tages im Laden gearbeitet. Ich hab einen alten Motor aufgegabelt, und wir wollten ihn gerade auf ein Fahrrad aufmontieren, damit wir ...«

»Was?« ruft der vierte. »Wovon redet er da?«

»Pst!« sagte der erste. »Nicht so laut! Er erzählt von seiner Freundin. Er hatte 'ne kleine Fahrradhandlung in der Brighton Road, und sie wollten heiraten.« Er sagt es leise: seine Stimme ist ein wenig leiser als die müde, eintönige Stimme des Blinden. »Sie haben sich fotografieren lassen, am gleichen Tag, wo er sich gestellt und seine Uniform bekommen hat. Er hat das Bild 'ne Zeitlang bei sich getragen, bis er's eines Tages verloren hat. Da ist er ganz aus dem Häuschen geraten. Deshalb haben wir uns 'ne kleine Karte von der Größe seiner Fotografie besorgt. ›Hier 's dein Bild, Kamerad!‹ haben wir gesagt. ›Verlier's nicht wieder!‹ Er hat die Karte also immer noch. Wahrscheinlich zeigt er sie dir, ehe er fertig erzählt hat. Laß dir ja nichts anmerken!«

»Nein«, verspricht der andre. »Ich werd mir nichts anmerken lassen.«

Der Blinde erzählt. »... und überredete die im Lazarett, ihr einen Brief zu schreiben, und weiß Gott, sie kam! Ich konnt sie an der kleinen Narbe am Handgelenk erkennen. Ihre Stimme klang anders, aber schließlich klang alles anders – seit damals. Doch ich konnt sie an der kleinen Narbe erkennen. Wir saßen da und hielten uns bei der Hand, und ich konnte die kleine Narbe an ihrem linken Handgelenk berühren. Auch im Kino. Ich konnte die Narbe berühren, und dann war es, wie wenn ich ...«

»Im Kino?« fragte der vierte. »Der da?«

»Ja«, flüsterte der andre. »Sie hat ihn ins Kino mitgenommen, in die Lustspiele, da konnt er die andern lachen hören.«

Der Blinde erzählt. »... und erzählt mir, daß der Film ihre Augen reizt und daß sie mich im Kino lassen würde, und wenn der Film aus wäre, würde sie kommen und mich abholen. Da sagt ich, mir wär's recht. Und am nächsten Abend war's wieder so. Und ich sagte, mir wär's recht. Und am folgenden Abend sagt ich zu ihr, ich wollt auch nicht hingehn. Ich hab zu ihr gesagt, wir könnten zu Hause bleiben, im Lazarett. Da hat sie lange Zeit überhaupt kein Wort gesagt. Ich konnte ihren Atem hören. Dann hat sie gesagt, es wäre ihr recht. Wir gingen also von da an nicht mehr ins Kino. Wir saßen einfach da und hielten uns bei der Hand, und von Zeit zu Zeit befühlte ich ihre Narbe. Im Lazarett durften wir nicht laut sprechen, deshalb mußte ich flüstern. Doch meistens sprachen wir gar nicht. Wir hielten uns bloß bei der Hand. Und so war's acht Abende lang. Hab sie gezählt. Wir saßen da, ich hielt die andre Hand in meiner Hand, und hin und wieder hab ich die Narbe berührt. Dann riß sie plötzlich die Hand weg. Ich konnte hören, wie sie aufstand. ›Hör mal‹, sagte sie, ›das kann nicht so weitergehn! Eines Tages mußt du's doch erfahren‹, sagte sie. Und ich sage: ›Wie heißt du?‹ Sie sagt mir ihren Namen; so hieß eine von den Krankenschwestern. Und sie sagt...«

»Was?« ruft der vierte. »Was bedeutet das alles?«

»Er hat's dir ja erzählt«, antwortete der erste. »Es war eine von den Krankenschwestern im Lazarett. Seine Freundin war mit einem andern Burschen losgezogen und hat die Krankenschwester gebeten, seine Hand zu halten, und glaubte, sie hätt ihn getäuscht.«

»Aber wie kann er's gewußt haben?« fragt der vierte.

»Hör's dir an!« antwortet der erste.

»... ›und du hast's die ganze Zeit gewußt?‹ fragt sie. ›Vom allerersten mal an?‹ – ›Es war die Narbe!‹ sag ich.

›Du hast sie am verkehrten Handgelenk. Du hast sie am rechten Handgelenk! Und vor zwei Abenden hab ich den Rand ein bißchen angehoben. Was ist es?‹ frag ich. ›Heftpflaster?‹« Der Blinde sitzt an die Mauer gelehnt, sein Gesicht ein wenig emporgewandt, die Hände still neben sich. »Daran hab ich's gemerkt – an der Narbe. Die haben geglaubt, sie könnten mich anführen, wo ich ihr doch gewissermaßen selber die Narbe beigebracht habe!«

Der lang hingestreckte Mann, der ganz abseits vom Feuer liegt, hebt den Kopf. »He«, sagt er. »Da kommt er!«

Die andern wenden alle gleichzeitig den Kopf und blicken in die gleiche Richtung. »Wer kommt da?« fragt der Blinde. »Die Polypen?«

Sie antworten nicht. Sie beobachten den Mann, der in ihren Kreis tritt: ein großer Mann mit einem Stock. Sie hören auf zu sprechen, ausgenommen der Blinde, und beobachten, wie der Große unter sie tritt. »Wer kommt da, Kameraden?« fragt der Blinde. »Kameraden!«

Der Neue geht an ihnen und am Feuer vorbei; er blickt sie nicht an. Er geht weiter. »Schaut zu!« sagt der zweite.

Der Blinde beugt sich jetzt ein wenig vor; seine Hände tasten über den Boden, als mache er Anstalten, sich zu erheben.

»Schaut wem zu?« fragt er. »Was seht ihr?«

Sie antworten nicht. Verstohlen und aufmerksam beobachten sie den Neuankömmling, während er sich auszieht und dann – ein weißer Schatten, ein geisterhaftes Glimmen in der Dunkelheit – zum Fluß hinabgeht und sich wäscht und immer wieder Händevoll eiskalten und schmutzigen Wassers kräftig über seinen Körper klatscht. Er kehrt ans Feuer zurück; sie wenden ihre Gesichter schnell ab, mit Ausnahme des Blinden (er sitzt noch immer vornübergebeugt und hat die Arme neben sich aufgestemmt, als wäre er im Begriff, aufzustehen, und sein blasses Gesicht ist dem Geräusch, der Bewegung zugewandt) und noch eines andern

Mannes. »Ihre Steine sind heiß, sir«, sagte dieser andre. »Ich hab sie mitten in der Glut gehabt!«

»Danke«, sagt der Neue. Noch immer scheint er ihre Anwesenheit überhaupt nicht zu bemerken, deshalb beobachten sie ihn wieder in Ruhe, während er seine armseligen Kleidungsstücke auf einem Stein ausbreitet und den zweiten Stein vom Feuer nimmt und sie bügelt. Während er sich anzieht, geht der Mann, der mit ihm gesprochen hat, ans Wasser hinunter und kehrt mit der Seife zurück, die er benutzt hatte. Sie schauen noch immer zu und sehen, wie der Neue die Seife über die Finger reibt und seine Schnurrbartenden zu Spitzen auszwirbelt.

»Noch ein bißchen auf der linken Seite, sir«, sagte der Mann, der die Seife hält. Der Neue seift sich die Finger ein und zwirbelt wieder seine linke Schnurrbartspitze, während der andere Mann ihm zuschaut und den Kopf ein wenig auf die Seite und schräg nach hinten legt: im Aussehen und in der Haltung und Bekleidung die Karikatur einer Vogelscheuche.

»Ist's jetzt recht?« fragt der Neue.

»Ja, sir«, antwortet die Vogelscheuche. Er zieht sich ins Dunkel zurück und kommt ohne die Seife wieder; statt dessen bringt er den Hut und den Stock. Der Neue nimmt sie in Empfang. Er holt eine Münze aus der Tasche und drückt sie der Vogelscheuche in die Hand. Die Vogelscheuche fährt mit der Hand an die Mütze, und der Neue geht weg. Sie sehen ihm nach, der hohen Gestalt mit dem geraden Rücken und dem Stock, bis sie verschwunden ist.

»Was seht ihr, Kameraden?« fragt der Blinde. »Sagt einem doch, was ihr seht!«

VII

Unter den entlassenen Offizieren, die nach dem Waffenstillstand aus England auswanderten, befand sich auch ein Leutnant namens Walkley. Er ging nach Kanada, wo er Weizen zog und wieder auf die Höhe kam, sowohl finanziell wie gesundheitlich. So sehr, daß die Leute, wenn er an jenem ersten Abend in der Heimat (es war der Heilige Abend) an der Gare de Lyon anstatt am Piccadilly Circus ausgestiegen wäre, von ihm gesagt hätten: »Da geht nicht bloß ein reicher Milord – er ist auch zufrieden.«

Seit seiner Ankunft in London hatte er nur erst genügend Zeit gehabt, sich mit neuer Garderobe zu versehen, und in seinen neuen Sachen (bei einem Schneider gekauft, den er sich früher nie hätte leisten können) gefiel er sich viel zu sehr, um irgendwohin zu gehen. Daher schlenderte er einfach die Straße entlang, inmitten einer fröhlichen Menge, bis er plötzlich stockstill stehenblieb und ein Gesicht anstarrte. Der Mann hatte fast weißes Haar, und die Schnurrbartspitzen waren nadelfein ausgezwirbelt. Er trug einen Schal, an dem man die Farben und das Muster seines Regiments kaum noch erkennen konnte. Seine fadenscheinigen Kleider waren gut gebügelt, und er trug einen Stock. Er stand am Prellstein und schien den Leuten, die vorbeigingen, etwas zu sagen, und Walkley trat plötzlich vor und streckte die Hand aus. Doch der andere Mann starrte ihn nur mit Augen an, die völlig ausdruckslos waren.

»Gray«, rief Walkley, »erinnern Sie sich nicht an mich?« Der andre starrte ihn mit der gleichen verhaltenen Ausdruckslosigkeit an. »Wir waren zusammen im Lazarett! Ich bin nach Kanada ausgewandert. Erinnern Sie sich denn nicht?«

»Doch«, erwiderte der andre. »Ich erinnere mich an Sie. Sie sind Walkley.« Dann blickte er Walkley nicht länger an. Er ging etwas auf die Seite und wandte sich wieder mit ausgestreckter Hand an die Menge; erst da sah Walkley, daß die Hand drei oder vier Schachteln Zündhölzchen enthielt, wie man sie in jedem Tabakladen für einen Penny die Schachtel kaufen konnte. »Zündhölzchen? Zündhölzchen, sir?« rief er. »Zündhölzchen? Zündhölzchen?«

Walkley machte auch einen Schritt und stellte sich wieder vor dem andern auf. »Gray . . .«, sagte er.

Der andre blickte Walkley wieder an, diesmal mit einer Art unterdrückter und doch wütender Ungeduld. »Lassen Sie mich in Ruhe, Sie Scheißkerl!« sagte er und wandte sich sofort an die Menge: »Zündhölzchen! Zündhölzchen, sir!« leierte er.

Walkley ging weiter. Er blieb noch einmal stehen, drehte sich halb um und blickte wieder auf das hagere Gesicht über den gewichsten Schnurrbartspitzen. Wieder sah ihm der andere voll ins Gesicht, doch der Blick glitt ab, als kenne er ihn nicht. Walkley ging weiter. Er schritt rasch aus. »Mein Gott«, sagte er. »Mir ist, als müßt ich mich übergeben.«

Crevasse

Die Abteilung zieht am Rande des Sperrfeuers entlang, schlängelt sich in alte und neue Granattrichter hinunter und kriecht wieder heraus. Zwei Männer führen einen dritten mit – halb zerren, halb schleppen sie ihn –, während zwei andere die drei Gewehre tragen. Ein blutiger Lappen ist um den Kopf des dritten Mannes gewickelt; er stolpert auf unsicheren Beinen weiter, mit baumelndem Kopf, und der Schweiß rinnt ihm langsam über das schlammverkrustete Gesicht.

Das Sperrfeuer erstreckt sich weit, weit über die Ebene hin, undeutlich, undurchdringlich. Hin und wieder springt irgendwo ein leichter Wind auf und lüftet für einen Augenblick die düstere Rauchdecke über den Gruppen verstümmelter Pappeln. Die Abteilung betritt einen Acker und überquert ihn – einen Acker, der vor einem Monat mit Weizen bestellt wurde und aus dem noch vereinzelte Spieße der jungen Saat hervorstoßen und sich zwischen Stahlsplittern und aufgeweichten Tuchlumpen zäh an den zerwühlten Boden klammern.

Sie überqueren den Acker und gelangen zu einem Kanal; er ist mit Baumstümpfen besäumt, die alle in der gleichen Höhe, etwa fünf Fuß über dem Boden, brutal abrasiert wurden. Die Männer werfen sich hin und trinken von dem verseuchten Wasser und füllen ihre Feldflaschen. Die beiden Träger lassen den Verwundeten zu Boden gleiten. Er hängt schlaff über dem Ufer, beide Arme im Wasser – und beinahe auch den Kopf, hätten ihn die andern nicht gestützt. Der eine schöpft Wasser in einem Helm, doch der Verwundete kann nicht schlucken. Deshalb setzen sie ihn aufrecht hin, und der andere hält ihm den Rand des Helms an die Lippen und füllt den Helm wieder mit Wasser und gießt es dem Verwundeten über den Kopf, um den Verband anzufeuchten. Dann zieht er einen schmutzigen Lappen aus der Tasche und trocknet dem Verwundeten sanft und unbeholfen das Gesicht ab.

Der Hauptmann, der Unteroffizier und der Sergeant stehen immer noch da und sind in eine schmutzige Landkarte vertieft. Jenseits des Kanals steigt das Gelände allmählich an. Der Kanaldurchstich läßt mit seinen hellen Gesteinsschichten die Kalkformation des Bodens erkennen. Der Hauptmann steckt die Karte ein, und mit halblauter Stimme befiehlt der Sergeant den Leuten, aufzustehen. Die beiden Träger richten den Verwundeten auf. Die Abteilung folgt dem Kanalufer und kommt nach einem Weilchen zu einer Art Brücke, die aus dem mit Wasser vollgesogenen Schiffsrumpf eines Schleppkahns gebildet wird, dessen Bug und Heck jeweils an den beiden Ufern festgemacht sind. Sie gehen hinüber. Drüben machen sie wieder halt, während der Hauptmann und der Unteroffizier noch einmal die Landkarte studieren.

Durch den bleichen Frühlingsmittag dringt Gewehrfeuer – wie langanhaltendes Hagelprasseln auf einem riesigen Blechdach. Je weiter sie gehen, desto mehr steigt der Kalkboden unter ihren Füßen an: die Erde ist ausgetrocknet, uneben und bröckelig, und die beiden, die den Verwundeten schleppen, kommen jetzt noch schlechter voran. Doch als sie stehenbleiben, kämpft und reißt sich der Verwundete los und wankt allein weiter, die Hände am Kopf, und stolpert und fällt. Die Träger erwischen ihn, richten ihn auf und halten ihn fest, während er vor sich hinbrummelt und die Arme verrenkt. Er brummelt: »... Kappe ...« und befreit seine Hände und zerrt wieder an seinem Verband. Die Störung pflanzt sich bis nach vorne fort. Der Hauptmann sieht sich um und bleibt stehen; unaufgefordert hält auch die ganze Abteilung und senkt die Gewehre.

»Er zerrt an seinem Verband, sir«, berichtet der eine

Träger dem Hauptmann. Sie helfen dem Verwundeten, sich zwischen ihnen hinzusetzen; der Hauptmann kniet neben ihm nieder. »... Kappe... Kappe...« murmelt der Mann. Der Hauptmann lockert den Verband. Der Sergeant reicht ihm eine Feldflasche, und der Hauptmann befeuchtet den Verband und legt dem Verwundeten die Hand auf die Stirn. Die andern stehen ringsherum und schauen mit ernstem, sachlichem Interesse zu. Der Hauptmann erhebt sich. Die Träger richten den Verwundeten wieder auf. Der Sergeant befiehlt der Abteilung, weiterzumarschieren.

Sie erreichen den Kamm des Höhenrückens. Der Höhenrücken fällt im Westen zu einer leicht gewellten Hochebene ab. Im Süden tobt noch immer das Sperrfeuer unter seinem düsteren Leichentuch. Im Westen und im Norden steigt da und dort in der glänzenden Ebene bei vereinzelten Baumgruppen Rauch auf. Aber das ist nicht Pulverqualm, sondern der Rauch von Bränden, von brennendem Holz, und die beiden Offiziere halten Ausschau, die Hand über den Augen, während die Soldaten wieder ohne Befehl stehenbleiben und die Waffen senken.

»Herrje, sir«, sagt der Unteroffizier plötzlich mit hoher, schwacher Stimme, »'s sind brennende Häuser! Sie ziehn sich zurück! Die Biester! Die Biester!«

»Möglich«, erwidert der Hauptmann und starrt immer noch mit abschirmender Hand in die Ferne. »Jetzt können wir das Sperrfeuer umgehen! Da drüben sollte eine Landstraße sein.« Er schreitet aus.

»Vorwärts – marrrsch!« befiehlt der Sergeant – stets mit der gleichen halblauten Stimme. Die Männer schultern wieder ihre Gewehre, gefügig und ohne Zaudern.

Der Höhenrücken ist mit zähem, ginsterhartem Gras bedeckt. Insekten zirpen darin, schwirren vor ihren Füßen auf und setzen im flimmernden Mittagslicht ihr Gezirpe fort. Der Verwundete plappert wieder. Sie bleiben von Zeit zu Zeit stehen, geben ihm wieder zu trinken und befeuchten seinen Verband, dann lösen zwei andere die beiden Träger ab, treiben den Verwundeten zur Eile an und schließen wieder auf.

Die Spitze des Zuges macht unversehens halt; die Männer stoßen torkelnd einer gegen den andern, wie wenn ein Zug mit Güterwagen zum Stehen kommt. Zu Füßen des Hauptmanns liegt eine weite, flache Mulde, in der karges, aschfahl aussehendes Gras wächst und sich wie Bajonettbündel durch den Boden bohrt. Die Mulde ist zu groß, um von einer kleinen Granate, und zu flach, um von einer großen Granate herzurühren. Sie weist keinerlei Spuren auf, die andeuten, wodurch sie entstanden sein könnte. Sie blicken stumm hinunter. »Seltsam«, sagt der Unteroffizier. »Was meinen Sie, wodurch sie entstanden sein könnte?«

Der Hauptmann antwortet nicht. Er wendet sich ab. Sie umgehen die Mulde und blicken, während sie daran vorbeiziehen, stumm hinunter. Doch sie haben sie gerade eben umgangen, als sie schon auf eine zweite, vielleicht nicht ganz so große Mulde stoßen. »Hab nicht gewußt, daß sie 'ne Waffe haben, die so was machen kann«, sagt der Unteroffizier. Wieder gibt der Hauptmann keine Antwort. Sie umgehen auch die zweite Mulde und ziehen auf dem Kamm des Höhenrückens weiter. Auf der andern Seite fällt der Höhenrücken in vielen hellen Schichten ausgewaschenen Kalksteins steil ab.

Plötzlich schneidet ihnen eine nicht sehr tiefe Schlucht mit bröckeligen Steilhängen den Weg ab. Der Hauptmann wechselt abermals die Richtung und marschiert parallel zur Schlucht, bis die Schlucht bald danach rechtwinkelig abbiegt und sich nun in der gleichen Richtung erstreckt, die sie eingeschlagen haben. Der Boden der Schlucht ist schattig; deshalb führt der Hauptmann sie über die abschüssige Wand in den Schatten. Sie lassen den Verwundeten vorsichtig hinunter und gehen weiter.

Nach einiger Zeit öffnet sich die Schlucht. Sie entdecken,

daß sie in noch eine von den flachen Mulden einmarschiert sind. Diese hier ist jedoch nicht so deutlich ausgeprägt, und die gegenüberliegende Wand ist unterbrochen, anscheinend durch eine weitere Mulde, wie bei zwei sich überschneidenden Scheiben. Sie durchqueren die erste Mulde, in der auch wieder die aschfahlen Grasbajonette gegen ihre Beine säbeln, und gelangen durch die Bresche in die nächste Mulde.

Sie gleicht einem Miniaturtal zwischen Miniaturfelswänden. Zu Häupten sehen sie nichts weiter als die lastende, leere Himmelskuppe mit ein paar blassen Rauchfetzen im Nordwesten. Der Lärm des Sperrfeuers klingt hier schwächer – eine Erschütterung des Bodens, die man eher spürt als hört. Hier sehen Sie überhaupt keinen neuen Granattrichter oder andere Kriegsspuren. Es ist gerade so, als wären sie auf einmal in ein anderes Land geraten, in eine Welt, wohin der Krieg nicht kam, wohin nichts kam, wo es kein Leben gibt und wo sogar die Stille ohne Leben ist. Sie geben dem Verwundeten Wasser und gehen weiter.

Das Tal, die Mulde, dehnt sich unbestimmt vor ihnen aus. Sie können erkennen, daß es eine Reihe von übereinandergreifenden, beinahe kreisrunden Becken ist, die nicht durch irgendeine sichtbare oder einleuchtende Ursache hervorgerufen wurden. Bleiche Grasbajonette säbeln gegen ihre Beine, und nach einiger Zeit befinden sie sich wieder zwischen alten, vernarbten Bauminvaliden, an denen ein paar spärliche Blätter kleben, weder grün noch welk, als wären auch sie von einem Stillstand der Zeit überrascht und festgehalten worden – dürr miteinander schwatzend, obwohl kein Wind weht. Die Talsohle ist nicht eben. Sie sinkt selber in verschiedenen unscharfen Mulden ab, um dann genauso unscharf zwischen abschüssigen Wänden wieder anzusteigen. Im Mittelpunkt dieser kleineren Mulden drängen sich weißliche Kalkknubben durch die dünne Oberflächenkrume. Der Boden hat etwas Federndes; es ist, als ginge man auf Kork;

die Schritte sind lautlos. »Hier geht sich's lustig«, sagt der Unteroffizier. Obwohl er die Stimme nicht hebt, füllt sie das kleine Tal jäh wie ein Donnerschlag, füllt das Schweigen aus, und die Worte scheinen die Männer zu umschweben, als wäre das Schweigen schon so lange nicht verletzt worden, daß es seinen Sinn vergessen hat. Wie ein Mann blicken alle ruhig und ernst umher, auf die abschüssigen Wände, die standhaften Baumgespenster, den milden, stillen Himmel. »'n erstklassiges Loch für Drückeberger und ähnliche Vögel!« sagt der Unteroffizier.

»Ay«, sagt der Hauptmann. Auch sein Wort hängt träge in der Luft und verhallt. Die Männer von der Nachhut holen auf, die Bewegung pflanzt sich bis nach vorne weiter, und die Männer blicken sich ruhig und ernst um.

»Aber 's sind gar keine Vögel hier«, fährt der Unteroffizier fort. »Nicht mal Käfer!«

»Ay«, sagt der Hauptmann. Das Wort verhallt, das Schweigen senkt sich von neuem nieder, durchsonntes, unendlich tiefes Schweigen. Der Unteroffizier bleibt stehen und stochert mit dem Fuß an etwas herum. Auch die Männer bleiben stehen, und der Unteroffizier und der Hauptmann betrachten – ohne es anzufassen – das halb im Boden vergrabene, vermodernde Gewehr. Der Verwundete plappert wieder.

»Was ist's, sir?« fragt der Unteroffizier. »Sieht so aus wie eins von den Dingern, das die Kanadier hatten. 'n Ross! Stimmt's?«

»Französisch«, antwortet der Hauptmann. »Aus dem Jahre 1914.«

»Aha«, sagt der Unteroffizier. Er schiebt das Gewehr mit der Zehenspitze beiseite. Das Bajonett ist noch mit dem Lauf verbunden, aber der Schaft ist längst vermodert. Sie marschieren weiter über unebenen Boden und zwischen Kalkknubben, die sich durch die Erdkrume drängen. Das Licht, ein bleicher, stumpfer Sonnenschein, liegt eingetümpelt im Tal – flau, kraftlos, ohne Wärme. Das dolchartige Gras stößt spärlich und starr in die Luft. Sie blicken wieder ringsum auf die abschüssigen Wände; dann sehen die Männer an der Spitze des Zuges, wie der Unteroffizier stehenbleibt und mit seinem Stock in einen von den Kalkknubben sticht und ihn umdreht und plötzlich die mit Erde angefüllten Augenhöhlen und ein abgründiges Grinsen entdeckt.

»Vorwärts!« befiehlt der Hauptmann schroff. Die Abteilung setzt sich in Bewegung; im Vorbeigehen blicken die Männer in stiller Neugier auf den Schädel. Sie ziehen weiter, an andern weißlichen Knubben vorbei, die wie Murmeln wahllos verstreut in der dünnen Erdkrume stecken.

»Alle in der gleichen Stellung – ist Ihnen das auch aufgefallen, sir?« fragt der Unteroffizier mit schwatzhaft munterer Stimme. »Alle aufrecht! Merkwürdige Art, die Menschen zu begraben – im Sitzen!«

»Ay«, sagt der Hauptmann. Der Verwundete plappert ununterbrochen weiter. Die beiden Träger bleiben stehen, als er zusammensinkt, doch die andern drängen den Offizieren nach und überholen den Verwundeten und die beiden Träger. »Bleib nich stehn, um ihm Wasser zu geben!« sagt der eine. »Er kann im Gehn trinken!« Sie richten den Verwundeten auf und hasten voran mit ihm, während der eine versucht, ihm den Hals der Feldflasche an den Mund zu halten, doch sie schlägt ihm klappernd gegen die Zähne, und das Wasser wird verschüttet und läuft ihm über den Rock. Der Hauptmann sieht sich um.

»Was ist?« fragt er scharf. Die Männer scharen sich um ihn. Ihre Augen sind ernst und weit offen; er schaut all die ruhigen, gespannten Gesichter an. »Was ist da hinten los, Sergeant?«

»Bammel!« sagt der Unteroffizier. Er blickt ringsum auf die ausgewaschenen Felswände und die weißlichen Knubben, die still aus der Erde sprießen. »Ich spür's auch«, sagt er.

Er lacht, und sein Lachen klingt ein wenig hohl und bricht ab. »Woll'n hier raus, sir«, sagt er. »Woll'n lieber wieder in die Sonne!«

»Wir sind ja hier in der Sonne«, sagt der Hauptmann. »Ruhig Blut, Leute! Drängt euch nicht so dicht zusammen! Bald sind wir draußen. Dann finden wir die Landstraße und können Fühlung nehmen.« Er dreht sich um und geht weiter. Die Abteilung setzt sich wieder in Bewegung.

Dann bleiben alle auf einen Schlag stehen – den Fuß noch halb in der Luft, und in äußerster Spannung – und starren sich an. Wieder bewegt sich die Erde unter ihren Füßen. Ein Mann schreit mit hoher Stimme, wie eine Frau oder ein Pferd. Als der feste Boden unter ihren Füßen sich zum drittenmal verschiebt, wirbeln die Offiziere herum und erblicken hinter dem versinkenden Mann ein gähnendes Loch, an dessen klaffenden Rändern noch trockner Staub abbröckelt, während die Öffnung auch schon unter einem zweiten Mann zerbröckelt. Dann reißt wie durch einen Schwerthieb eine Spalte unter der ganzen Abteilung auf. Der Boden bricht unter ihren Füßen und stellt sich schräg, wie zackige Vierecke aus blassem Karamel, und ein schwarzes Maul öffnet sich, aus dem wie in lautloser Explosion der unverkennbare Geruch von verwestem Fleisch quillt. Während sie kraxeln und (jetzt in aller Stille: seit der erste Mann aufschrie, war kein Laut mehr zu hören gewesen) von einer Scholle zur nächsten springen, stellt sich jede Scholle hochkant und schlittert weg, bis die ganze Talsohle langsam unter ihnen einstürzt und sie ins Dunkel hinunterschleudert. Ein dumpfes Poltern quillt auf einer Wolke von Verwesungsluft und bleichem Staub ans Tageslicht empor, und Staub schwebt und treibt in der dünnen Luft über dem schwarzen Maul.

Der Hauptmann spürt, wie er auf einem steilen, unter den Füßen nachgebenden Geröllhang inmitten von Entsetzensrufen und verzweifeltem Ringen in die pechschwarze

Finsternis stürzt. Wieder stößt jemand einen Schrei aus. Das Schreien bricht ab; er hört die Stimme des Verwundeten, die schwächlich und unaufhörlich aus der rutschenden Moderhöhle empordringt: »Ich bin nich tot! Ich bin nich tot!« und dann jäh verstummt, als hätte ihm jemand die Hand über den Mund gelegt.

Der rutschende Hang, über den der Hauptmann abstürzt, dacht sich allmählich ab und schleudert ihn unverletzt auf harten Boden, wo er eine Weile auf dem Rücken liegenbleibt, während über sein Gesicht der nach Licht und Luft strebende Todeshauch und Verwesungsgeruch hinwegbläst. Irgend etwas hat ihn aufgehalten: es sinkt schwerelos auf ihn nieder und klappert hohl, als wäre es in Stücke zersprungen.

Dann bemerkt er einen Lichtschimmer: den zackigen Umriß der Höhlenöffnung ganz hoch oben, und dann beugt sich der Sergeant mit einer Taschenlampe über ihn. »McKie?« fragt der Hauptmann.

Statt einer Antwort richtet der Sergeant den Lichtstrahl auf sein eigenes Gesicht. »Wo ist Mr. McKie?« fragt der Hauptmann.

»Verschwunden, sir-r«, flüstert der Sergeant heiser. Der Hauptmann setzt sich auf.

»Wieviel sind übriggeblieben?« fragt er.

»Vierzehn, sir-r«, flüstert der Sergeant.

»Vierzehn? Dann fehlen zwölf. Wir müssen schnell graben!« Er rappelt sich auf die Füße. Das schwache Licht ihm zu Häupten fällt kalt über den aufgestauten Erdrutsch und über die dreizehn Helme und den weißen Verband des Verwundeten, der sich an den Fuß der Felswand duckt. »Wo sind wir?«

Ohne zu antworten, bewegt der Sergeant die Taschenlampe. Ihr Strahl streicht seitwärts ins Dunkel, über eine Wand, einen Tunnel, in gähnende Finsternis hinein, über Wände mit blassen, glitzernden Kalksplittern. Im Tunnel sitzen oder stehen Skelette, an die Wände angelehnt, in dunklem

Waffenrock und schlotternden Zuavenhosen, neben ihnen ihre vermodernden Waffen; der Hauptmann erkennt in ihnen senegalesische Truppen aus der Maischlacht des Jahres 1915, die wahrscheinlich vom Giftgas überrascht und in der Stellung getötet wurden, in der sie in den Kalksteinhöhlen Schutz gesucht hatten. Er nimmt dem Sergeanten die Taschenlampe aus der Hand.

»Wollen sehn, ob sonst noch jemand da ist!« sagt er. »Die Spaten raus!« Er strahlt die Steilwand an. Sie steigt in Dämmer und Dunkelheit aufwärts und endet oben im schwachen Schimmer des Tageslichts. Zusammen mit dem Sergeanten klettert er über das nachgebende Geröll, und die Erde seufzt unter ihren Füßen und schlittert bergab. Der Verwundete beginnt wieder mit seinem Gejammer: »Ich bin nich tot! Ich bin nich tot!« bis seine Stimme in ein ununterbrochenes schrilles Geschrei übergeht. Jemand legt ihm die Hand auf den Mund. Die Stimme klingt erstickt, dann wird daraus ein kreischendes Gelächter, wird abermals Geschrei und wird wieder zum Schweigen gebracht.

Der Hauptmann und der Sergeant steigen so hoch, wie sie es nur wagen, und stechen in den Boden, der mit langen, zischenden Seufzern unter ihren Füßen abgleitet. Am Fuße der Steilwand kauern die Männer und heben die verschwommenen Gesichter bleich und geduldig ins Licht empor. Der Hauptmann läßt den Strahl der Taschenlampe über die Steilwand spielen, auf und ab. Es ist nichts zu sehen, kein Arm und keine Hand. Die Luft wird langsam klarer. »Also weiter«, sagt der Hauptmann.

»Ay, sir-r«, erwidert der Sergeant.

Die Höhle verliert sich in beiden Richtungen in einer unergründlichen, tiefen Dunkelheit, die angefüllt ist von stillen, sitzenden und an die Wände gelehnten Skeletten, neben ihnen ihre Waffen.

»Der Erdrutsch hat uns vorwärts geschleudert«, sagt der Hauptmann.

»Ay, sir-r«, flüstert der Sergeant.

»Sprechen Sie lauter!« sagt der Hauptmann. »Es ist bloß eine kleine Höhle. Wenn Menschen hineinkamen, können wir auch rauskommen.«

»Ay, sir-r«, flüstert der Sergeant.

»Wenn der Erdrutsch uns vorwärts geschleudert hat, dann müßte der Eingang dort drüben sein!«

»Ay, sir-r«, flüstert der Sergeant.

Der Hauptmann richtet den Strahl der Taschenlampe nach vorn. Die Männer stehen auf und scharen sich hinter ihnen zusammen, zwischen ihnen der Verwundete. Er wimmert. Die Höhle setzt sich fort und entfaltet in der Finsternis ihre glitzernden Wände; die sitzenden Skelette grinsen stumm ins Licht, als die Männer an ihnen vorbeigehen. Die Luft wird dicker; bald stapfen sie keuchend weiter; dann wird die Luft leichter, und der Lichtstrahl fällt auf eine andere Geröllhalde, die den Tunnel abriegelt. Die Männer bleiben stehen und drängen sich zusammen. Der Hauptmann steigt den Hang der Halde hinan. Er knipst die Lampe aus und kriecht langsam und schnuppernd den Kamm der Erdlawine entlang, bis an die Stelle, wo sie an die Decke der Höhle stößt. Das Licht flammt wieder auf.

»Zwei Mann mit Spaten!« befiehlt er.

Zwei Männer klettern zu ihm hinauf. Er zeigt ihnen den Spalt, durch den die Luft spärlich, aber gleichmäßig stark eindringt. Sie beginnen wie rasend zu graben und schleudern die Erde hinter sich. Bald werden sie durch zwei andere abgelöst, und bald wird aus dem Spalt ein Tunnel, in dem gleichzeitig vier Männer arbeiten können. Die Luft wird frischer. Sie graben wütend und winseln dabei leise wie Hunde. Der Verwundete, der sie vielleicht hört und ihre Erregung vielleicht spürt, fängt wieder an zu lachen – ein sinnloses, schrilles Gelächter ist es. Dann stößt der vorderste Mann durch die Erdmassen. Licht umflutet ihn wie Wasser; er gräbt ungestüm; sie sehen im Gegenlicht, wie sich sein Gesäß vorschiebt und plötzlich aus ihrem Blickfeld verschwindet: das Tageslicht strömt herein.

Die andern lassen den verwundeten Mann im Stich und stürmen den Hang hinauf: sie kämpfen fluchend um die Öffnung. Der Sergeant springt ihnen nach und treibt sie mit Spatenschlägen und heiseren Flüchen von der Öffnung weg.

»Lassen Sie sie nur, Sergeant«, sagt der Hauptmann. Der Sergeant gehorcht. Er tritt beiseite und beobachtet, wie die Männer in den Tunnel krabbeln. Dann steigt er hinunter, und er und der Hauptmann helfen dem Verwundeten den Hang hinauf. Vor dem Tunneleingang streikt der Verwundete.

»Ich bin nich tot! Ich bin nich tot!« jammert er und wehrt sich. Mit gutem Zureden und mit Gewalt stoßen sie den noch immer jammernden und sich wehrenden Mann in den Tunnel, wo er wieder gefügig wird und hindurchschusselt.

»Raus mit Ihnen, Sergeant!« befiehlt der Hauptmann.

»Nach Ihnen, sir-r!« flüstert der Sergeant.

»Los, Mann! Raus!« befiehlt der Hauptmann. Der Sergeant betritt den Tunnel. Der Hauptmann folgt ihm. Er gelangt auf den Außenhang der Erdlawine, der die Höhle abgeriegelt hat und an deren Fuß die vierzehn Männer in einer Gruppe niederknien. Auf Händen und Knien, wie ein Tier, saugt der Hauptmann die Luft ein, und sein Atem klingt harsch. ›Bald haben wir Sommer‹, denkt er und saugt die Luft schneller ein, als er die Lunge leeren kann, um wieder einzuatmen. ›Bald haben wir Sommer – und die Zeit der langen Tage!‹ Am Fuße des Abhangs knien die vierzehn Männer. Der eine in der Mitte hat eine Bibel in der Hand, aus der er mit eintöniger Stimme vorliest. Lauter als seine Stimme klingt das Geschwätz des Verwundeten: sinnlos, monoton und unaufhörlich.

Der Reihe nach!

I

Der Amerikaner – der ältere von den beiden – trug keine roten Bedfords. Seine Breeches waren aus einfachem Whipcord, genau wie seine Uniformjacke. Und die Uniformjacke hatte nicht die langen Schöße der Londoner Mode, so daß sie bei ihm unterhalb des Sam-Browne-Gürtels stark abstanden, wie die Jacke eines Militärpolizisten unterhalb seines Koppels. Und anstatt der Stiefel aus der Savile Row trug er einfache Gamaschen und die leichten Schuhe eines Mannes in mittleren Jahren, und die Schuhe und die Gamaschen paßten in der Farbe nicht zusammen, und der Gürtel paßte zu keinem von beiden, und die Pilotenflügel auf seiner Brust waren einfache Flügel. Doch das Ordensband darüber war ein gutes Ordensband, und die Abzeichen auf seiner Achselklappe waren die zwei Hauptmannsstreifen. Er war nicht groß. Sein Gesicht war hager und hatte fast ein Adlerprofil; die Augen waren klug und ein wenig müde. Er war über fünfundzwanzig; wenn man ihn ansah, dachte man, nicht gerade Phi Beta Kappa[13], aber vielleicht Skull and Bones, oder möglicherweise ein Rhodes-Stipendium.

Einer von den Männern, die ihm gegenüberstanden, konnte ihn wahrscheinlich überhaupt nicht sehen. Er wurde von einem amerikanischen Militärpolizisten auf den Füßen gehalten. Er war völlig betrunken, und im Gegensatz zu dem Polizisten mit den derben Kinnbacken, der ihn auf seinen langen, schlanken, kraftlosen Beinen aufrecht hielt, wirkte er wie ein verkleidetes Mädchen. Er war vielleicht achtzehn und sehr groß und hatte ein rosiges Gesicht und blaue Augen und einen Mädchenmund. Er trug eine verkehrt zugeknöpfte und mit frischem Dreck besudelte Wolljacke, und auf dem Kopf saß ihm – mit der unverkennbaren und verwegenen Großspurigkeit, die kein anderes Volk je auch nur annähernd hat nachahmen können – die Mütze eines Königlichen Marineoffiziers.

»Was soll das, Korporal?« fragte der amerikanische Hauptmann. »Was ist denn los? Er ist ein Engländer! Überlassen Sie 's lieber der englischen Militärpolizei, sich um ihn zu kümmern!«

»Ich weiß, daß er das ist«, sagte der Polizist. Er atmete mühsam und sprach schwerfällig und mit der Stimme eines Mannes, der sich körperlich ungeheuer anstrengt: trotz seiner mädchenhaft zarten Glieder war der englische Bursche schwerer – oder hilfloser –, als er aussah. »Strammgestanden!« befahl der Polizist. »Das hier sind Offiziere!«

Nun gab sich der junge Engländer Mühe. Er riß sich zusammen und versuchte seinen Blick zu konzentrieren. Er schwankte, warf dem Polizisten die Arme um den Hals und grüßte mit der andern Hand. Die ein wenig gekrümmten Finger schnellten vor und streiften das rechte Ohr; dann schwankte er wieder und riß sich abermals zusammen. »Cheer-o, sir«, sagte er. »Sie heißen hoffentlich nicht Beatty[14]?«

»Nein«, entgegnete der Hauptmann.

»Gut«, sagte der junge Engländer. »Hab gehofft, daß nicht! Mißverständnis meinerseits. Haben's doch nicht krummgenommen, wie?«

»Nein«, erwiderte der Hauptmann ruhig. Doch er blickte den Polizisten an. Der zweite Amerikaner sprach. Er war Leutnant und auch Flieger. Aber er war noch nicht fünfundzwanzig, und er trug die roten Breeches und die Londoner Stiefel, und seine Uniformjacke hätte – abgesehen vom Kragen – eine britische sein können.

»'s ist eins von den Marine-Küken«, sagte er. »Die lesen sie hier die ganze Nacht durch im Rinnstein auf. Du kommst nur selten in die Stadt, sonst wüßtest du's!«

»Oh«, sagte der Hauptmann. »Von denen hab ich gehört. Ich erinnere mich jetzt.« Es fiel ihm jetzt auch auf, daß – obwohl die Straße belebt war (sie standen vor einem beliebten Café) und obwohl viele Leute vorbeigingen, Soldaten, Zivilisten und Frauen – doch keiner von ihnen auch nur eine Sekunde stehenblieb, wie wenn ihnen der Anblick wohlbekannt sei. Er sah den Polizisten an. »Können Sie ihn nicht auf sein Schiff bringen?«

»Daran hab ich auch schon gedacht«, erwiderte der Polizist. »Aber er sagt, nach Anbruch der Dunkelheit kann er nicht an Bord gehen, weil er das Schiff bei Sonnenuntergang verstaut.«

»Verstaut?«

»Haltung, Matrose!« rief der Polizist grob und schüttelte seine schlaffe Last. »Vielleicht kann der Hauptmann die Sache verstehen. Hol mich der Teufel, wenn ich's kann! Er sagt, sie verstauen das Boot über Nacht unter dem Pier. Fahren's abends unter den Pier, und sie könnten's erst wieder rausholen, wenn am andern Morgen die Ebbe einsetzt.«

»Unter dem Pier? Ein Boot? Was ist denn das?« Er sprach jetzt mit dem Leutnant. »Benutzen sie etwa 'ne Art Wasser-Motorräder?«

»So was Ähnliches«, erwiderte der Leutnant. »Du hast sie bestimmt schon gesehn, die Boote. Barkassen, getarnt und so weiter. Flitzen im Hafen hin und her. Du hast sie schon gesehn. So treiben sie's den ganzen Tag, und schlafen tun sie die ganze Nacht hier im Rinnstein.«

»Oh«, sagte der Hauptmann. »Und ich hatte geglaubt, es wären Barkassen der Schiffskommandanten. Du willst mir doch nicht etwa erzählen, daß Offiziere eingesetzt werden, bloß um ...«

»Ich weiß nicht«, antwortete der Leutnant. »Vielleicht benutzen sie sie, um heißes Wasser von einem Schiff zum andern zu bringen. Oder Brötchen. Oder vielleicht fahren sie hin und her, weil sie Servietten oder so was vergessen haben?«

»Unsinn«, entgegnete der Hauptmann. Wieder betrachtete er den jungen Engländer.

»Das machen sie aber«, sagte der Leutnant. »Nachts wimmelt die Stadt von ihnen. Die Rinnsteine sind voll, und ihre Militärpolizisten karren sie schubweise weg, wie Kinderfräuleins in einem Park. Vielleicht geben die Franzosen ihnen Barkassen, um sie wenigstens tagsüber nicht im Rinnstein zu haben.«

»Ach so«, sagte der Hauptmann. »Ich verstehe.« Aber es war ganz klar, daß er's nicht verstand – nicht hörte – nicht glaubte, was er hörte. Er betrachtete den jungen Engländer. »Well, in dem Zustand kann man ihn jedenfalls nicht hierlassen«, sagte er.

Der junge Engländer versuchte wieder, sich zusammenzureißen. »Alles in Ordnung, glauben Sie's mir«, sagte er glasig blickend und mit einer angenehmen, fast fröhlichen, sehr höflichen Stimme. »Dran gewöhnt. Verflixt hartes *pavé* allerdings. Man sollte die Franzosen zwingen, was dafür zu tun. Gastmannschaften verdienen netterweise 'n anständiges Spielfeld, was?«

»Und er hat sich auch netterweise auf'm ganzen Fahrdamm breitgemacht«, fauchte der Polizist wütend. »Bildet sich vielleicht ein, er wär 'ne Ein-Mann-Mannschaft!«

Im gleichen Augenblick tauchte ein fünfter Mann auf. Er war ein britischer Militärpolizist. »Na so was!« sagte er. »Was'n das? Was'n das?« Dann erkannte er die Schulterstreifen des Amerikaners. Er salutierte. Beim Klang seiner Stimme drehte sich der junge Engländer um und schwankte und blinzelte.

»Oh, hallo, Albert«, sagte er.

»Na so was, Mr. Hope!« sagte der britische Polizist. Und über die Schulter hinweg fragte er den Amerikaner: »Was'n diesmal los?«

»Wahrscheinlich gar nichts«, erwiderte der Amerikaner. »So führt ihr Leute anscheinend Krieg. Aber ich bin hier nich zu Hause. Da! Nehmen Sie'n!«

»Was ist, Korporal?« fragte der Hauptmann. »Was hat er gemacht?«

»Der da wird's wohl 'n Mordsspaß nennen«, antwortete der amerikanische Polizist und deutete mit dem Kopf auf den britischen Polizisten. »Der nennt's bloß 'ne Amsel[15] oder 'n Rotkehlchen oder so was. Vor 'ner Weile bin ich in die Straße hier eingebogen, ungefähr drei Häuserblocks weiter unten, und da seh ich, daß sie blockiert ist, blockiert von 'ner ganzen Reihe Lastwagen, die vom Hafen raufkommen, und die Fahrer brüllen alle drauflos, was zum Teufel denn passiert wär. Ich geh also hin, und da seh ich, daß sie schon drei Block lang dastehen und auch die Querstraßen blockieren, und ich geh bis zum Anfang von dem Konvoi, wo die Ursache stecken muß, und da seh ich 'n halbes Dutzend von den Fahrern vorne vor, wie sie mitten auf'm Fahrdamm 'n Kriegsrat oder so was abhalten, und ich geh auf sie zu und sage: ›Was geht hier vor?‹, und sie lassen mich durch, und da liegt der Kerl hier ...«

»Sie sprechen von einem Offizier Seiner Majestät, Mann!« warf der britische Polizist ein.

»Vorsicht, Korporal!« mahnte der Hauptmann. »Und da lag der Offizier ...«

»Er hat sich mitten auf der Straße zum Schlafen hingelegt und 'n leeren Korb als Kopfkissen untergeschoben. Hat dagelegen, die Hände unter'm Kopf, und die Knie übernandergeschlagen, und so hat er mit ihnen verhandelt, ob er aufstehen müßte oder nich. Er hat gesagt, die Lastwagen könnten umkehren und durch 'ne andre Straße fahren, er aber könnt keine andre Straße benutzen, weil das hier seine Straße wär.«

»Seine Straße?«

Der junge Engländer hatte interessiert und freundlich

zugehört. »Quartier, verstehn Sie?« sagte er. »Ordnung muß sein, sogar im Kriegsfall. Quartier ausgelost. Diese Straße mein, Wilderer nicht geduldet, eh? Nächste Straße für Jamie Wutherspoon. Aber dort dürfen Lastwagen durchfahren, weil Jamie sie noch nicht benutzt. Ist noch nicht schlafen gegangen. Schlaflosigkeit. Hab's gewußt. Hab's ihnen erklärt. Lastwagen können durch die andre Straße fahren. Verstehn Sie's jetzt?«

»War es so, Korporal?« fragte der Hauptmann.

»Er hat's gesagt. Er wollte nicht aufstehn. Er lag einfach da und hat mit ihnen verhandelt. Hat einem von ihnen gesagt, er sollte irgendwo hingehen und ein Buch über Vorschriften im Kriegsfall holen ...«

»Ach ja, *King's Regulations*«, sagte der Hauptmann.

»... und nachsehn, ob *er* das Wegerecht hätte oder die Lastwagen. Und dann hab ich ihn hochgezerrt, und dann kam der Hauptmann. Und das ist alles. Und mit Erlaubnis des Hauptmanns werd ich ihn jetzt Seiner Majestät Amme aushändigen ...«

»Das genügt, Korporal«, sagte der Hauptmann. »Sie können gehen! Ich werde es erledigen.« Der Polizist salutierte und ging weiter. Jetzt stützte der britische Polizist den jungen Engländer. »Können Sie ihn nicht mitnehmen?« fragte der Hauptmann. »Wo liegen sie im Quartier?«

»Ich weiß nicht recht, sir, ob sie überhaupt ein Quartier haben. Wir – ich seh sie meistens bis zum Tagesanbruch in irgend'ner Kneipe. Quartier brauchen sie anscheinend nicht.«

»Sie glauben, daß sie überhaupt nicht von einem Schiff kommen?«

»Well, sir, Schiffe mögen's ja sozusagen sein. Aber um in so einem Ding zu schlafen, muß man wohl noch viel schläfriger sein als der da!«

»Ich verstehe«, sagte der Hauptmann. Er sah den Polizisten an. »Was für Boote sind es?«

Diesmal kam die Antwort des Polizisten sofort, und

seine Stimme klang endgültig und monoton. Es war, als hätte er eine Tür zugemacht. »Ich weiß es nicht recht, sir.«

»Oh«, erwiderte der Hauptmann. »Ich verstehe. Well, diesmal ist er jedenfalls nicht in einer Verfassung, um bis zum Tagesanbruch in einer Kneipe zu bleiben.«

»Vielleicht find ich für ihn 'ne Kneipe mit 'nem Tisch im Hintergrund, an dem er schlafen kann«, schlug der Polizist vor. Aber der Hauptmann hörte nicht zu. Er blickte auf die andre Straßenseite hinüber, wo die Lichter eines zweiten Cafés übers Pflaster spielten. Der junge Engländer gähnte fürchterlich, wie es kleine Jungen tun, mit offenem, rosigem Mund, den er so ungeniert wie ein Kind aufriß.

Der Hauptmann wandte sich an den Polizisten.

»Würden Sie wohl so freundlich sein und hinübergehen und sich nach Hauptmann Bogards Fahrer erkundigen? Ich werde mich Mr. Hopes annehmen!«

Der Polizist ging. Der Hauptmann stützte jetzt den jungen Engländer und legte ihm die Hand unter den Arm. Wieder gähnte der junge Mann wie ein müdes Kind. »Haltung!« sagte der Hauptmann. »In einer Minute ist der Wagen da.«

»Fein!« sagte der junge Engländer und gähnte.

II

Sowie er im Wagen war und zwischen den zwei Amerikanern saß, schlief er sofort ein, friedlich und ohne Umstände, wie es Babies tun. Aber obwohl der Flugplatz nur eine halbe Stunde entfernt lag, war er wach, als sie dort ankamen, und anscheinend ganz munter; er bat um einen Whisky. Als sie die Messe betraten, machte er einen völlig nüchternen Eindruck und blinzelte nur ein wenig in die Helligkeit hinein. Um die Kehle hatte er ein schmuddeliges seidenes Halstuch geschlungen, das, wie Bogard erkannte, mit dem Klubabzeichen einer berühmten Vorbereitungsschule bestickt war, und dazu trug er die verkehrt zugeknöpfte Wolljacke und die verwegene Mütze.

»Ah«, rief er mit einer jetzt klaren und nicht mehr belegten Stimme, und so fröhlich und laut, daß die andern Amerikaner in der Messe sich umdrehten und ihn ansahen. »Nett! Whisky, was?« Pfeilgerade wie ein Vorstehhund steuerte er auf die Ecke mit der Bar los, hinter ihm drein der Leutnant. Bogard hatte sich umgedreht und war zum andern Ende des Raums gegangen, wo fünf Männer um einen Kartentisch saßen.

»Wovon ist der denn Admiral?« fragte einer.

»Von der ganzen schottischen Marine, als ich ihn aufgabelte«, erwiderte Bogard.

Ein andrer sah auf. »Oh, ich glaube, den hab ich schon in der Stadt gesehen.« Er blickte auf den Gast. »Vielleicht hab ich ihn nur deshalb nicht gleich erkannt, weil er auf beiden Beinen stand, als er hereinkam. Meistens sieht man sie im Rinnstein liegen.«

»Oh«, sagte der erste und blickte sich um. »Ist das einer von denen?«

»Bestimmt. Hast sie auch schon gesehn. Sitzen auf'm Prellstein, und 'n paar Tommy-M.P.s zerren sie an den Armen hoch.«

»Ja, die hab ich gesehn«, erwiderte der andre. Sie schauten alle zu dem jungen Engländer hinüber. Er stand an der Bar und sprach, seine Stimme klang laut und fröhlich. »Sie sehen allesamt wie der da aus«, sagte der Sprechende. »Ungefähr siebzehn oder achtzehn. Sie flitzen immer in den kleinen Booten zum Hafen ein und aus.«

»Ach, tun die das?« fragte ein dritter. »Ist es wirklich wahr, daß es eine männliche Hilfsmarine für die *Waacs*[16] gibt? Großer Gott, da hab ich ja 'n Fehler begangen, als ich mich meldete. Aber die Propaganda für diesen Krieg war eben von Anfang an falsch aufgezogen!«

»Ich weiß nicht«, sagte Bogard. »Ich glaube, sie tun noch mehr, als bloß so herumflitzen.«

Doch sie hörten nicht auf ihn. Sie blickten den Gast an. »Bei denen geht's nach der Uhr«, sagte der erste. »Man braucht nur zu sehen, in welchem Zustand sich einer nach Sonnenuntergang befindet, und kann beinah seine Uhr danach stellen. Eins begreif ich aber nicht: wieso ein Mensch, der jede Nacht um ein Uhr in solchem Zustand ist, am nächsten Morgen überhaupt noch ein Kriegsschiff erkennen kann.«

»Vielleicht werden stets Fotokopien angefertigt«, meinte einer, »wenn einem Schiff eine Mitteilung zugestellt werden soll, und dann reihen sie all die kleinen Boote auf und richten sie auf das Schiff und geben jedem ein Doppel und lassen sie los. Und die Boote, die das Schiff verfehlen, kreuzen einfach im Hafen rundherum, bis sie irgendwo gegen einen Pier stoßen.«

»Es muß mehr dahinterstecken«, sagte Bogard.

Er wollte noch etwas hinzufügen, doch im selben Augenblick kehrte der Gast von der Bar zurück und kam näher, in der Hand ein Glas. Er ging zwar ruhig, aber sein Gesicht war gerötet, und die Augen glänzten. Er sprach laut und fröhlich, als er auf den Tisch zutrat.

»Oh, darf ich Sie vielleicht alle . . .« Er verstummte. Es schien ihm etwas aufgefallen zu sein; er starrte ihnen auf die Brust. »Oh, Sie fliegen! Alle samt und sonders! Meine Güte, Sie finden's lustig, was?«

»Ja, ganz lustig«, sagte jemand.

»Aber gefährlich, was?«

»Ein bißchen hitziger als Tennis«, sagte ein andrer. Der Gast sah ihn an – strahlend, liebenswürdig und gespannt.

Ein anderer warf rasch ein: »Bogard sagt, Sie befehligen ein Schiff?«

»Kaum ein Schiff zu nennen, danke der Nachfrage! Und nicht befehligen. Das tut Ronnie. Ranghöher. Älter.«

»Ronnie?«

»Ja. Reizend. Guter Kerl. Aber alt. Kleinlich.«

»Kleinlich?«

»Gräßlich. Sie würden's nicht glauben. Sobald wir Rauch sehen und ich das Glas habe, zieht er ab. Hält das Boot die ganze Zeit weit weg. Kein Biber[17]. Hat mich seit gestern vor vierzehn Tagen um zwei Punkte geschädigt.«

Die Amerikaner blickten einander an. »Kein Biber?«

»Das spielen wir so. Um Korbmasten, verstehen Sie? Sieht einer 'n Korbmast – Biber! Ein Punkt! Aber die Ergenstraße zählt nicht mehr.«

Die Männer am Tisch sahen einander an. Bogard sprach. »Ich versteh's jetzt. Wenn Sie oder Ronnie ein Schiff mit Korbmast sehen, haben Sie einen Biber vor dem andern voraus. Ich verstehe. Und was ist die Ergenstraße?«

»Deutsch. Interniert. Trampschiff. Der Fockmast ist so betakelt, daß er wie'n Korbmast aussieht. Spieren und Taue vermutlich. Ich selber hab nicht gefunden, daß er wie'n Korbmast aussieht, aber Ronnie fand's eben und hat ihn eines Tages mitgezählt. Dann wurde es eines Tages quer übers Hafenbecken verholt, und da hab ich ihn mitgezählt. Deshalb haben wir dann beschlossen, ihn nicht mehr anzugeben. Verstehen Sie's jetzt?«

»Oh«, erwiderte der Amerikaner, der die Bemerkung über das Tennis gemacht hatte, »jetzt versteh ich's! Sie und Ronnie fahren in der Barkasse umher und spielen Biber. H-m-m! Ist ja lustig. Spielen Sie manchmal auch ...«

»Jerry!« rief Bogard. Der Gast hatte sich nicht gerührt. Er blickte noch lächelnd und mit weit offenen Augen auf den Leutnant hinunter.

Der Leutnant blickte zum Gast auf. »Hat das Boot, Ihrs und Ronnies, ein gelbes Heck?«

»Ein gelbes Heck?« wiederholte der junge Engländer. Er hatte zu lächeln aufgehört, aber sein Gesicht war immer noch freundlich.

»Ich dachte, wenn ein Boot zwei Kapitäne hat, streicht man das Heck vielleicht gelb an?«

»Oh«, entgegnete der Gast, »Burt und Reeves sind nicht Offiziere.«

»Burt und Reeves?« sagte der andere nachdenklich. »Die fahren also auch mit? Spielen sie auch Biber?«

»Jerry!« rief Bogard. Der andere blickte ihn an. Bogard winkte ihm mit dem Kopf. »Komm mal mit!« Der andere stand auf. Sie gingen beiseite. »Laß ihn in Ruhe!« sagte Bogard. »Es ist mir ernst damit! Er ist das reinste Kind! Als du in dem Alter warst, hattest du da so viel mehr Vernunft? Auch bloß genug, um nicht zu spät in die Kirche zu kommen!«

»Meine Heimat ist aber nicht seit beinah vier Jahren schon im Krieg«, erwiderte Jerry. »Hier sind wir Amerikaner, geben unser Geld aus und lassen uns zu Hunderten abknallen, und noch nicht mal in unserm Krieg, und diese Tommys, die jetzt bereits zwölf Monate an Ort getreten wären, wenn wir nicht ...«

»Halt den Mund!« rief Bogard. »Du redest wie 'ne Kriegsanleihe!«

»... und fassen's wie 'ne Budenschau oder so was auf. ›Lustig‹«, trällerte seine Stimme jetzt im Falsett, »›aber sehr gefährlich, was?‹«

»Ps-s-s-st!« machte Bogard.

»Den möcht ich mal im Hafen abfangen, den und seinen Ronnie. Bloß einmal nur. In irgendeinem Hafen. In London zum Beispiel. Ich brauchte auch bloß 'ne Jenny. 'ne Jenny? Ach wo! 'n Fahrrad und 'ne Schwimmweste! Denen würd ich mal 'n bißchen Krieg vorspielen!«

»Aber jetzt läßt du ihn jedenfalls in Ruhe! Er geht ja bald.«

»Was willst'n mit ihm machen?«

»Ich nehm ihn heut früh mit rauf. Kann Harpers Platz vorn in der Kanzel haben. Er sagt, er kann mit 'ner Lewis umgehen. Sagt, sie hätten eine an Bord. Hat mir so was erzählt – er hätte mal auf siebenhundert Meter 'ne Kanalboje getroffen.«

»Na, ist deine Sache. Vielleicht kann er dich besiegen.«

»Besiegen?«

»Beim Biberspiel! Und dann kannst du Ronnie übernehmen.«

»Jedenfalls kann er sich mal den Krieg besehn«, erwiderte Bogard. Er blickte auf den Gast. »Sein Volk ist seit jetzt drei Jahren im Krieg, und er scheint ihn wie ein Student vom ersten Semester aufzufassen, der sich zum erstenmal in der Stadt austoben kann.« Er blickte Jerry wieder an. »Aber laß du ihn jetzt in Ruhe!«

Als sie sich dem Tisch näherten, klang die Stimme des jungen Engländers laut und fröhlich: ». . . und wenn er das Fernglas mal zuerst hatte, fuhr er nah ran und schaute nach, aber wenn ich's zuerst hatte, zog er ab – so weit weg, daß ich nichts als Rauch sehen konnte. Gräßlich kleinlich! Gräßlich. Aber die Ergenstraße zählt nicht mehr. Und wenn man sich täuscht und sie doch zählt, verliert man zwei Biber von der ganzen Punktzahl! Wenn Ronnie es bloß mal vergessen und sie mitzählen würde, dann wären wir gleich auf gleich!«

III

Um zwei Uhr nachts redete der junge Engländer noch immer; seine Stimme war hell und unschuldig und fröhlich. Er erzählte ihnen, daß ihm die Schweiz wegen 1914 durch die Latten gegangen sei, und statt der Ferien, die sein Vater ihm zu seinem sechzehnten Geburtstag versprochen hatte, mußten er und sein Hauslehrer sich mit Wales begnügen. Doch er und sein Hauslehrer wären ziemlich hoch gewesen, und bei aller gebührenden Hochachtung gegenüber solchen Anwesenden natürlich, die vielleicht schon den Vorzug hatten, die Schweiz zu kennen, wage er zu behaupten, daß man wahrscheinlich von Wales genauso weit sehen könne wie von der Schweiz. »Jedenfalls kann man ebensoviel schwitzen und schnaufen«, schloß er. Und um ihn her saßen die Amerikaner, ein wenig abgestumpft, ein wenig ernst und etwas älter, und hörten ihm mit einer gewissen kühlen Verwunderung zu. Seit einiger Zeit schon waren manche von ihnen aufgestanden und hinausgegangen und im Fliegerdress zurückgekehrt, Helm und Fliegerbrille in der Hand. Ein Bursche kam mit einem Tablett voll Kaffeetassen herein, und der Gast erinnerte sich jetzt, daß er schon seit einiger Zeit draußen im Dunkeln die Motoren gehört hatte.

Schließlich stand Bogard auf. »Kommen Sie mit«, sagte er. »Wir wollen Ihnen Überkleider besorgen.« Als sie aus der Messe traten, war der Lärm der Motoren sehr stark – wie träger Donner. In einer geraden Linie auf der nicht sichtbaren Rollbahn war eine undeutliche Reihe flackernder blaugrüner Flammenbänke, die anscheinend zwischen Himmel und Erde schwebten. Sie überquerten den Flugplatz und fanden in Bogards Quartier den Leutnant McGinnis, der auf einem Feldbett saß und seine Fliegerstiefel zuschnürte. Bogard holte einen Sidcott-Anzug herunter und warf ihn auf das Feldbett.

»Ziehn Sie den an!« sagte er.

»Brauch ich so viel Zeugs?« fragte der Gast. »Bleiben wir so lange?«

»Wahrscheinlich«, erwiderte Bogard. »Nehmen Sie's lieber. Ist kalt oben!«

Der Gast nahm den Anzug in die Hand. »Aber«, sagte er, »Ronnie und ich haben selber was vor, mor ... – heute. Meinen Sie, Ronnie nimmt's übel, wenn ich 'n bißchen zu spät komme? Vielleicht wartet er nicht auf mich?«

»Wir sind vorm Fünfuhrtee zurück«, sagte McGinnis. Er schien ganz mit seinem Stiefel beschäftigt. »Ich versprech's!« Der junge Engländer blickte auf ihn herunter.

»Um wieviel Uhr sollten Sie zurück sein?« fragte Bogard.

»Ach, ich glaube, es ist in Ordnung«, entgegnete der junge Engländer. »Ronnie darf sowieso bestimmen, wann wir losfahren. Er wird schon auf mich warten, wenn ich mich ein bißchen verspäte.«

»Er wird schon warten«, meinte Bogard. »Ziehn Sie den Anzug an!«

Sie halfen ihm in den Anzug. »Bin noch nie oben gewesen!« plapperte er fröhlich. »Von da oben kann man bestimmt weiter sehen als vom Gebirge, was?«

»Mehr jedenfalls«, antwortete McGinnis. »Es wird Ihnen gefallen.«

»O sicher! Wenn Ronnie bloß auf mich warten wollte! Ein Mordsspaß! Aber gefährlich, was?«

»Ach wo«, erwiderte McGinnis. »Sie wollen mich wohl verkohlen?«

»Halt die Klappe, Mac!« befahl Bogard. »Los jetzt! Noch etwas Kaffee?« Er blickte den Gast an, aber McGinnis sagte:

»Nein! Hab was Besseres als Kaffee! Kaffee macht so ekelhafte Flecken auf den Flügeln.«

»Auf den Flügeln?« fragte der junge Engländer. »Warum auf den Flügeln?«

»Schluß jetzt, Mac, hab ich gesagt!« warnte Bogard. »Kommt!«

Sie überquerten den Flugplatz wieder und näherten sich der blubbernden Flammenbank. Als sie näher kamen, konnte der Gast die Form, das heißt die Umrisse einer Handley-Page unterscheiden. Sie glich einem Schlafwagen, der schräg aufwärtsragend im Skelett des ersten Stockwerks eines unfertigen Wolkenkratzers gestrandet war. Der Gast betrachtete sie in aller Ruhe.

»Ist größer als 'n Kreuzer«, sagte er mit seiner hellen, interessierten Stimme. »Aber hören Sie mal – mich können Sie nicht verkohlen: das Ding fliegt nicht in einem Stück, was? Hab sie schon gesehen! Bestehen aus zwei Teilen: Hauptmann Bogard und ich in dem einen, Mac und noch einer in dem andern, was?«

»Nein«, erwiderte Mac. Bogard war verschwunden. »Die ganze Geschichte geht auf einmal hoch. Mordsspaß, was? 'n Bussard, was?«

»'n Bussard?« murmelte der Gast. »Ach du liebe Zeit! 'n Kreuzer. Fliegend. Ach du liebe Zeit!«

»Und hören Sie«, sagte McGinnis. Er streckte die Hand aus; etwas Kaltes drückte gegen die Hand des jungen Engländers – eine Flasche. »Wenn Sie spüren, daß Ihnen schlecht wird, verstehen Sie? Nehmen Sie 'n Schluck!«

»Oh, wird mir denn schlecht?«

»Natürlich! Uns allen. Gehört zum Fliegen. Davon hört's auf. Aber wenn's nicht aufhört – verstehn Sie?«

»Was? Was dann?«

»Nicht über Bord! Spucken Sie's nicht über Bord!«

»Nicht über Bord?«

»Weil's dann rückwärts fliegt – mir und Bogy ins Gesicht. Dann können wir nicht mehr sehen. Bingo. Aus. Verstehn Sie?«

»Doch, ja. Was soll ich denn damit machen?« Sie sprachen ruhig und knapp und ernst wie Verschwörer.

»Ziehen Sie einfach den Kopf ein und lassen Sie's raus.«

»Ach so, ja.«

Bogard kehrte zurück. »Zeig ihm, wie er in die vordere Kanzel kommt, ja?« sagte er. McGinnis zeigte ihm den Weg durch die ›Falle‹. Weiter vorn, entsprechend dem schräg ansteigenden Rumpf, verengte sich der Durchgang; dort mußte man kriechen.

»Kriechen Sie rein und weiter vor!« sagte McGinnis.

»Sieht aus wie 'ne Hundehütte«, meinte der Gast.

»Ja, nicht wahr?« rief McGinnis vergnügt. »Los mit

Ihnen!« Er bückte sich und konnte hören, wie der junge Engländer sich vorschob.

»Da oben finden Sie bestimmt 'ne Lewis!« rief er in den Gang hinein.

Die Stimme des andern hallte zurück: »Hab sie schon!«

»Der Artillerie-Sergeant kommt in 'ner Minute und zeigt Ihnen, ob sie geladen ist.«

»Ist geladen«, erwiderte der Gast, und fast unmittelbar darauf ballerte das MG los, ein kurzer Stakkato-Ausbruch. Rufe erklangen, der lauteste vom Boden her, unterhalb der Flugzeugnase. »Keine Bange!« rief der junge Engländer. »Hab's nach Westen gerichtet, eh ich geschossen habe. Da ist nichts als das Marineamt und Ihr Brigadehauptquartier. Ronnie und ich machen das jedesmal, ehe wir irgendwohin fahren. Tut mir leid, wenn's zu früh war! Oh, ich heiße übrigens Claude«, schloß er. »Hab's zu erwähnen vergessen.«

Unten standen Bogard und die beiden andern Offiziere. Sie waren herzugerannt. »Hat's nach Westen gerichtet!« sagte der eine. »Wie zum Teufel will er wissen, wo Westen ist?«

»Er ist'n Seemann«, bemerkte der andere. »Hast du wohl vergessen.«

»Er scheint auch ein MG-Schütze zu sein«, sagte Bogard.

»Wollen hoffen, daß er das nicht vergißt«, sagte der dritte.

IV

Immerhin wandte Bogard den Blick nicht von dem Kopf ab, der drei Meter vor ihm im Bug als Silhouette aus der runden Kanzel aufragte. »Das MG hat er aber bedienen können«, sagte er zu dem neben ihm sitzenden McGinnis. »Hat sogar die Trommel selbst eingesetzt, was?«

»Ja«, sagte McGinnis. »Wenn er sich bloß nicht vergißt

und glaubt, das MG wären er und sein Hauslehrer, die von 'ner Alp in Wales die Aussicht genießen!«

»Vielleicht hätte ich ihn nicht mitnehmen sollen«, meinte Bogard. McGinnis gab keine Antwort. Bogard drehte das Rad ein wenig. Vorne, in der Bordschützenkanzel, bewegte der Gast seinen Kopf ständig hierhin und dorthin und hielt Ausschau. »Wir fliegen hin und werfen ab und halten Kurs nach Hause«, sagte Bogard. »Vielleicht – im Dunkeln – ach verflucht, es wäre doch eine Schande: schon vier Jahre steckt sein Land in dem Schlamassel, und er hat noch nie 'n MG gesehn, das auf ihn gerichtet war.«

»Heut nacht wird er eins sehn, wenn er nicht den Kopf einzieht«, sagte McGinnis.

Aber das tat der Junge nicht. Auch nicht, als sie das Ziel erreicht hatten und McGinnis nach unten in die Bomberkanzel gekrochen war. Und sogar, nachdem die Scheinwerfer sie gefunden hatten und Bogard den andern Maschinen Signale gab und nach unten stieß und die beiden andern Maschinen mit Höchstgeschwindigkeit in die platzenden Granaten hinein- und hindurchfauchten, konnte er noch im grellen Scheinwerferlicht das Gesicht des Jungen sehen, wie es sich weit hinauslehnte und sich so deutlich abzeichnete wie ein angestrahltes Gesicht auf der Bühne – und immer mit einem Ausdruck voll kindlicher Spannung und Begeisterung. ›Und er feuert tatsächlich mit seiner Lewis‹, dachte Bogard. ›Und gut obendrein‹ und stach mit seiner Maschine weiter abwärts und sah den Stecknadelkopf ins Visier schwingen und wartete mit der erhobenen Rechten, bis McGinnis sie im Visier hatte. Er ließ die Hand sinken; über dem Lärm der Motoren glaubte er das Klicken und Pfeifen der ausgelösten Bomben zu hören, während es die von ihrer Last befreite Maschine mit einem Riesensprung in die Höhe riß, so daß sie einen Augenblick aus der Helle gerieten. Dann war er einen Augenblick ziemlich beschäftigt, weil sie wieder in die Granaten hinein und durch einen andern Scheinwerferstrahl hindurch mußten, der sie erwischte und so lange festhielt, daß er den jungen Engländer sah, wie er sich weit über Bord beugte und zurückblickte, am rechten Flügel unten vorbei und zum Fahrgestell. ›Vielleicht hat er schon irgendwo was drüber gelesen‹, dachte Bogard, drehte sich um und blickte hinter sich, um den Rest der Staffel zu suchen.

Dann war alles vorüber; die Dunkelheit war kühl und leer und friedlich, beinahe ruhig, bis auf das gleichmäßige Geräusch der Motoren. McGinnis kletterte auf seinen Posten zurück, stellte sich auf den Sitz und feuerte die Leuchtpistole ab und blieb noch einen Augenblick stehen und blickte hinter sich, wo die Scheinwerfer noch durch die Nacht tasteten und säbelten. Er setzte sich wieder hin.

»O. K.«, sagte er. »Hab alle vier gezählt. Wollen Kurs zurücknehmen.« Dann blickte er nach vorne. »Was ist aus Seiner Majestät Liebling geworden? Du hast ihn hoffentlich nicht an einen Bombenauslöser gehängt, was?« Bogard schaute hin. Die vordere Kanzel war leer. Sie zeichnete sich jetzt wieder als undeutliche Silhouette gegen den Sternenhimmel ab, aber es war nichts darin als das Maschinengewehr. »Nein«, rief McGinnis, »dort ist er! Siehst du ihn? Lehnt sich raus! Verdammt, ich hab ihm doch gesagt, er soll nicht kotzen! Da kommt er zurück!« Der Kopf des Gastes tauchte auf und verschwand wieder.

»Er will herkommen«, rief Bogard. »Schick ihn zurück! Sag ihm, daß sich in dreißig Minuten jede Staffel der Hunnen-Kanalgruppe auf uns stürzt!«

McGinnis ließ sich herunter und duckte sich vor den Eingang zum Tunnel. »Zurück!« schrie er; der andere war beinahe vor ihm; so kauerten sie einander gegenüber wie zwei Hunde und brüllten sich beim Lärm der noch nicht gedrosselten Motoren hinter den Stoffwänden an. Die Stimme des jungen Engländers klang schwächlich und hoch.

»Bombe!« schrie er.

»Ja«, brüllte McGinnis, »das waren Bomben! Wir haben's ihnen gegeben! Zurück jetzt! In zehn Minuten stürzen sich alle Hunnen, die in Frankreich stehn, auf uns! Zurück an Ihr MG!«

Wieder drang die Stimme des Jungen schrill und schwächlich durch den Lärm.

»Bombe! All right?«

»Ja, ja! All right! Zurück an Ihr MG, verdammt!«

McGinnis kletterte wieder auf seinen Posten. »Er ist umgekehrt. Soll ich mal 'ne Weile?«

»All right«, sagte Bogard. Er ließ McGinnis ans Steuer. »Halt sie 'n bißchen zurück! Mir wär's lieber, es wäre schon Tageslicht, wenn sie angreifen.«

»Stimmt«, sagte McGinnis. Plötzlich bewegte er das Steuer. »Was ist denn mit dem rechten Flügel los?« fragte er. »Gib mal acht ... Merkst du's? Ich muß immer etwas nach rechts drücken – mit dem rechten Querruder und ein bißchen Seitenruder. Da, fühl mal!«

Bogard übernahm einen Augenblick das Steuer. »Ist mir nicht aufgefallen. 'n Draht irgendwo, nehm ich an. Ich glaube nicht, daß uns eine von den Granaten so nahe gekommen ist. Aber gib acht auf sie!«

»Ja«, nickte McGinnis. »Und morgen willst du also mit ihm auf sein Boot – heute vielmehr?«

»Ja, hab's ihm versprochen. Verdammt, man kann so'n Kind nicht kränken, verstehst du?«

»Könntest doch Collier mitnehmen, den und seine Mandoline? Dann könnt ihr rumfahren und singen.«

»Ich hab's ihm versprochen«, sagte Bogard. »Den Flügel etwas höher!«

»Ja«, sagte McGinnis.

Eine halbe Stunde drauf begann es zu dämmern; der Himmel war grau. Gleich darauf rief McGinnis: »Da kommen sie also! Sieh dir das an! Wie die Moskitos im September! Hoffentlich schnappt er jetzt nicht über und glaubt, er müsse Biber spielen. Wenn er das tut, dann ist Ronnie ihm um einen Punkt voraus, falls der Teufel 'n Bart hat ... Da, willst das Steuer?«

V

Um acht Uhr lagen die Bucht und der Kanal unter ihnen. Die abgedrosselte Maschine, von Bogard sachte in den Kanalwind gesteuert, glitt abwärts. Seine Gesichtszüge waren verkrampft und ein wenig übermüdet.

Auch McGinnis sah müde aus, und er hatte das Rasieren nötig.

»Was meinst du wohl, was er sich jetzt besieht?« fragte er. Denn der junge Engländer lehnte sich wieder über die rechte Bordseite der Kanzel und blickte am rechten Flügel entlang, nach hinten und nach unten.

»Ich weiß es nicht«, antwortete Bogard. »Vielleicht Kugeleinschläge.« Er stellte den rechten Propeller auf Segelstellung. »Müssen die Monteure fragen ...«

»Das könnte er viel näher sehen«, meinte McGinnis. »Ich könnt beschwören, daß ich mal sah, wie'n Leuchtspurgeschoß hinter ihm einschlug. Oder vielleicht besieht er sich den Ozean. Aber den muß er ja schon gesehen haben, als er von England rüberkam.« Dann fing Bogard die Maschine ab; die Nase stieg scharf in die Höhe, und der Sand und die sich überschlagende Brandung flogen vorbei. Doch der junge Engländer hing noch immer weit über Bord und hielt unter und hinter sich Ausschau nach irgend etwas unter dem rechten Flügel, immer mit dem gleichen hingerissenen Ausdruck und der grenzenlosen, kindlichen Spannung. Bis die Maschine völlig zum Stehen kam, blieb er so. Dann duckte er sich, und beim jähen Verstummen der Motoren konnten sie hören, wie er durch den Gang kroch. Er tauchte auf, als die beiden Piloten steifbeinig von ihren Sitzen herunterkletterten. Sein Gesicht strahlte vor Eifer; seine Stimme war hell und aufgeregt.

»Nein, so was! Meine Güte! Was für'n Kerl! Wie der die Entfernung berechnet hat! Wenn bloß Ronnie das hätte sehen können! Meine Güte nochmal! Oder sind sie vielleicht nicht wie unsre? Explodieren sie nicht, sobald sie an der Luft sind?«

Die Amerikaner blickten ihn an. »Was explodiert nicht?«

»Die Bombe! Es war großartig! Das werd ich nie vergessen! Nein, wirklich, wissen Sie! Prachtvoll!«

Nach einer Weile fragte McGinnis mit schwacher Stimme: »Die Bombe?« Dann starrten sich die beiden Piloten an; wie aus einem Munde riefen sie: »Der rechte Flügel!« Dann krabbelten sie alle gleichzeitig durch die ›Falle‹, ihr Gast ihnen auf den Fersen, und liefen um die Maschine herum und blickten unter den rechten Flügel. Dort hing, am Schwanz aufgehängt und senkrecht wie ein Bleilot, die Bombe, und ihre Spitze berührte den Sand. Und parallel zur Radspur verlief der lange, feine Strich im Sand, den ihre äußerste Spitze gezogen hatte. Die Stimme des jungen Engländers hinter ihnen klang hell und klar und kindlich:

»Hab einen Schrecken bekommen. Wollt's Ihnen sagen. Hab aber begriffen, daß Sie Ihre Sache besser verstehn als ich. Geschickt! Wunderbar! Nein, das werd ich nie vergessen, sag ich Ihnen!«

VI

Ein Marineinfanterist mit einem aufgepflanzten Bajonett ließ Bogard auf den Pier hinaus und zeigte ihm den Weg zum Boot. Der Pier war leer, und er erblickte es erst, als er an den Rand des Piers vortrat und direkt unter sich ins Boot hineinsah und auf die Rücken der beiden sich bückenden Männer in schmierigen Overalls schaute, die sich aufrichteten, einen raschen Blick auf ihn warfen und sich dann wieder bückten.

Es war keine zehn Meter lang und kaum einen Meter breit. Es war mit graugrünem Anstrich getarnt. Es hatte vorne ein Deck mit zwei stumpfnasigen, schrägen Auspuffrohren. ›Großer Gott‹, dachte Bogard, ›wenn das ganze Deck Motor ist ...!‹ Gleich hinter dem Deck war der Führersitz; Bogard sah ein großes Steuerrad und ein Armaturenbrett. Bis zu einer Höhe von etwa dreißig Zentimetern über dem Freibord und vom Heck nach vorn bis dorthin, wo das Deck begann, und weiter quer über das Achterdeck und von dort rückwärts am andern Dollbord entlang verlief ein festes, ebenfalls getarntes Schutzblech, das das ganze Boot einschloß, ausgenommen die Breite des Hecks, das offenblieb. Dem Platz des Steuermanns gegenüber befand sich ein Loch im Schirm, wie ein Auge, und von etwa siebzehn Zentimeter Durchmesser. Und als Bogard in das lange, schmale, heimtückische Gebilde hinunterblickte, sah er am Heck ein kleines, drehbares Maschinengewehr und blickte auf das niedrige Schutzblech (mit dem zusammen das Boot nicht viel mehr als einen Meter über den Wasserspiegel ragte) mit dem einen leeren, nach vorne starrenden Auge, und dachte bei sich: ›Es ist Stahl! Es ist aus Stahl gemacht!‹ Und sein Gesicht war sehr ernst, sehr nachdenklich, und er zog seinen Trenchcoat fester um sich und knöpfte ihn zu, als würde ihm plötzlich kalt.

Er hörte Schritte hinter sich und drehte sich um. Doch es war nur ein Bursche vom Flugplatz, begleitet von dem Marineinfanteristen mit dem aufgepflanzten Seitengewehr. Der Bursche trug ein ziemlich großes, in Papier eingewickeltes Bündel.

»Von Leutnant McGinnis für den Hauptmann!« sagte der Bursche.

Bogard nahm das Bündel in Empfang. Der Bursche und der Marineinfanterist zogen sich zurück. Er öffnete das

Bündel. Es enthielt ein paar Sachen und einen bekritzelten Zettel. Die Sachen waren: ein neues gelbseidenes Sofakissen und ein japanischer Sonnenschirm, offenbar ausgeliehen, sowie ein Kamm und eine Rolle Toilettenpapier. Auf dem Zettel hieß es:

»Konnte nirgends einen Fotoapparat bekommen, und Collier wollte mir nicht seine Mandoline geben. Aber vielleicht kann Ronnie auf dem Kamm blasen? Mac.«

Bogard betrachtete die Sachen. Doch sein Gesichtsausdruck war noch immer nachdenklich und sehr ernst. Er wikkelte die Sachen wieder ein und ließ sie sachte ins Wasser fallen.

Als er wieder auf das nicht sichtbare Boot zuging, sah er zwei Männer näherkommen. Er erkannte den Jungen sofort – groß, schlank, schon wieder geschwätzig drauflosredend, den Kopf etwas vornüber und seinem kleineren Kameraden zugewandt, der neben ihm einherstapfte, die Hände in der Tasche und seine Pfeife rauchend. Der Junge trug noch immer seine Wolljacke – jetzt unter einer klatschenden Ölhaut; aber anstelle der verwegenen und saloppen Mütze hatte er eine schmutzige Balaclava-Mütze[18] auf dem Kopf, von der ein gardinenartiges Stück Stoff von beinah Burnuslänge, wie vom Klang seiner Stimme getragen, hinter ihm herflatterte.

»Hallo!« rief er schon auf hundert Meter Entfernung.

Doch Bogard beobachtete seinen Begleiter und dachte bei sich, daß er noch nie im Leben eine so merkwürdige Gestalt gesehen habe. Sogar in der Rundung seiner krummen Schultern und dem ein wenig vornüberhängenden Gesicht lag etwas Schwerfälliges. Er war einen Kopf kleiner als der andere. Seine Farbe war ebenfalls frisch, doch die Gesichtszüge waren von beinahe mürrischem, tiefem Ernst. Es war das Gesicht eines Zwanzigjährigen, der ein Jahr lang sogar im Schlafen versucht hat, wie ein Einundzwanzigjähriger auszusehen. Er trug einen Sweater mit Rollkragen und eine Overallhose; darüber eine Lederjacke und darüber einen schmutzigen Marineoffiziersmantel, der ihm fast bis auf die Fersen reichte und an dem eine Achselklappe fehlte und kein einziger Knopf mehr vorhanden war. Auf dem Kopf trug er eine karierte Pirschjägermütze mit je einem Schirm vorne und hinten; sie wurde von einem schmalen Schal festgehalten, der seine Ohren versteckte und dann einmal um den Hals gewickelt und mit einem Henkersknoten unter seinem linken Ohr verknotet war. Er war unglaublich schmutzig, und mit seinen bis zu den Ellbogen in den Taschen vergrabenen Händen und den krummen Schultern und dem vornüberhängenden Kopf sah er wie jemandes Großmutter aus, die vielleicht als Hexe gehenkt worden war. Zwischen die Zähne hatte er sich – mit dem Pfeifenkopf verkehrt herum – eine kurze Bruyère-Pfeife geklemmt.

»Da ist er!« rief der Junge. »Das ist Ronnie! Hauptmann Bogard!«

»Guten Morgen!« grüßte Bogard. Er streckte die Hand aus; der andere sagte kein Wort, doch seine Hand, eine schlaffe Hand, tauchte auf: sie war sehr kalt und hart und voller Schwielen. Aber er sagte kein Wort; er blickte Bogard nur rasch an und wandte den Blick dann ab. In der knappen Sekunde erhaschte Bogard jedoch etwas in seinem Blick, etwas Seltsames, ein Aufleuchten, eine Art unterdrückter, neugieriger Hochachtung, wie etwa ein fünfzehnjähriger Knabe einen Trapezkünstler ansehen mochte.

Doch er sagte kein Wort. Er stapfte weiter; Bogard sah, wie er über den Rand des Piers plumpste und verschwand: wie wenn er mit beiden Füßen ins Meer gesprungen wäre. Und nun bemerkte er, daß in dem nicht sichtbaren Boot schon die Motoren liefen.

»Wir könnten auch an Bord gehen«, sagte der Junge. Er lief auf das Boot zu, dann blieb er stehen. Er berührte Bogard am Arm. »Da drüben!« zischte er. »Sehen Sie's?« Seine Stimme war vor Erregung ganz tonlos.

»Was?« flüsterte Bogard; unwillkürlich blickte er zurück und himmelwärts, aus alter Gewohnheit. Der andere packte seinen Arm und deutete über den Hafen.

»Da! Da drüben! Die Ergenstraße! Sie haben sie schon wieder verholt!« Auf der andern Seite des Hafens lag eine alte, verrostete, bucklige Hulk. Sie war klein und nicht klassifizierbar, und nun erinnerte sich Bogard an das Gespräch und sah, daß der Fockmast ein seltsames Gewirr von Tauen und Spieren war und (bei einer tüchtigen Portion erlaubter oder unerlaubter Phantasie) einem Korbmast glich. Der Junge neben ihm jubelte beinah. »Glauben Sie, daß Ronnie sie gesehen hat? Glauben Sie?«

»Ich weiß es nicht«, sagte Bogard.

»O du meine Güte! Wenn er aufblickt und sie ausruft, ehe er's bemerkt, dann stehen wir gleich! O du meine Güte!« Er ging weiter; er kicherte noch immer. »Vorsicht!« rief er. »Greuliche Leiter!«

Er stieg als erster hinunter, und die beiden Männer im Boot richteten sich auf und salutierten. Ronnie war verschwunden – bis auf seinen Hintern, der jetzt eine kleine, unter Deck nach vorne führende Luke ausfüllte. Bogard stieg vorsichtig hinunter.

»Großer Gott!« rief er. »Müssen Sie die tagtäglich rauf- und runterklettern?«

»Ja, greulich, was?« sagte der andere mit seiner glücklichen Stimme. »Aber Sie wissen ja Bescheid. Erst versuchen sie, den Krieg mit lauter Notbehelf zu führen, und dann wundern sie sich, daß er so lange dauert.« Das schmale Boot schlitterte und bäumte sich sogar mit Bogards Extraballast. »Es liegt flach obenauf, verstehen Sie?« sagte der Junge. »Würde auch bei starkem Tau über einen Rasen schwimmen. Gleitet wie'n Blatt Papier über alles weg!«

»Wirklich?« sagte Bogard.

»Ja, bestimmt! Deshalb nämlich, verstehn Sie?« Bogard verstand nicht. Er war eifrig dabei, sich vorsichtig in eine sitzende Stellung niederzulassen. Duchten waren nicht da; auch keine Sitzbänke, nur ein langes, dickes, zylindrisches Rohr, das vom Führersitz bis zum Heck über den ganzen Bootsboden lief. Ronnie war wieder aufgetaucht. Er saß jetzt hinter dem Steuerrad und lehnte sich über das Armaturenbrett. Als er über die Schulter zurückblickte, sprach er nicht. Nur sein Gesicht drückte eine Frage aus. Quer darüberhin lief jetzt ein langer Schmierölfleck. Seine Miene war jetzt undurchdringlich.

»In Ordnung«, sagte er. Er blickte voraus, wohin einer von den Matrosen gegangen war. »Fertig voraus?« fragte er.

»Aye, sir«, sagte der Matrose.

Der andere Matrose stand am Heck. »Achtern fertig?«

»Aye, sir!«

»Stoßt ab!« Das Boot flitzte los, surrend, unter dem Heck brodelndes Wasser. Der Junge blickte auf Bogard hinunter. »Albernes Gewäsch! Muß aber sein. Man weiß nie, wann so'n alberner Vierstreifler ...« Sein Gesicht wechselte unvermittelt den Ausdruck, war besorgt. »Hören Sie mal, haben Sie's auch warm genug? Ich habe nicht daran gedacht, Ihnen was ...«

»Ist in Ordnung«, erwiderte Bogard. Doch der andre zog bereits seinen Ölmantel aus. »Nein, nein«, wehrte Bogard ab. »Ich nehme ihn nicht an!«

»Sagen Sie's mir, wenn Sie zu frieren anfangen?«

»Ja. Bestimmt.« Er blickte auf den Zylinder, auf dem er saß. Es war ein halber Zylinder, ungefähr wie der Heißwassertank eines riesigen Ofens, der längs der Mitte aufgeschlitzt und mit der offenen Seite nach unten auf dem Bootsboden vernietet war. An Höhe reichte er bis zu den Dollbords, und zwischen dem Zylinder und dem Bootsrumpf war auf jeder Seite gerade so viel Platz übrig, daß man seine Füße hinstellen und daran entlanggehen konnte.

»Das hier ist Muriel«, erklärte der Junge.

»Muriel?«

»Ja. Und das davor hieß Agatha. Nach meiner Tante. Das erste, das Ronnie und ich hatten, hieß Alice in Wonderland. Ronnie und ich waren das Weiße Kaninchen. Lustig, was?«

»Oh, Sie und Ronnie haben also drei gehabt?«

»Ja.« Er beugte sich vor. »Er hat's nicht gemerkt«, flüsterte er. Sein Gesicht strahlte wieder vor Vergnügen. »Wenn wir zurückkommen, aber dann! Passen Sie bloß auf!«

»Oh«, sagte Bogard. »Die Ergenstraße!« Er blickte nach achtern, und dann dachte er: ›Großer Gott! Wir fahren ja, scheint's – und wie!‹ Er blickte jetzt breitseits und sah, wie die Hafenlinie an ihm vorbeiflog, und dachte, daß das Boot sich mit beinah der gleichen Geschwindigkeit bewegte, mit der die Handley-Page flog, wenn sie sich in die Luft hob. Sie begannen jetzt – sogar hier im geschützten Wasser – zu hüpfen, immer von einem Wellenkamm zum nächsten, und jedesmal mit einem deutlich spürbaren Stoß. Seine Hand lag noch immer auf dem Zylinder, auf dem er saß. Er sah wieder darauf nieder und folgte ihm mit den Blicken von der Stelle, wo der Zylinder unter Ronnies Beinen hervorkam, bis dorthin, wo er ins Heck abschrägte. »Es ist wegen der Luft drin, nehme ich an«, sagte er.

»Der – was?« fragte der Junge.

»Der Luft. Stauluft. Deshalb liegt das Boot so hoch.«

»O ja. Schon möglich. Sehr wahrscheinlich. Habe noch nicht drüber nachgedacht.« Mit seinem im Wind flatternden Burnus kam er näher und setzte sich neben Bogard. Ihre Köpfe befanden sich noch unterhalb des Randes der Schutzwand.

Achtern floh der Hafen von dannen, wurde kleiner, sank ins Meer. Das Boot hatte sich jetzt zu heben begonnen, schoß vorwärts und hinab, schüttelte sich einen Augenblick beinah an Ort und hob sich dann wieder und schoß weiter;

eine Ladung Gischt flog am Bug über Bord, wie eine ihm ins Gesicht geschleuderte Schaufel voll Schrot. »Ich wünschte, Sie würden den Mantel nehmen!« sagte der Junge.

Bogard antwortete nicht. Er sah sich nur nach dem leuchtenden Gesicht um. »Wir sind auf hoher See, nicht wahr?« fragte er ruhig.

»Ja. Bitte nehmen Sie ihn doch!«

»Nein, danke! Es macht mir nichts. Wir bleiben wohl auch nicht lange, nehme ich an?«

»Stimmt. Wir wechseln bald den Kurs. Dann ist es nicht mehr so schlimm.«

»Gut. Wenn wir wenden, brauch ich ihn überhaupt nicht.« Dann wechselten sie den Kurs. Das Stampfen war weniger grob. Das heißt, das Boot schoß nicht länger erzitternd mit dem Kopf voran in die Wogen. Die Dünung kam jetzt von unten herauf, und das Boot flog mit erhöhter Geschwindigkeit und mit einer langen, Brechreiz erregenden, gierenden Bewegung zuerst auf die eine und dann auf die andre Seite. Doch es flog immer weiter, und Bogard sah mit dem gleichen Ernst nach achtern, mit dem er zuerst ins Boot hinuntergeschaut hatte. »Wir fahren jetzt nach Osten«, sagte er.

»Mit nur einer winzigen Abweichung nach Norden«, sagte der Junge. »Dadurch liegt es ein bißchen besser, wie?«

»Ja«, sagte Bogard. Achtern war jetzt nichts als die öde See und die nadelfeine Schrägung des MG vor dem brodelnden und wirbelnden Kielwasser und die beiden Matrosen, die ruhig im Heck kauerten. »Ja, es liegt besser«, bestätigte er. »Wie weit fahren wir?«

Der Junge beugte sich näher zu ihm; er rückte näher heran. Seine Stimme war glücklich, vertraulich, stolz, obwohl er sie ein wenig senkte: »Es ist Ronnies Überraschung für Sie! Er hat sich's ausgedacht. Mir wär's natürlich auch eingefallen – mit der Zeit. Dankbarkeit und all das. Aber er ist der ältere, verstehn Sie? Denkt rascher. Höflichkeit, *noblesse oblige* und all das. Es fiel ihm ein, sowie ich's ihm heute früh erzählt habe. Ich habe ihm gesagt: ›Oh, hör mal! Ich bin dagewesen! Ich hab's gesehen!‹ Und er sagte: ›Doch nicht geflogen?‹ Und ich hab gesagt: ›Wahrhaftig wahr!‹, und er hat gefragt: ›Wie weit? Aber ungelogen!‹, und ich hab gesagt: ›Oh, weit! Mächtig weit! Die ganze Nacht weg!‹, und er sagt: ›Die ganze Nacht geflogen? Das muß Berlin gewesen sein!‹, und ich hab gesagt: ›Ich weiß es nicht. Ich kann's nicht sagen!‹, und er hat nachgedacht. Ich hab's sehen können, wie er nachgedacht hat. Denn er ist ja älter, verstehn Sie? Hat mehr Erfahrung mit der Höflichkeit und allem, was sich so gehört. Und er sagt: ›Berlin! Nichts Besonderes für solchen Mann, mit uns bloß rein- und rauszuflitzen!‹ Und er dachte nach, und ich hab gewartet, und dann hab ich gesagt: ›Aber wir können ihn nicht nach Berlin mitnehmen! 's ist zu weit! Und ich weiß auch nicht den Weg.‹ Und er sagt, rasch, wie aus der Pistole geschossen, sagt er: ›Aber Kiel!‹, und da wußt ich's!«

»Was?« rief Bogard. Ohne daß er sich rührte, zuckte sein ganzer Körper zusammen. »Kiel? In dem hier?«

»Klar! Ronnie hat sich's ausgedacht. Smart, auch wenn er kleinlich ist. Hat sofort gesagt: ›Zeebrügge, das ist keine Attraktion für so einen Mann. Müssen unser Bestes für ihn hergeben! Berlin!‹ hat er gesagt. ›Großer Gott, Berlin!‹«

»Hören Sie mal«, sagte Bogard. Er drehte sich jetzt um, sah den andern an, mit sehr ernstem Gesicht. »Wozu dient das Boot?«

»Wozu?«

»Ja, was macht man damit?« Dann wußte er es, und noch ehe die Antwort auf seine eigene Frage kam, legte er die Hand auf den Zylinder und fragte: »Was ist da drin? Ein Torpedo, nicht wahr?«

»Ich dachte, das hätten Sie gewußt?« sagte der Junge.

»Nein«, sagte Bogard. »Hab's nicht gewußt.« Seine Stimme schien schrill, wie eine Grille, aus weiter Ferne an sein Ohr zu dringen: »Wie wird es abgefeuert?«

»Abgefeuert?«

»Wie bekommen Sie's aus dem Boot raus? Als die Luke vorhin offenstand, konnte ich die Motoren sehen. Sie waren genau vor dem Ende des Rohrs hier!«

»Ach so«, sagte der Junge. »Man muß dort an einem Dingsbums ziehen, und dann fällt das Torpedo achtern raus. Sowie die Schraube das Wasser berührt, fängt sie an, sich zu drehen, und dann ist das Torpedo bereit und geladen. Dann braucht man weiter nichts zu tun, als das Boot rasch zu wenden, und das Torpedo saust weiter.«

»Meinen Sie etwa ...«, begann Bogard. Nach einer Sekunde gehorchte ihm seine Stimme wieder. »Meinen Sie etwa, daß Sie das Torpedo mit dem Boot zielen und es auslösen, und dann beginnt es sich zu bewegen, und Sie wenden das Boot auf die Seite, und das Torpedo saust durch die gleiche Wasserfläche, die das Boot gerade eben geräumt hat?«

»Ich wußte ja, daß Sie's verstehn!« rief der Junge. »Hab's Ronnie gesagt. Flieger! Unsres zwar zahmer als Ihrs! Nicht zu ändern. Tun unser Möglichstes, bloß auf dem Wasser. Wußte ja, daß Sie's verstehen würden.«

»Hören Sie«, sagte Bogard. Seine Stimme schien ihm selber sehr ruhig zu klingen. Das Boot flog weiter, gierte über die Dünung. Er saß ganz regungslos. Es war ihm so, als hörte er, wie er mit sich selbst redete: ›Los! Frage ihn! Aber was? Frage ihn, wie nah man ans Schiff ranfahren muß, ehe man feuert ...‹ »Hören Sie«, sagte er mit ruhiger Stimme. »Sagen Sie's mal Ronnie, ja? Sagen Sie ihm einfach ... sagen Sie ihm ...« Er spürte, wie ihm die Stimme wieder brach, deshalb hörte er auf zu sprechen. Er saß ganz regungslos und wartete, bis er sich wieder in der Gewalt hatte; der Junge beugte sich jetzt vor und blickte ihm ins Gesicht. Wieder klang die Stimme des Jungen besorgt:

»Hören Sie mal, Sie fühlen sich schlecht! Diese verdammten flachen Boote!«

»Das ist es nicht«, erwiderte Bogard. »Ich meinte nur ... lautet Ihr Auftrag Kiel?«

»O nein. Das überlassen sie Ronnie, vorausgesetzt, daß wir das Boot zurückbringen. Das hier ist Ihretwegen! Dankbarkeit! Ronnies Idee! Zahm, nach dem Flug. Aber wenn Sie lieber ...«

»Ja, nicht ganz so weit! Ich muß nämlich ...«

»Natürlich. Verstehe. Kein Urlaub in Kriegszeiten. Ich sag's Ronnie.« Er ging vor. Bogard rührte sich nicht. Das Boot flog in langen, sich schraubenden Stößen. Bogard blickte still nach achtern, auf die eilende See, den Himmel.

›Mein Gott‹, dachte er. ›Ist das möglich? Ist das möglich?‹

Der Junge kam zurück. Bogard wandte ihm sein Gesicht zu, das eine Farbe wie schmutziges Papier hatte. »All right«, sagte der Junge. »Nicht Kiel. Mehr in der Nähe. Jagd wahrscheinlich ebensogut. Ronnie sagt, er weiß, daß Sie's verstehn.« Er zerrte an seiner Jacke. Er förderte eine Flasche zutage. »Hier! Hab heute nacht noch nicht vergessen. Tu das gleiche für Sie! Gut für den Magen, was?«

Bogard trank: er nahm einen Riesenschluck. Er reichte die Flasche zurück, doch der Junge lehnte ab. »Niemals im Dienst«, sagte er. »Nicht wie bei Ihnen. Zahm hier.«

Das Boot flog weiter. Die Sonne stand schon tief im Westen. Doch Bogard hatte jeglichen Begriff für Zeit und Entfernung verloren. Voraus, durch das runde Auge gegenüber von Ronnies Gesicht, konnte er die weißen Seen erkennen, und auf dem Rad Ronnies Hand und den granitscharfen Vorsprung seines Unterkiefers und die kalte, umgekehrt im Mund hängende Pfeife. Das Boot flog weiter.

Dann beugte sich der Junge zu ihm hinüber und berührte seine Schulter. Er hatte sich halb erhoben und zeigte ihm etwas. Die Sonne war rötlich; im Gegenlicht, weiter draußen und etwa zwei Meilen entfernt lag ein Schiff, ein Trawler, wie es schien, vor Anker und schaukelte seinen hohen Mast.

»Leuchtschiff!« schrie der Junge. »Der ihrs!« Voraus

konnte Bogard eine niedrige, flache Mole sehen und die Einfahrt zu einem Hafen. »Kanal!« schrie der Junge. Er schwenkte die Arme in beiden Richtungen. »Minen!« Seine Stimme wurde vom Wind nach rückwärts getragen. »Das ganze Wasser ist versaut von ihnen! Überall. Unter uns auch! Mordsspaß, was?«

VII

Eine starke Brandung trommelte gegen die Mole. Das Boot lief jetzt vor den Wellen her und hüpfte anscheinend von einer Woge zur nächsten; in den Zwischenräumen, während die Schraube in der Luft war, schien sie den Versuch zu machen, sich mitsamt den Bolzen vom Bootsboden zu lösen. Aber sie drehte sich nicht langsamer; als sie am Ende der Mole vorbeifuhren, schien das Boot wie ein Seglerfisch fast aufrecht auf seinem Steuer zu stehen. Die Mole war eine Meile entfernt. Vom Molenkopf begannen schwache Lichter wie Glühwürmchen zu flackern. Der Junge beugte sich vor. »Ducken!« sagte er. »Maschinengewehr! Könnten einen Ausreißer fangen!«

»Was soll ich tun?« schrie Bogard. »Was *kann* ich tun?«

»Tüchtiger Mann! Gib ihnen Saures, was? Wußte ja, daß es Ihnen gefallen würde!«

Bogard duckte sich, blickte zum Jungen auf, das Gesicht wild verzerrt. »Ich kann das MG bedienen!«

»Nicht nötig!« schrie der Junge. »Lassen ihnen den ersten Zug. Sportlich! Gäste, was?« Er schaute voraus. »Da liegt es. Sehen Sie's?« Sie waren jetzt im Hafen; das Hafenbecken breitete sich vor ihnen aus. Im Kanal lag ein großer Frachter vor Anker. Mittschiffs war ihm eine riesige argentinische Flagge auf den Rumpf gemalt. »Muß zurück auf meinen Posten!« schrie der Junge. Im gleichen Augenblick sprach Ronnie – zum erstenmal. Das Boot sauste jetzt in glatterem Wasser weiter. Die Geschwindigkeit verringerte sich nicht, und Ronnie drehte den Kopf nicht um, als er sprach. Er schwenkte nur seinen vorstehenden Kiefer und die eingeklemmte kalte Pfeife ein wenig und stieß ein einziges Wort aus dem Mundwinkel hervor:

»Biber!«

Der Junge, der sich über das ›Dingsbums‹ beugte, wie er es nannte, schoß mit verdutzter und empörter Miene in die Höhe. Bogard schaute auch voraus und sah, daß Ronnies Arm nach Steuerbord deutete. Es war ein leichter Kreuzer, der eine Meile entfernt vor Anker lag. Er hatte Korbmasten, und als Bogard hinsah, flammte ein Geschütz vom Gefechtsturm im Heck auf. »O verflucht!« schrie der Junge. »O du Saukerl! Oh, der Teufel hol dich, Ronnie! Jetzt bin ich drei zurück!« Aber er hatte sich schon wieder über sein ›Dingsbums‹ gebeugt, das Gesicht strahlend und ausdruckslos und wieder eifrig; nicht ernst, nur ruhig, abwartend. Wieder sah Bogard voraus und spürte, wie das Boot sich um sein Steuer drehte und mit entsetzlicher Geschwindigkeit direkt auf den Frachter zuschoß, während Ronnie die eine Hand auf das Steuerrad gelegt und die andre, gespreizte, bis zur Höhe seines Kopfes erhoben hatte.

Doch Bogard schien es, als wollte die Hand niemals niederfallen. Er kauerte jetzt, saß nicht länger, und sah mit einer Art stillen Entsetzens die gemalte Fahne größer werden – wie die Filmaufnahme einer fahrenden Lokomotive, zwischen den Schienen fotografiert. Wieder krachte hinter ihnen das Geschütz des Kreuzers, und der Frachter feuerte von seinem Heck direkt auf sie los. Bogard hörte keine Schüsse.

»Mann! Mann!« schrie er. »Um Gotteswillen!«

Ronnies Hand fiel nieder. Wieder drehte sich das Boot um sein Steuer. Bogard sah, wie der Bug sich kreiselnd aufrichtete; er erwartete, daß das Boot mit der Breitseite in das Schiff krachte. Aber das tat es nicht; es schoß auf einer langen Tangente am Schiff vorbei. Er erwartete, daß es zu einem weiten Bogen ausholen würde, Kurs seewärts, den Frachter achtern lassend, und wieder dachte er an den Kreuzer. ›Werden diesmal ’ne Breitseite erwischen, sowie wir hinter dem Frachter hervorkommen‹, dachte er. Dann erinnerte er sich wieder des Frachters und des Torpedos, und er blickte zum Frachter zurück, um zu beobachten, wie er vom Torpedo getroffen wurde, und sah zu seinem Entsetzen, daß das Boot jetzt wieder mit einer schlitternden Wendung auf den Frachter lossauste. Wie in einem Traum sah er sich bereits auf das Schiff zustürzen, und, noch immer schlitternd, unter dem Heck hinweggleiten, aber so nah, daß er die Gesichter an Bord erkennen konnte. ›Sie haben’s nicht getroffen und wollen das Torpedo überholen und einfangen und noch mal schießen‹, fuhr ihm ein idiotischer Gedanke durch den Kopf.

Der Junge mußte daher seine Schulter berühren, ehe er merkte, daß er hinter ihm stand. Die Stimme des Jungen war ganz ruhig: »Unter Ronnies Sitz! Eine kleine Kurbel! Wenn Sie mir die geben könnten?«

Er fand die Kurbel. Er reichte sie nach hinten; er dachte wie im Traum: ›Mac würde sagen, sie hätten ein Telefon an Bord.‹ Doch er sah nicht sofort hin, um festzustellen, was der Junge damit tat, denn in all dem friedlich stillen Grauen beobachtete er Ronnie, der, die kalte Pfeife unbeweglich im Mund, das Boot bei Höchstgeschwindigkeit immer rundherum um den Frachter jagte, und zwar so nah, daß Bogard die Nieten in den Eisenplanken erkennen konnte. Dann blickte er mit wildem, bestürztem Gesicht nach achtern und sah, was der Junge mit der Kurbel machte. Er hatte sie in eine Art kleine Winde eingefügt, die tief unten auf der einen Flanke des Rohrs dicht am Kopfende saß. Er blickte auf und sah Bogards Gesicht. »Ist diesmal nicht losgegangen!« schrie er fröhlich.

»Losgegangen?« schrie Bogard. »Es ist nicht ... das Torpedo?«

Der Junge und der eine Matrose bückten sich emsig über die Winde und das Rohr. »Nein. Dummes Ding! Passiert immer mal wieder. Man sollte meinen, kluge Burschen wie so Ingenieure ... 's passiert trotzdem. Wir holen's rein und versuchen's noch mal.«

»Aber die Nase, die Kappe!« schrie Bogard. »Die ist doch noch im Rohr, nicht? Ist doch all right, nicht?«

»Völlig. Aber jetzt arbeitet's schon. Geladen. Schraube hat angefangen, sich zu drehn. Müssen's zurückholen und abstoßen. Wenn wir halten oder verlangsamen, holt's uns ein. Müssen's wieder ins Rohr treiben. Bingo, was?«

Bogard stand jetzt, hatte sich umgedreht, wappnete sich gegen die furchtbare Karussellfahrt des Boots. Hoch über ihnen schien der Frachter wie in einem Trickfilm im Kino an Ort zu kreiseln. »Geben Sie mir die Kurbel!« schrie er.

»Vorsicht!« rief der Junge. »Man darf's nicht zu schnell reinholen. Würden's dann selber in den Kopf vom Rohr einklemmen. Dann Bingo. Lassen Sie uns lieber. Jeder Schuster bei seinem Leisten, was?«

»Oh, sicher«, sagte Bogard. »Oh, natürlich!« Es war, als hätte jemand anders sich seines Mundes bedient. Er lehnte sich verkrampft, die Hände auf dem kalten Rohr, neben die andern beiden. Innerlich glühte er, aber äußerlich fror er. Er spürte, wie sein Fleisch überall vor Kälte bebte, während er die grobe, schwielige Hand des Matrosen beobachtete, der die Winde langsam, sachte und Zentimeter um Zentimeter weiterdrehte, während der Junge am Kopf des Rohrs kniete, mit einem Schraubenschlüssel behutsam gegen den Zylinder pochte und dabei den Kopf lauschend auf die Seite gelegt hatte – feinfühlig und bedachtsam wie ein Uhrmacher. Das Boot raste auf seiner wilden Kreisbahn weiter. Bogard sah einen langen zähen Schleimfaden aus einem Mund direkt zwischen seinen Händen niedergleiten und merkte, daß der Faden aus seinem eigenen Munde kam.

Er hörte den Jungen nicht sprechen und gewahrte es auch

nicht, daß er aufstand. Er fühlte nur, wie das Boot geraden Kurs nahm, so daß er seitlich vom Rohr auf die Knie geschleudert wurde. Der Matrose war wieder ans Heck zurückgekehrt, und der Junge beugte sich wieder über sein ›Dingsbums‹. Bogard kniete jetzt, von Übelkeit übermannt. Er spürte nicht, wie das Boot herumschwang, und hörte auch nicht, daß das Geschütz des Kreuzers, der nicht zu feuern gewagt hatte, und der Frachter, der nicht hatte feuern können, wieder zu schießen begannen. Er spürte überhaupt nichts mehr, als er die riesige aufgemalte Flagge direkt voraus sah, die mit Lokomotivengeschwindigkeit größer wurde, und auch nicht, als Ronnies Hand niederfiel. Doch diesmal wußte er, daß das Torpedo losgegangen war: schraubend und kreiselnd schien das ganze Boot sich aus dem Wasser zu heben; er sah, daß der Bug himmelan stieg, wie die Nase eines Jagdflugzeugs, das in ein halbes Looping übergeht. Dann revoltierte sein empörter Magen. Als er über das Rohr fiel, sah er weder den Geysir noch hörte er die Detonation. Er spürte nur, daß eine Hand ihn beim Kragen packte, und hörte nur die Stimme des Matrosen: »In Ordnung, sir! Ich halte Sie!«

VIII

Eine Stimme brachte ihn wieder zu sich, eine Hand. Halb saß er in dem schmalen Heckdurchgang, halb lag er auf dem Rohr. Er mußte schon eine ganze Zeit in diesem Zustand gewesen sein; vor langer Zeit hatte er gespürt, wie jemand ihn mit einem Kleidungsstück zudeckte. Aber er hatte nicht den Kopf gehoben. »Mir fehlt nichts«, hatte er gesagt. »Behalten Sie's!«

»Brauch's nicht«, hatte der Junge geantwortet. »Gehn jetzt heim.«

»Tut mir leid, daß ich ...«, begann Bogard.

»Ach wo! Verdammt flache Boote! Kehren jedem den Magen um, bis man sich an sie gewöhnt hat. Ronnie und mir zuerst auch. Jedesmal. Man kann's kaum glauben. Daß ein Menschenmagen so viel Inhalt hat. Hier!« Es war die Flasche. »Feiner Drink! Nehmen Sie 'n Riesenschluck! Gut für den Magen!«

Bogard trank. Bald war ihm wohler, wärmer. Als ihn die Hand später berührte, merkte er, daß er geschlafen hatte.

Wieder war es der Junge. Die Wolljacke war ihm zu klein; war vielleicht eingegangen. Unter den Manschetten schauten seine langen, schlanken Mädchenhandgelenke hervor, blau vor Kälte. Da wußte Bogard, mit was für einem Kleidungsstück er zugedeckt worden war. Doch noch ehe Bogard sprechen konnte, beugte sich der Junge über ihn und flüsterte mit vergnügtem Gesicht: »Er hat's nicht gemerkt!«

»Was?«

»Ergenstraße! Er hat nicht gemerkt, daß sie verholt worden ist. Oh, dann wär ich bloß noch einen Punkt zurück!« Mit leuchtenden, eifrigen Augen beobachtete er Bogards Gesicht. »Biber, verstehn Sie? Oh – fühlen Sie sich jetzt besser?«

»Ja«, erwiderte Bogard. »Doch.«

»Er hat's überhaupt nicht gemerkt! O lieber Gott! Lieber Himmel!«

Bogard erhob sich und setzte sich auf das Rohr. Die Hafeneinfahrt lag genau voraus; das Boot hatte seine Fahrt ein wenig verlangsamt. Es dämmerte gerade. Er fragte ruhig: »Passiert das oft?« Der Junge sah ihn an. Bogard legte die Hand auf das Rohr. »Das hier. Daß es nicht losgeht?«

»O ja. Deshalb haben sie ja die Winde eingebaut. Aber erst später. Als sie das erste Boot bauten, flog das ganze Ding eines Tages in die Luft. Deshalb haben sie die Winde eingebaut.«

»Aber manchmal passiert es sogar jetzt noch? Ich meine, manchmal fliegen sie in die Luft, sogar trotz der Winde?«

»Well, das kann man natürlich nicht sagen. Die Boote fahren aus. Kommen nicht wieder. Ist möglich. Kann man natürlich nie erfahren. Hab aber noch nicht gehört, daß eins abgefangen wurde. Möglich. Aber uns nie passiert. Noch nicht.«

»Ja«, sagte Bogard. »Ja.« Sie fuhren in den Hafen ein, das Boot noch in schneller Fahrt, aber jetzt abgedrosselt und ruhig – fuhren durch das von Dämmerlicht erfüllte Hafenbecken. Wieder beugte sich der Junge vor. Seine Stimme klang vergnügt.

»Kein Wort jetzt!« zischte er. »Ganz ruhig!« Er stand auf; er hob die Stimme. »Du, Ronnie?« Ronnie drehte den Kopf nicht um, doch Bogard wußte, daß er zuhörte. »Das argentinische Schiff war lustig, was? Bei denen drin! Was meinst du, wie's hier an uns vorbeikommen konnte? Hätte ruhig hier anlegen können. Die Franzosen hätten den Weizen gekauft.« Er machte eine Pause, wie ein kleiner Teufel: Machiavelli mit dem Gesicht eines sündigen Engels. »Sag mal, wie lange ist's her, seit hier ein fremdes Schiff angelegt hat? Schon Monate, was?« Wieder beugte er sich vor und zischte: »Obacht jetzt!« Bogard sah zwar nicht, daß Ronnies Kopf sich auch nur um eine Kleinigkeit bewegte, doch der Junge flüsterte ihm zu, hauchte es nur: »Er sieht aber hin!« Und Ronnie sah wirklich hin, obwohl sein Kopf sich überhaupt nicht bewegt hatte. Dann kam – als Silhouette gegen den zwielichtigen Himmel – der undeutliche, einem Korbmast ähnliche Fockmast des internierten Schiffes in Sicht. Sofort hob sich Ronnies Arm und deutete darauf; wieder sagte er, ohne den Kopf zu drehen, aus dem Mundwinkel heraus und an der kalten, festgeklemmten Pfeife vorbei, nur ein einziges Wort:

»Biber!«

Wie eine losgelassene Sprungfeder, wie ein bei Fuß gehender und von der Leine gelöster Hund sprang der Junge auf. »Stimmt nicht! 's ist die Ergenstraße! O du Esel! Teufelnochmal! Jetzt bin ich bloß noch einen Punkt zurück!« Mit einem einzigen Schritt war er über Bogard hinweggetreten und beugte sich nun über Ronnie: »Was?« Das Boot verlangsamte die Fahrt und hielt mit abgestelltem Motor auf den Pier zu. »Stimmt doch, Ronnie? Bloß noch einen Punkt zurück?«

Das Boot trieb an den Pier; der Matrose war wieder nach vorne aufs Deck gekrochen. Ronnie sprach zum dritten- und letztenmal: »Stimmt«, sagte er.

IX

»Ich brauche eine Kiste Whisky«, sagte Bogard. »Den besten, den wir haben. Und packen Sie ihn gut ein! Er soll in die Stadt geschickt werden. Und ich brauche einen zuverlässigen Mann, der ihn abgibt.« Der zuverlässige Mann kam. »Das hier ist für ein Kind«, sagte Bogard und deutete auf das Paket. »Sie finden ihn in der Straße Zu den Zwölf Stunden, in der Nähe des Cafés Zu den Zwölf Stunden. Er liegt dort im Rinnstein. Sie erkennen ihn sofort. Ein Kind von fast zwei Meter Länge. Jeder englische M.P. kann ihn Ihnen zeigen. Wenn er schläft, wecken Sie ihn nicht. Setzen Sie sich einfach hin und warten Sie, bis er aufwacht! Dann geben Sie es ihm! Sagen Sie ihm, es käme von Hauptmann Bogard!«

X

Ungefähr einen Monat später stand in der englischen Gazette, die sich auf einen amerikanischen Flugplatz verirrt hatte, folgende Notiz in der Vermißtenliste:

»Vermißt: Torpedo-Boot XOOI. Midshipmen R. Boyce

Smith und L. C. W. Hope, R.N.R., Boatswain's Mate Burt und Able Seaman Reeves. Kanal-Flotte, Leichte Torpedo-Division. Nicht von der Küsten-Patrouille zurückgekehrt.«

Kurz danach gab auch das amerikanische Flieger-Hauptquartier ein Bulletin heraus:

»... für ungewöhnliche Tapferkeit weit über das übliche Maß an Pflichterfüllung hinaus. Hauptmann H. S. Bogard zerstörte mit seiner Mannschaft, bestehend aus Leutnant Darrel McGinnis und den Bordschützen Watts und Harper, bei einem Tagesangriff und ohne den Geleitschutz von Aufklärern ein mehrere Meilen hinter den feindlichen Linien liegendes Munitionslager durch Bombenabwurf. Von hier aus, verfolgt von zahlenmäßig überlegenen feindlichen Maschinen, flog Hauptmann Bogard mit den restlichen Bomben zum feindlichen Hauptquartier in Blank, demolierte einen Teil des Schlosses und kehrte dann sicher und unverletzt zurück, ohne einen einzigen Mann verloren zu haben.«

Und bezüglich dieser Heldentat hätte hinzugefügt werden können, daß man Hauptmann Bogard, wenn es ihm nicht geglückt und er lebend zurückgekommen wäre, sofort vor ein Kriegsgericht gestellt und streng bestraft hätte.

Mit seinen restlichen zwei Bomben war er mit der Handley-Page auf das Schloß heruntergestoßen, in dem die Generäle beim Mittagessen saßen, bis McGinnis in der Bomberkanzel unten ihm zuzubrüllen begann und er dann endlich das Signal gab. Er gab es erst, als er die einzelnen Schieferplatten auf dem Dach schon genau unterscheiden konnte. Dann erst ließ er die Hand sinken und wurde in die Höhe gerissen und hielt das wild fauchende Flugzeug so, und mit halbgeöffnetem Mund und zischendem Atem dachte er: ›Gott! Gott! Wenn sie doch alle da wären – all diese Generäle, die Admiräle, die Präsidenten und die Könige – ihre, unsre – alle miteinander!‹

All die toten Flieger

I

Auf den Fotos, auf den eilig gemachten Momentaufnahmen, die nach den dreizehn Jahren etwas verblaßt und an den Ecken verbogen sind, tun sie ein wenig forsch. Hager und zäh, in kriegerischem Messing-und-Leder-Harnisch in Positur stehend oder angelehnt an unwahrscheinliche Gebilde aus Draht und Holz und Leinwand, in denen sie ohne Fallschirm flogen, bieten auch sie einen unwahrscheinlichen, einen nicht mehr ganz menschlichen Anblick, vergleichbar einer düsteren und bedrohlichen Apotheose der Menschheit, wie sie nur eine Sekunde im grellen Licht eines Donnerschlags sichtbar wird und dann für immer verschwunden ist.

Denn sie sind jetzt alle tot, all die alten Flieger, gestorben am elften November 1918. Wenn man moderne Fotos von ihnen sieht, neue Aufnahmen, die neben den neuen Modellen aus Stahl und Leinwand gemacht wurden, mit den neuen Motorhauben und Motoren und Spaltflügeln, dann sehen sie ein bißchen fremdländisch aus, die hageren jungen Männer, die ehemals so forsch taten. Sie wirken wie verirrt und verwirrt. In unserem Saxophon-Zeitalter der Fliegerei sehen sie so fehl am Platz aus, wie sie – mit dreißig oder fünfunddreißig oder vielleicht noch mehr Jahren, etwas beleibt und im dunklen Geschäftsanzug – zwischen den Saxophonen und Messingdämpfern eines Nachtkluborchesters aussehen würden. Denn auch jene sind tot, die das zu achten gelernt hatten, dessen Achtung wiederum ihre Zähigkeit gefordert hatte, ehe es einen geschweißten Rumpf und Fallschirme und Flugzeuge gab, die nicht trudelten. Deshalb betrachten sie die Mädchen und Burschen des Saxophon-Zeitalters mit den luftschraubenstrahlsicheren Lippenstiften und den aeronautischen Taschenflakons, die ihre Saxophon-Kisten auf private Zufahrten und auf Golfplätze pflanzen, mit lebhafter Sympathie und auch mit Verblüffung. »Allmächtiger!« sagte mal einer von ihnen – der Reihe nach Flugzeugmechaniker, Pilot mit Offizierspatent, Hauptmann und Militärverdienstkreuz-Inhaber – zu mir: »Wenn man seine Kiste so behandeln kann, weshalb dann überhaupt noch fliegen?«

Aber jetzt sind sie alle tot. Sie sind jetzt dicke Männer geworden, ein wenig beleibt vom Sitzen hinter dem Büropult, und dort vielleicht nicht besonders tüchtig, versehen mit Frau und Kindern in beinah abgestotterten Vorstadthäusern, mit einem Garten, in dem sie an den langen Abenden, nachdem der Fünf-Uhr-fünfzehn eingelaufen ist, herumwerkeln, und vielleicht auch dort nicht besonders tüchtig: die ehemals harten, mageren Männer, die kräftig aufschnitten und kräftig tranken, weil sie gemerkt hatten, daß das Gestorbensein nicht so nett war, wie man's ihnen erzählt hatte. Deshalb ist diese Geschichte ein Kompositum: eine Folge blendender Lichter, bei denen in einem Moment zwischen Dunkelheit und Dunkelheit blitzschnell und ohne Perspektive das finstere und drohende Omen dessen in Erscheinung trat, was die Menschheit ertragen und werden konnte.

II

Im Jahre 1918, als ich versuchte, mich an ein künstliches Bein zu gewöhnen, war ich im Geschwader-Hauptquartier und mußte unter anderem die Post von allen Staffeln im Geschwader zensieren. Die Arbeit an sich war nicht übel, da mir genug freie Zeit blieb, mit einer synchronisierten Kamera zu experimentieren, an der ich damals herumbastelte. Nur das Öffnen und Lesen der Briefe, die gekritzelten, kurzen Mitteilungen voll durchsichtiger und frommer Lügen an Mutter und Freundin in der Schrift und Rechtschreibung von Schuljungen! Aber ein Krieg ist so eine Riesensache, und er dauert so lange! Ich vermute, daß die, die ihn führen (ich meine nicht die Generalstäbler, sondern Irgendeinen oder Irgendwas, wer immer die Ereignisse in der Hand hat), es von Zeit zu Zeit mit der Langeweile bekommen. Und wenn man sich langweilt, dann wird man launisch und treibt großen Unfug.

Hin und wieder bin ich also zu einer Camel-Staffel hinter Amiens gegangen und habe mit dem Artillerie-Sergeanten über die Synchronisierung von Maschinengewehren gesprochen. Es war Spoomers Staffel. Sein Onkel war K.G.[19] und Kommandant, und daher hatte Spoomer mit seinem Grad als Gardeoffizier der Reihe nach auch einen Mons-Stern, einen D.S.O.[20] und jetzt eine Jagdstaffel von Einsitzern bekommen, obwohl das dritte Abzeichen auf seiner Uniform noch immer der eine Flügel eines Beobachters war.

1914 war er in Sandhurst: ein großer Bursche mit kräftiger Gesichtsfarbe und porzellanblauen Augen, und ich stelle mir gern seinen Onkel vor, wie er ihn kommen ließ, als die Nachricht bekannt wurde, die erfreuliche Nachricht! Wahrscheinlich war's im Klub des Onkels (der Onkel war damals Brigadegeneral und soeben eiligst vom Überseedienst in Indien zurückgerufen worden), und die beiden einander am Mahagonitisch gegenüber, während draußen auf der Straße die Zeitungsjungen die Extrablätter ausriefen und der General sagte: »Allmächtiger, das bringt der Armee Lorbeeren ein! Bitte den Wein, sir!«

Ich nehme an, daß der General platt war (um nicht zu sagen, empört war), als er schließlich merkte, daß weder der Hunne noch das Innenministerium diesen Krieg so zu führen beabsichtigten, wie die Armee ihn führen wollte. Spoomer jedenfalls war schon nach Mons gegangen und mit dem Stern zurückgekommen (wenn auch Ffollansbye sagte, der General hätte Spoomer nur deshalb an die Front geschickt, sich den Stern zu holen, weil das die einzige Auszeichnung war, für die man, um sie zu bekommen, persönlich anwesend sein müßte), ehe der Onkel ihn an seinen Stab versetzen ließ, wo Spoomer seinen D.S.O. bekommen konnte. Danach schickte der Onkel ihn vielleicht wieder raus, damit er die Quelle dort anzapfte, wo sie aus der Erde kam. Oder vielleicht ging Spoomer diesmal von sich aus. Ich möchte das lieber annehmen. Ich möchte lieber glauben, daß er es *pro patria* tat, obwohl ich immerhin weiß, daß kein Mensch Lob für Tapferkeit oder Vorwürfe für Feigheit verdient, denn es gibt Situationen, in denen bei jedem Menschen die eine oder die andre Eigenschaft durchbricht. Doch er ging raus und kam ein Jahr später mit dem Beobachterabzeichen und einem Hund zurück, der fast so groß wie ein Kalb war.

Das war im Jahre 1917, als er und Sartoris sich zum erstenmal begegneten und zusammenprallten. Sartoris war ein Amerikaner von einer Plantage im Staat Mississippi, wo er Mais und Neger zog, oder vielmehr, wo die Neger den Mais zogen – etwas dergleichen. Sartoris stand ein Wortschatz von etwa zweihundert Wörtern zu Verfügung, und ich vermute, daß es über seinen Horizont ging, zu erklären, wo und wie und weshalb er lebte – außer, daß er mit seiner Großtante und seinem Großvater auf der Plantage wohnte. Er kam im Jahre 1916 über Kanada nach England und landete in Liverpool. Ffollansbye hat mir darüber erzählt. Anscheinend hatte Sartoris in London eine Flamme, eine von den Dreitagesfrauen und Dreijahreswitwen. Das ist eben das Schlimme am Krieg: sie – die Sartorisse und ihresgleichen – sind erst seit 1918 tot, das heißt, einige von ihnen. Doch die Mädchen, die Frauen, die starben am vierten August 1914.

Sartoris hatte also eine Flamme. Ffollansbye erzählte, daß sie von ihnen Kitchener genannt wurde, »weil sie auch einen Haufen Soldaten hatte«. Er sagte, sie hätten nicht gewußt, ob Sartoris es gewußt hätte, aber jedenfalls schien Kitchener – Kit – ihnen allen eine Zeitlang wegen Sartoris den Laufpaß gegeben zu haben. Man konnte sie überall und jederzeit zusammen sehen, und dann, erzählte mir Ffollansbye, hätte er Sartoris eines Abends ganz allein und völlig betrunken in einem Restaurant angetroffen. Ffollansbye sagte, er hätte schon gehört, daß Kit und Spoomer etwa zwei Tage vorher zusammen irgendwohin gereist wären. Er sagte, Sartoris habe dagesessen und sich halbblind getrunken und darauf gewartet, daß Spoomer reinkommen sollte. Er sagte, daß er Sartoris schließlich in eine Droschke bugsiert und ihn zum Flugplatz geschickt hätte. Der Tag brach schon an, und Sartoris holte sich aus dem Schrank eines Kameraden eine Hauptmannsuniform und aus einem andern Schrank – vielleicht seinem eigenen – ein Damenstrumpfband und steckte das Strumpfband wie ein Ordensbändchen auf die Uniform. Dann ging er hin und weckte einen Korporal, der ein ehemaliger Berufsboxer war und mit dem Sartoris hin und wieder eine Runde geboxt hatte, und zwang den Korporal, die Uniform über sein Unterzeug anzuziehen. »Hei-heißt Spoomer«, erklärte Sartoris dem Korporal. »Hauptm'n Spoomer«, und torkelte und zeigte mit dem Finger auf das Strumpfband. »Au-auszeichnung für Schenkeldienste«, sagte Sartoris. Dann standen er und der Korporal in der geliehenen Uniformjacke, unter der das wollene Unterzeug hervorschaute, im Morgengrauen da und bearbeiteten sich mit den bloßen Fäusten.

III

Man sollte meinen, wenn ein Krieg einen mal in die Fänge bekommen hat, daß er einen da in Ruhe ließe. Daß er dann nicht groben Unfug mit einem triebe. Aber vielleicht war es nicht das. Vielleicht war's deshalb, weil die drei, Spoomer und Sartoris und der Hund, die Sache so ohne Humor betrieben. Vielleicht ist ein humorloser Mensch denen über dem Donner und den Alarmsirenen eine ständige Herausforderung. Jedenfalls ging ich eines Nachmittags – es war im Frühling, kurz vor dem Fall von Cambrai – zum Camel-Flugplatz, um den Artillerie-Sergeanten aufzusuchen, und da sah ich Sartoris zum erstenmal. Vor einem Jahr hatten sie Spoomer und seinem Hund die Staffel gegeben, und das erste, was sie machten: sie schickten Sartoris hinterher.

Die Nachmittagspatrouille war in der Luft, und die andern waren auch alle weg, nach Amiens vermutlich, und der Flugplatz lag verlassen da. Der Sergeant und ich saßen auf zwei leeren Benzinkanistern in der Hangartür, als ich sah, wie ein Mann seinen Kopf zur Tür der Offiziersmesse herausstreckte und längs der Hangarreihe nach rechts und links schaute, mit einer Miene, die ein bißchen verstohlen und sehr aufmerksam war. Es war Sartoris, und er suchte den Hund.

»Den Hund?« fragte ich. Da erzählte es mir der Sergeant (auch das ein Kompositum, aus seiner eigenen Beobachtung und den Beobachtungen des ganzen diensttuenden Personals, wie sie abends über den Messetischen oder bei 'ner Pfeife ausgetauscht und begutachtet wurden: die schreckliche und allwissende Neugier aller Leute in untergeordneter Stellung).

Wenn Spoomer den Flugplatz verließ, pflegte er den Hund irgendwo einzusperren. Er mußte ihn jedesmal an einem andern Ort einsperren, weil Sartoris herumsuchte, bis er ihn gefunden hatte, und ihn dann rausließ. Anscheinend war es ein sehr intelligenter Hund, denn wenn Spoomer bloß zum Hauptquartier gegangen war oder irgendwo Dienst hatte, blieb der Hund auf dem Flugplatz und vertrieb sich die Zeit damit, die Abfallkiste hinter der Mannschaftsmesse zu durchwühlen, die er denen von der Offiziersmesse vorzog. Doch wenn Spoomer nach Amiens gegangen war, lief der Hund, sowie er rausgelassen wurde, sofort die Straße nach Amiens hinunter und kehrte später mit Spoomer im Staffelauto zurück.

»Warum läßt Mr. Sartoris ihn raus?« fragte ich. »Wollen Sie etwa sagen, daß Hauptmann Spoomer was dagegen hat, daß sein Hund Küchenabfälle frißt?«

Doch der Sergeant hörte nicht zu. Er streckte den Kopf zur Tür hinaus, und wir beobachteten Sartoris. Er war aus der Messe gekommen und näherte sich jetzt dem Hangar am Ende der Reihe, noch immer mit aufmerksamer, noch immer mit entschlossener Miene. Er betrat den Hangar. »Scheint mir für einen erwachsenen Mann ein ziemlich kindisches Spiel zu sein«, sagte ich.

Der Sergeant sah mich an. Dann sah er mich nicht mehr an. »Er will wissen, ob Hauptmann Spoomer nach Amiens gefahren ist oder nicht.«

Nach einer Weile sagte ich: »Ach so. Eine junge Dame. Stimmt's?«

Er sah mich nicht an. »Vielleicht kann man sie 'ne junge Dame nennen. Vermutlich gibt's in dem Land hier junge Damen.«

Ich dachte eine Weile darüber nach. Sartoris tauchte aus dem ersten Hangar auf und betrat den zweiten. »Ich möcht mal wissen, ob's überhaupt noch irgendwo irgend'ne junge Dame gibt«, sagte ich.

»Vielleicht haben Sie recht, sir. Der Krieg ist hart für die Frauen.«

»Und wie steht's mit der in Amiens?« fragte ich. »Wer ist sie?«

Er erzählte es mir. Sie besaßen eine Kneipe, ein kleines ›Bistro‹ nannte er es – eine greisenhafte alte Hexe und das junge Mädchen. Ein kleines Lokal in einer Seitenstraße, wo keine Offiziere verkehrten. Vielleicht war das der Grund, weshalb Sartoris und Spoomer dort so ein Aufsehen erregten. Ich erfuhr allmählich vom Sergeanten, daß die Rivalität zwischen dem Staffelkommandanten und seinem jüngsten Küken Gegenstand allgemeinen Interesses und Anlaß zu hitzigen Gesprächen und sogar zu Wetten zwischen den Mannschaften des ganzen Sektors französischer und britischer Truppen geworden war. »Vor allem, weil es Offiziere sind«, sagte er.

»Sie haben die Mannschaften verscheucht, was?« fragte ich. »Geht's darum?« Der Sergeant sah mich nicht an. »Waren's denn so viele Soldaten, die verscheucht werden mußten?«

»Sie kennen doch wohl diese jungen Frauen«, antwortete der Sergeant. »Wie sie im Krieg eben sind.«

Da wußte ich, wer das Mädchen war. Was das Mädchen war. Der Sergeant sagte, das Mädchen und die alte Frau wären nicht mal miteinander verwandt. Er erzählte mir, Sartoris hätte ihr Geschenke gekauft, Kleider und Schmuck; vermutlich die Art Schmuck, die man in Amiens kaufen kann. Oder vielleicht in einer Kantine, denn Sartoris war nicht viel älter als zwanzig. Ich hab ein paar von den Briefen gesehen, die er nach Hause, an seine Großtante, schickte, Briefe, die ein Drittkläßler in Harrow hätte schreiben und vielleicht sogar hätte verbessern können. Anscheinend machte Spoomer dem Mädchen überhaupt keine Geschenke. »Vielleicht, weil er Hauptmann ist«, sagte der Sergeant. »Oder vielleicht braucht er's auch wegen seiner Ordensbänder nicht.«

»Vielleicht«, sagte ich.

Und das war das Mädchen, die junge Frau, die in dem billigen Schmuck, den Sartoris ihr geschenkt hatte, den britischen und französischen Soldaten in einer Seitengasse Amiens' Bier und Wein ausschenkte und derentwegen Spoomer seinen Rang mißbrauchte und Sartoris hinterging, indem er ihn mit besonderen Aufgaben auf dem Flugplatz festhielt, und der den Hund einsperrte, um vor Sartoris zu verheimlichen, was er getan hatte. Und Sartoris rächte sich, so gut er konnte, indem er den Hund rausließ, damit er in den Abfällen der plebejischen Nahrung herumwühlen konnte.

Er betrat den Hangar, in dem der Sergeant und ich saßen: ein großer Bursche war es, mit blassen Augen in einem Gesicht, das mal lustig und mal verdrießlich aussehen konnte und völlig humorlos schien. Er sah mich an. »Hello«, sagte er.

»Hello«, sagte ich. Der Sergeant tat, als wollte er aufstehen.

»Bleiben Sie nur«, sagte Sartoris. »Ich will weiter nichts.« Er ging zum hinteren Teil des Hangars, der mit Benzinkanistern und leeren Lattenkisten und dergleichen vollgestopft war. Er ging ohne jede Scheu, ohne jede Scham seinem kindischen Spiel nach.

Der Hund steckte in einer von den Lattenkisten. Er kam heraus, riesengroß, mit einem braungelben samtenen Fell. Ffollansbye hatte mir erzählt, daß, abgesehen von Spoomers Beobachterabzeichen und seinem Mons-Stern und seinem D.S.O., er und der Hund sich zum Verwechseln ähnlich sähen. Er verließ den Hangar ohne übergroße Eile und warf mir einen kurzen Seitenblick zu. Wir sahen ihm nach, wie er weiterlief und um die Ecke der Mannschaftsmesse verschwand. Dann drehte sich Sartoris um, betrat die Offiziersmesse und verschwand ebenfalls.

Bald danach kehrte die Nachmittagspatrouille zurück. Während die Maschinen zu den Hangars glitten, bog das Staffelauto auf den Flugplatz ein und hielt vor der Offiziersmesse; Spoomer stieg aus. »Beobachten Sie'n mal!« sagte der Sergeant. »Er versucht jetzt so zu tun, als ob er nichts merkt und nicht nachsieht.«

Er schritt an den Hangars entlang, ein großer, stämmiger Kerl in grünen Golfstrümpfen. Er sah mich erst, als er in den Hangar einbiegen wollte. Er zögerte kaum wahrnehmbar; dann trat er ein und warf mir einen kurzen Seitenblick zu. »'n Abend«, sagte er mit lauter, nervöser, gespannter Stimme. Der Sergeant war aufgestanden. Ich hatte nicht bemerkt, daß Spoomer ans Ende des Hangars geblickt hatte, zu der umgekippten Lattenkiste; doch er war stehengeblieben. »Sergeant?« sagte er.

»Sir?« sagte der Sergeant.

»Sergeant, sind die Höhenmesser endlich eingetroffen?«

»Ja, sir. Sie kamen vor vierzehn Tagen. Sie sind jetzt alle in Gebrauch, sir.«

»Gut. Gut.« Er drehte sich um; wieder warf er mir einen kurzen Seitenblick zu und ging dann an der Hangarreihe entlang, aber nicht schnell. Er verschwand hinter der Ecke. »Beobachten Sie'n jetzt!« sagte der Sergeant. »Er geht erst nach hinten, wenn er glaubt, daß wir'n nicht mehr beobachten.«

Wir paßten auf. Dann erschien er und ging zur Mannschaftsmesse hinüber, mit flotten Schritten. Er verschwand hinter der Ecke. Einen Augenblick später tauchte er wieder auf und zerrte das riesige, faule Kötervieh am Nackenfell mit. »Du darfst das Zeugs nicht fressen«, sagte er. »'s ist für die Soldaten.«

IV

Damals wußte ich nicht, was sich als nächstes ereignete. Sartoris erzählte es mir erst später, hinterher. Vielleicht sagten ihm bis zu jener Zeit einzig Intuition und indirekte Beweise, daß er hintergangen wurde: Beweise zum Beispiel von der Art, daß Spoomer ihm einen Auftrag erteilte, der überhaupt nicht in seinen Aufgabenbereich fiel, der ihn aber den ganzen Nachmittag auf dem Flugplatz festhielt, bis er dann den versteckten Hund fand und losließ und beobachtete, wie er in seinem ungeschickten, kurzen Galopp die Straße nach Amiens hinunter verschwand.

Doch etwas ereignete sich. Alles, was ich damals in Erfahrung bringen konnte, war, daß Sartoris eines Nachmittags den Hund gefunden und beobachtet hatte, wie er sich auf den Weg nach Amiens machte. Daraufhin verstieß er gegen Spoomers Befehl, lieh sich ein Motorrad und ging auch nach Amiens. Zwei Stunden drauf kehrte der Hund zurück und begab sich an die Küchentür der Mannschaftsmesse, und kurze Zeit danach kehrte auch Sartoris selbst auf einem Lastwagen zurück (Amiens wurde bereits evakuiert), der mit Hausrat beladen war und von einem französischen Soldaten in einem Bauernkittel gefahren wurde. Das Motorrad war auch auf dem Lastwagen, in einem so gut wie unreparierbaren Zustand. Der Soldat erzählte, daß Sartoris das Motorrad bei hoher Geschwindigkeit in einen Graben gelenkt und versucht habe, den Hund zu überfahren.

Aber niemand wußte damals genau, was geschehen war. Ich hatte mir jedoch das Ganze bereits vorgestellt, noch ehe er es mir dann erzählte. Ich stellte ihn mir in dem kleinen Lokal voll französischer Soldaten vor, und wie die alte Frau (sie konnte bestimmt die Rangunterschiede erkennen, jedenfalls Ordensbänder) ihm den Zugang zu den Wohnräumen versperrte. Ich kann ihn mir vorstellen, wie er – wütend, verdutzt und sprachlos (er konnte nicht Französisch sprechen) – die Franzosen um einen ganzen Kopf und die Schultern überragte und wie er sie nicht verstand und sich einbildete, sie lachten über ihn. »Das war's«, erzählte er mir. »Haben mich heimlich ausgelacht – wegen einer Frau! Und ich wußte, daß er oben war, und sie wußten, daß ich, wenn ich da oben eindringen und ihn rauszerren und ihm den Schädel einschlagen würde, nicht bloß kassiert, sondern lebenslänglich eingesperrt würde, weil ich die interalliierten Vertragsklauseln übertreten hatte und ohne Vollmacht oder sonst was in ausländischen Grundbesitz eingedrungen war.«

Dann kehrte er zum Flugplatz zurück und traf auf der Landstraße den Hund und versuchte ihn zu überfahren.

Der Hund lief nach Hause, und Spoomer kehrte zurück und zerrte ihn gerade beim Nackenfell von der Abfallkiste hinter der Mannschaftsküche weg, als die Nachmittagspatrouille landete. Sie waren zu sechsen aufgestiegen, und fünf waren zurückgekommen, und der Anführer sprang von seiner Maschine herunter, noch ehe sie zu rollen aufhörte. Um die rechte Hand war ihm ein blutiger Lappen gebunden, und er rannte auf Spoomer zu, der über den sich sträubenden und steifbeinigen Hund gebückt war. »Verdammtnochmal, sie haben Cambrai genommen!« rief er.

Spoomer blickte nicht auf. »Wer?«

»Die Deutschen, verdammtnochmal!«

»Na ja, na ja«, erwiderte Spoomer. »Komm jetzt mit! Hab dir schon immer gesagt, daß alles verkorkst ist!«

Ein solcher Mann ist unverwundbar. Als wir uns zum erstenmal unterhielten, Sartoris und ich, wollte ich ihm das erklären. Doch dann merkte ich, daß auch Sartoris unbesiegbar war. Wir unterhielten uns also jenes erstemal. »Ich wollte ihn dazu überreden, daß ich ihm beibringen dürfte, wie man 'ne Camel fliegt«, sagte Sartoris. »Ich will's ihm umsonst beibringen. Ich würde das Cockpit rausreißen und selbst den zweiten Zündmagneten montieren, und alles gratis.«

»Warum?« fragte ich. »Wozu denn das?«

»Oder sonst was andres. Er kann sich's aussuchen. Er kann eine S.E. nehmen, wenn er gern will, und ich nehme eine Ak.W. oder sogar eine Fee, und in vier Minuten hätte ich ihn glatt vom Himmel runtergefegt. Ich würde ihn so tief in die Erde reinjagen, daß er kopfstehen muß, wenn er schlucken will.«

Wir unterhielten uns zweimal. Das hier war das erstemal, und dann das letztemal. »Well, jedenfalls hast du's noch besser gemacht«, sagte ich, als wir uns das letztemal unterhielten.

Er hatte damals kaum noch Zähne im Mund, und er

konnte nicht sehr gut sprechen, er, der nie viel hatte sagen können und der mit vielleicht zweihundert Wörtern lebte und starb.

»Besser als was?« fragte er.

»Du hast das vorige Mal gesagt, du würdest ihn glatt vom Himmel scheuchen. Das hast du nicht gemacht; du hast was Besseres gemacht: du hast ihn glatt vom ganzen Kontinent weggescheucht!«

V

Ich sagte, glaube ich, schon, daß auch er unverwundbar war. Dem elften November 1918 gelang es nicht, ihn umzubringen – ihn von Jahr zu Jahr hinter einem Büropult ein bißchen dicker werden zu lassen, und alles, was einst hart und mager und spontan war, allmählich ein bißchen matt, ein bißchen verdutzt und genarrt –, denn bis dahin war er schon fast ein halbes Jahr tot.

Er starb im Juli, doch davor unterhielten wir uns noch einmal, eben das zweitemal. Es war eine Woche, nachdem die Patrouille zurückkehrte und erzählte, Cambrai sei gefallen, und eine Woche nachdem wir die Granaten auf Amiens fallen hörten. Er selbst erzählte es mir, stieß es zwischen den fehlenden Zähnen hervor. Die ganze Staffel war zusammen losgeflogen. Er verließ seine Gruppe, sowie sie die zerrissene Frontlinie erreicht hatten, und flog mit einer Flasche Kognak im Overall-Bein nach Amiens zurück. Amiens wurde evakuiert, die Landstraße war voller Lastwagen und Karren mit Hausrat und mit Sanitätswagen vom Kriegslazarett, und das Betreten der City und ihrer unmittelbaren Umgebung war verboten.

Er landete auf einer schmalen Wiese. Er erzählte mir, auf einem Feld jenseits des Kanals habe eine alte Frau gearbeitet, und er sagte, sie sei noch immer dort gewesen, als er eine Stunde später zurückkehrte, und habe sich in der feuchten Frühlingsluft, die in langen und unheimlichen Zwischenräumen vom Getöse der auf die City fallenden Granaten erschüttert wurde, immer wieder beharrlich über die grünen Furchen gebückt, und halbwegs im Straßengraben habe ein kleiner Sanitätswagen gehalten.

Er ging zum Sanitätswagen. Der Motor lief noch. Der Fahrer war ein junger Mann mit Brille. Er sah wie ein Student aus, und er war sternhagelvoll und hing halb aus der Führerkabine heraus. Sartoris nahm einen Schluck aus seiner eigenen Flasche und bemühte sich dann vergebens, den Fahrer zu wecken. Dann nahm er noch einen Schluck (ich kann mir denken, daß er inzwischen selbst ziemlich blau war; er erzählte mir, daß er an gerade dem Morgen, als Spoomer mit dem Auto losgefahren war und er den Hund gefunden und gesehen hatte, wie er den Weg nach Amiens einschlug, daß er es versucht hatte, den Chef der Operationsbasis zu überreden, ihn von dem Erkundungsflug zu beurlauben, und daß der Offizier ihm gesagt habe, La Fayette erwarte ihn auf dem Plateau von Santerre) und schubste den Fahrer in die Kabine hinein und fuhr selber nach Amiens.

Er sagte, ein französischer Korporal habe in einem Torweg gestanden und eine Flasche an die Lippen gesetzt, als er an ihm vorbeifuhr und mit dem Sanitätswagen vor der Kneipe hielt. Die Tür war verschlossen. Er trank den letzten Schluck aus der Kognakflasche und drückte die Kneipentür ein, indem er sich so dagegenstemmte, wie man's beim amerikanischen Fußball macht. Dann war er drin. Der Schankraum war leer, die Bänke und Tische waren umgekippt, die Regale ohne Flaschen; er sagte, zuerst habe er sich nicht besinnen können, weshalb er eigentlich gekommen sei, daher glaubte er, es wäre wegen eines Drinks. Unter der Bartheke fand er eine Flasche Wein und schlug ihr an der Kante des Schanktisches den Hals ab, und er erzählte mir, wie er dagestanden und sich selbst im Spiegel betrachtet und versucht habe, sich darauf zu besinnen, was er hier habe machen wollen. »Ich sah ziemlich gruselig aus«, sagte er.

Dann fiel die erste Granate. Ich kann es mir vorstellen: da stand er in der stillen, friedlichen, verwüsteten Kneipe mit dem Biergeruch und der eingedrückten Tür, und die träumende und wartende Stadt dahinter, und dann dieses langsame, gemächliche, widerhallende Geräusch, das sich auf die schwere Frühlingsluft niedersenkt, einer Hand gleich, die sich ohne Hast auf die dunstige Stille legt; er erzählte mir, wie Staub oder Sand oder Mörtel – etwas dergleichen – irgendwo zu rieseln begann und mit leisem Zischen an den Wänden hinabwisperte. Eine große, magere Katze setzte ohne einen Laut über die Bar, schwebte zu Boden und verschwand wie schmutziges Quecksilber.

Dann sah er die geschlossene Tür hinter der Bartheke und erinnerte sich, weshalb er gekommen war. Er ging um die Theke herum. Er hatte erwartet, daß auch diese Tür zugesperrt sei, und packte die Klinke und zog mit aller Kraft daran. Sie war nicht abgesperrt. Er sagte, sie sei mit einem Knall wie ein Pistolenschuß gegen die Regale geflogen und hätte ihn dabei umgerissen. »Mein Kopf schlug auf die Theke auf«, sagte er. »Vielleicht war ich deshalb nachher ein bißchen taumelig.«

Jedenfalls hielt er sich dann am Türrahmen fest, und sein Blick fiel auf die alte Frau. Sie saß auf der untersten Treppenstufe, die Schürze über dem Kopf, und wiegte sich hin und her. Er sagte, die Schürze wäre ganz sauber gewesen, und sie habe sich wie ein Kolben hin und her bewegt, und er habe in der Tür gestanden und ein bißchen aus dem Mund gesabbert. »Madame«, sagte er. Die alte Frau wiegte sich hin und her. Er hielt sich vorsichtig am Türrahmen fest, beugte sich vor und berührte ihre Schulter. *»'Toinette«*, sagte er. *»Où est-elle, 'Toinette?«* Mehr Französisch konnte er wahrscheinlich nicht; zusammen mit dem Wort *vin* und mit seinen hundertsechsundneunzig Worten Englisch machte es seinen gesamten Wortschatz aus.

Wieder gab die alte Frau keine Antwort. Wie ein aufgezogenes Spielzeug wiegte sie sich hin und her. Er trat behutsam über sie hinweg und ging die Treppe hinauf. Am oberen Ende der Treppe war noch eine Tür. Er blieb davor stehen und lauschte. In seinem Mund hatte sich eine heiße, salzige Flüssigkeit angesammelt. Er spuckte aus und sabberte; wieder sammelte sich der Speichel in seinem Mund. Auch jene Tür war nicht verschlossen. Leise betrat er das Zimmer. Es enthielt einen Tisch, auf dem eine Khakimütze mit dem Bronzeabzeichen des R.F.C. lag, und als er sabbernd in der Tür stand, rappelte sich aus einer Zimmerecke, die am weitesten vom Fenster entfernt war, der Hund auf die Beine; während er und der Hund einander über die Mütze hinweg ansahen, drang der Lärm der zweiten Granate dumpf und unheimlich ins Zimmer und ließ die schlaffen Vorhänge am Fenster erzittern.

Als er um den Tisch ging, bewegte sich auch der Hund, so daß der Tisch zwischen ihnen blieb, und behielt ihn stets im Auge. Er versuchte, leise aufzutreten, jedoch stieß er im Vorbeigehen an den Tisch (vielleicht, während er den Hund beobachtete), und er sagte, als er die gegenüberliegende Tür erreicht hatte und davorstand, sabbernd und mit angehaltenem Atem, hörte er aus dem Nebenzimmer nichts als eine tiefe Stille. Dann fragte eine Stimme:

»Maman?«

Er stieß gegen die zugesperrte Tür; dann drückte er sie ein, wie es die amerikanischen Fußballer tun, und brach hindurch, mitsamt der Tür. Das Mädchen kreischte auf. Aber er sagte, er hätte sie überhaupt nicht gesehen, hätte niemanden gesehen. Er hörte sie nur kreischen, als er auf allen vieren ins Zimmer flog. Es war ein Schlafzimmer; die eine Ecke füllte ein riesiger Kleiderschrank mit zwei Türen aus. Der Kleiderschrank war geschlossen, und das

Zimmer schien leer zu sein. Er ging nicht zum Kleiderschrank. Er sagte, er wäre einfach geblieben, wo er war, auf Händen und Knien, und habe wie eine Kuh gesabbert und das verhallende Echo der dritten Granate gehört und die Vorhänge am Fenster gesehen, die ein einziges Mal, wie von einem Atemhauch bewegt, ins Zimmer hineinwehten.

Er richtete sich auf. »Ich war noch immer taumelig«, sagte er. »Und ich glaube, der Kognak und der Wein bekriegten sich in meinem Magen.« Glaub's ihm gern! Ein Stuhl war da, auf dem lagen eine ordentlich zusammengefaltete Hose, ein Waffenrock mit dem Beobachterzeichen und zwei Ordensbändchen und eine Koppel. Während er dastand und auf den Stuhl hinunterblickte, schlug die vierte Granate ein.

Er raffte die Kleider an sich. Der Stuhl kippte um, und er stieß ihn mit einem Fußtritt auf die Seite, schwankte an der Wand entlang zur zertrümmerten Tür und betrat wieder das erste Zimmer; im Vorbeigehen nahm er die Mütze vom Tisch. Der Hund war weg.

Er ging auf den Flur. Die alte Frau saß noch immer auf der untersten Stufe, die Schürze über dem Kopf, und wiegte sich hin und her. Er stand oben auf der Treppe, hielt sich mit Mühe aufrecht und wollte ausspucken. Da fragte eine Stimme unter ihm: *»Que faites-vous en haut?«*

Er sah hinunter in das aufwärtsgewandte Schnurrbartgesicht des französischen Korporals, an dem er auf der Straße vorübergefahren war und der die Flasche an den Mund gesetzt hatte. Eine Zeitlang blickten sie einander an. Dann sagte der Korporal: *»Descendez!«* und begleitete den Befehl mit einer gebieterischen Armbewegung. Sartoris umklammerte die Kleidungsstücke mit der einen Hand, legte die andre Hand aufs Treppengeländer und schwang sich mit einem Satz darüber.

Der Korporal sprang beiseite. Sartoris streifte ihn und flog gegen die Wand, wobei sein Kopf wieder dumpf aufschlug. Als er sich hochgerappelt hatte und sich umdrehte, versetzte ihm der Korporal einen gegen den Unterleib gezielten Fußtritt und stieß dann nochmals nach ihm. Sartoris schlug ihn zu Boden, wo er in seinem schweren Mantel auf dem Rücken liegenblieb, an seiner Tasche zerrte und Sartoris mit dem Stiefel in die Leistengegend treten wollte. Dann bekam der Korporal die Hand frei und feuerte mit seiner kleinen Pistole aus nächster Nähe auf Sartoris.

Sartoris sprang auf ihn drauf, ehe er wieder schießen konnte, und zertrampelte die Hand mit der Pistole. Er sagte, daß er die Knochen des Mannes durch die Stiefelsohlen hindurch hätte spüren können und daß der Korporal mit seinem großen Räuberhauptmannschnurrbart wie eine Frau zu heulen begonnen hätte. Das war's, was die Sache so komisch machte, sagte Sartoris: daß ein Piratenschnurrbart aus einer Operette von Gilbert und Sullivan ein solches Geheul hervorbringen konnte. Deshalb, sagte er, hätte er kurzen Prozeß gemacht und den Korporal mit der einen Hand festgehalten, während er ihm mit der andern aufs Kinn geschlagen habe, bis das Gejammer verstummte. Er sagte, die alte Frau unter der gestärkten weißen Schürze hätte nicht aufgehört, sich hin und her zu wiegen. »Als hätte sie sich herausgeputzt, darauf gefaßt, ausgeraubt und vergewaltigt zu werden«, sagte er.

Er raffte die Kleidungsstücke an sich. In der Bar nahm er noch einen kräftigen Schluck aus der Flasche und betrachtete sich im Spiegel. Dann sah er, daß er am Mund blutete. Er sagte, er hätte nicht gewußt, ob er sich in die Zunge gebissen habe, als er übers Geländer gesprungen sei, oder ob er sich mit der zerbrochenen Flasche in die Lippe geschnitten habe. Er trank die Flasche leer und schleuderte sie auf den Fußboden.

Er sagte, daß er da noch nicht gewußt hätte, was er eigentlich tun wollte. Er sagte, er hätte es selbst dann noch nicht gewußt, als er den besinnungslosen Fahrer aus dem Sanitätswagen zerrte und ihm Hauptmann Spoomers Hose und Mütze und den ordengeschmückten Waffenrock anzog und ihn wieder in die Fahrerkabine schubste.

Er erinnerte sich, in der Bar ein verstaubtes Tintenfaß gesehen zu haben. Er suchte in seinem Overall nach einem Fetzen Papier und fand ihn, eine Rechnung, die ihm ein Londoner Schneider vor acht Monaten geschickt hatte, und während er sich sabbernd und spuckend auf die Bar stützte, malte er auf die Rückseite der Rechnung Hauptmann Spoomers Namen und Staffelnummer und den Flugplatz und steckte den Zettel in die Brusttasche des Waffenrocks unter die Ordensbändchen und das Pilotenabzeichen und fuhr wieder dorthin, wo er sein Flugzeug gelassen hatte.

Im Straßengraben lagerte ein Anzac-Bataillon. Er überließ ihnen den Sanitätswagen und den schlafenden Fahrer, und vier Mann halfen ihm, den Motor seiner Maschine wieder anzulassen, und hielten bei dem knappen Start die Flügel.

Dann war er wieder an der Front. Er sagte, er hätte sich nicht erinnert, wie er hingekommen wäre; er sagte, das letzte, woran er sich erinnert hätte, sei die alte Frau auf dem Feld tief unter ihm gewesen, und dann war er plötzlich mitten in einem Sperrfeuer, tief genug, um die Lufterschütterung zwischen dem Boden und seinen Flügeln zu spüren und die Gesichter der Truppen zu unterscheiden. Er sagte, er hätte nicht gewußt, was für Truppen es waren, ihre oder unsre, doch hätte er sie auf jeden Fall angegriffen. »Weil ich noch nie gehört hatte, daß ein Mensch auf dem Boden unten von einem Flugzeug getroffen wurde«, sagte er. »Doch, hab ich doch; das muß ich zurücknehmen. Drüben in Kanada hatte mal ein Farmer mitten auf seinem Tausend-Acker-Feld gepflügt, und ein Flugschüler ist ihm auf den Kopf gefallen.«

Dann kehrte er zurück. Auf dem Flugplatz erzählten sie später, er sei in einer langen Rolle zwischen zwei Hangars hindurchgeflogen, so daß sie an beiden Rädern die

Ventile hätten sehen können, und dann rollte er über die Piste und startete wieder. Der Artillerie-Sergeant sagte mir, er sei senkrecht hochgestiegen, bis er stehenblieb, und dann flog er die Camel auf dem Rücken weiter. »Er hat den Hund beobachtet«, sagte der Sergeant. »Der Hund war seit etwa einer Stunde wieder da, hinter der Mannschaftsmesse, und fraß aus der Abfallkiste.« Er sagte, Sartoris hätte sich auf den Hund gestürzt und dann Loopings gemacht, zwei Rollen aufwärts, und dann kippte er über einen Flügel ab, und immer noch im Rückenflug. Dann hätte er, sagte der Sergeant, wahrscheinlich nicht den Gemischhebel reguliert, denn bei hundert Fuß setzte der Motor aus, und im Rückenflug hat Sartoris den beiden einzigen Pappeln, die ihnen noch geblieben waren, die Wipfel abrasiert.

Der Sergeant sagte, daß sie dann alle hingerannt wären, hin zu der Staubwolke und dem Durcheinander aus Draht und Holz. Noch ehe sie da waren, sagte der Sergeant, wäre der Hund hinter der Mannschaftsmesse hervorgekommen. Er sagte, der Hund wäre zuerst dagewesen, und sie hätten gesehen, wie Sartoris, auf Händen und Knien liegend, sich übergeben hätte, während der Hund ihm zusah. Dann kam der Hund näher und schnupperte zaudernd am Erbrochenen, und Sartoris stand auf und fand sein Gleichgewicht wieder und gab ihm einen Fußtritt – matt nur, aber mit grimmiger und ernster Entschlossenheit.

VI

Der Anzac-Major schickte den Ambulanzfahrer in Spoomers Uniform zum Flugplatz. Er wurde ins Bett gesteckt, wo er noch immer schlief, als am Nachmittag der Brigadegeneral und der Geschwaderkommandant herkamen. Sie waren noch da, als ein Ochsengespann zum Flugplatz einbog und hielt: auf einem Drahtkäfig mit Hühnern saß Spoomer, in einen Frauenrock und einen gestrickten Schal gekleidet. Am nächsten Tag kehrte Spoomer nach England zurück. Wir erfuhren, daß er zeitweilig Oberst für Bodentruppen werden sollte.

»Dem Hund wird das immerhin gefallen«, sagte ich.

»Dem Hund?« fragte Sartoris.

»Das Essen wird dort besser sein«, erwiderte ich.

»Ja«, sagte Sartoris. Er war wegen Pflichtversäumnis – weil er mit Regierungseigentum in eine verbotene Zone eingedrungen war und es unbewacht stehengelassen hatte – zum zweiten Leutnant degradiert und zu einer andern Staffel versetzt worden, die sogar von den Briten ›die Waschküche‹ genannt wurde.

Das war also am Tage, bevor er wegging. Er hatte jetzt überhaupt keine Vorderzähne mehr, und er entschuldigte sich wegen seiner Art zu sprechen, er, der auch mit einem heilen Mund nie richtig gesprochen hatte. »Der Jux an der Geschichte ist«, sagte er, »daß es wieder eine Camel-Staffel ist. Da muß ich lachen!«

»Lachen?« fragte ich.

»Oh, ich kann sie fliegen. Ich sitze drin, das Maschinengewehr ist draußen, und von Zeit zu Zeit richte ich die Flügel. Aber ich kann keine Camels fliegen. Eine Camel muß man landen, indem man auf den Gemischhebel achtet und die Maschine in den Boden bohrt. Dann muß man bis zehn zählen, und wenn man nicht Bruch gemacht hat, rollt man aus. Und wenn man aussteigen und weggehen kann, hat man eine gute Landung gemacht. Und wenn sie die Kiste danach noch mal benutzen können, ist man ein As. Aber das ist nicht der Witz an der Geschichte.«

»Was nicht?«

»Die Camels. Der Witz ist, daß es eine Nachtstaffel ist. Ich vermute, daß sie alle in der Stadt sind und daß sie erst nach Anbruch der Dunkelheit zurückkehren und starten. Sie schicken mich in eine Nachtstaffel. Deshalb muß ich lachen.«

»Ich würde nicht lachen«, entgegnete ich. »Kannst du nichts dagegen unternehmen?«

»Klar. Muß einfach auf den Gemischhebel achten und keine Bruchlandung machen. Nicht aufgeben und die Fackeln explodieren lassen. Ich hab nun mal die Patrouille. Ich bleib einfach die ganze Nacht oben, werfe die Fackeln ab und lande nach Sonnenaufgang. Deshalb muß ich lachen, verstehst du? Nicht mal bei Tage kann ich 'ne Camel fliegen. Und sie wissen's nicht.«

»Well, jedenfalls hast du mehr geschafft, als du dir vorgenommen hattest!« sagte ich. »Du hast ihn vom Kontinent verjagt!«

»Ja«, entgegnete er. »Ich muß wirklich lachen. Er muß nach England zurück, das alle Männer verlassen haben. All die Frauen dort, und kein Mann zwischen vierzehn und achtzig, der ihm helfen könnte. Ich muß lachen!«

VII

Der Juli kam, und ich war noch in meinem Büro im Geschwaderhauptquartier und versuchte immer noch, mich an mein künstliches Bein zu gewöhnen, während ich an meinem Schreibtisch saß, der mit einem Cutter, einer Büchse Leim und einer Flasche roter Tinte versehen und mit leichten, dünnen, teils beschmutzten und teils sauberen Umschlägen übersät war, die mir in regelmäßigen Abständen bündelweise zugeschickt wurden – Umschläge, die an Großstädte und Dörfer und manchmal noch kleinere Nester in ganz England adressiert waren, überall in England, bis ich eines Tages auf zwei Sendungen stieß, die an die gleiche Person in Amerika adressiert waren: auf einen Brief und ein Paket. Ich griff zuerst nach dem Brief. Weder Ort noch Datum waren angegeben.

Liebe Tante Jenny

Ja ich habe die Socken bekommen die Elnora gestrickt hat. Sie passen gut denn ich habe sie dem Burschen gegeben und er sagt sie passen gut. Ja es gefällt mir hier besser als wo ich erst war es sind nette Jungens hier ausgenommen die verdammten Camels. Ich denk schon dran und gehe in die Kirche bloß haben wir jetzt nicht immer Kirche. Manchmal haben sie Kirche für die Mechaniker weil ich denke ein Mechaniker braucht sowas doch meistens hab ich sonntags sehr viel zu tun aber ich geh oft genug scheint mir. Sag Elnora besten Dank für die Socken sie passen sehr gut aber vielleicht sagst du ihr lieber nicht daß ich sie verschenkt habe. Grüße Isom und die andern Niggers und sag Großvater ich hätte das Geld bekommen aber der Krieg kostet verrückt viel Geld.

Johnny.

Aber schließlich machen die Malbroucks ohnehin keinen Krieg. Vermutlich erfordert es zu viele Worte, um einen Krieg zu machen. Das ist vielleicht der Grund.

Das Paket war wie der Brief an Mrs. Virginia Sartoris in Jefferson in Mississippi, USA, gerichtet, und ich dachte, was in aller Welt mag er sich ausgedacht haben, was er ihr schicken könnte? Ich konnte ihn mir nicht vorstellen, wie er in einem fremden Land ein Geschenk für eine Frau aussucht, irgend so eine Kleinigkeit aussucht, die manche Männer mit einer Art von untrüglichem Spürsinn entdecken. Falls er überhaupt daran dachte, etwas zu schicken, dann wäre es vielleicht ein Stück Kurbelwelle oder eine Handvoll Bolzen, die er aus einem Hunnenabsturz geerntet hat. Ich öffnete also das Päckchen. Dann saß ich da und starrte auf den Inhalt:

Es enthielt einen adressierten Brief, ein paar Briefe mit Eselsohren, eine Armbanduhr, deren Lederriemen steif war von einer dunklen, eingetrockneten Flüssigkeit, eine Pilotenbrille mit nur einem Glas und einen Gürtel mit silberner Schnalle und Monogramm. Das war alles.

Daher brauchte ich den Brief nicht zu lesen. Ich brauchte mir den Inhalt des Päckchens nicht anzusehen, aber ich wollte es. Ich wollte den Brief nicht lesen, aber ich mußte es.

... Staffel, R.A.F., Frankreich
fünften Juli 1918.

Sehr werte Mrs. Sartoris,

Ich muß Ihnen mitteilen, daß Ihr Sohn gestern morgen ums Leben kam. Er wurde bei der Ausübung seiner Pflicht über den feindlichen Linien abgeschossen aber nicht wegen Fahrlässigkeit oder Ungeschick. Er war ein tüchtiger Flieger. Die feindlichen Flieger waren Ihrem Sohn an Zahl überlegen und auch an Höhe und Geschwindigkeit was unser Pech ist aber nicht die Schuld von unsrer Regierung die uns bessere Maschinen geben würde wenn sie sie hätte was Ihnen kein Trost ist. Ein andrer von uns, Mr. R. Kyerling tausend Fuß tiefer konnte nicht aufsteigen denn Ihr Sohn hatte ja viel Zeit im Hangar verbracht und hatte vorige Woche einen neuen Motor in seiner Maschine. Ihr Sohn stand in zehn Sekunden in Flammen sagt Mr. Kyerling und sprang aus seiner Maschine denn er war ja schon abgerutscht und fast in Sicherheit als die feindlichen Flieger ihm das Seitenruder und das Höhensteuer wegschossen und er zu trudeln begann. Es tut mir sehr leid daß ich Ihnen diese traurige Mitteilung machen muß aber vielleicht ist es Ihnen ein Trost daß er von einem Pfarrer begraben wurde. Seine andern Sachen schicke ich Ihnen später.

Mit den besten Grüßen,

Ihr C. Kaye, Major.

Er wurde auf dem Friedhof im Norden von Saint Vaast begraben denn wir hoffen ja daß es nicht wieder bombardiert wird denn wir hoffen ja daß es bald vorbei ist von unserm Padre denn es waren ja bloß zwei Camels und sieben Feindflieger und deshalb hat es diesmal uns erwischt.

C. K. Mjr.

Die andern Papiere waren Briefe von seiner Großtante, nicht viele und nicht sehr lange. Ich weiß nicht, weshalb er sie aufgehoben hat. Aber er hatte es getan. Vielleicht hatte er sie einfach vergessen, wie die Rechnung von dem Londoner Schneider, die er an jenem Frühlingstag in Amiens in seinem Overall gefunden hatte.

... und gib Dich nicht mit den ausländischen Frauen ab! Ich habe selber einen Krieg erlebt und weiß, wie sich Frauen in einem Krieg benehmen, sogar mit Yankees! Und ein verteufelter Tunichtgut wie Du ...

Und dann noch:

... wir finden, es wird allmählich Zeit, daß Du nach Hause kommst. Dein Großvater wird alt, und es sieht nicht so aus, als ob sie da drüben jemals mit dem Krieg aufhören. Komm Du also nach Hause! Die Yankees haben ja jetzt die Bescherung. Sollen die doch kämpfen, wenn's ihnen Spaß macht. Es ist ihr Krieg. Es ist nicht unsrer.

Und das ist alles. Das ist es. Der Mut, die Tollkühnheit – einerlei, wie man's nennt – ist ein Aufflammen, ist der Moment begeisterten Aufschwungs; dann ein »klick!«, und wieder das alte Dunkel. Das ist der Grund. Es wäre zu stark als Alltagskost. Denn wenn es eine Alltagskost wäre, könnte es kein Blitz, kein Aufflammen sein. Und daher, weil es ein Augenblicksdasein hat, kann es nur auf Papier aufbewahrt und verewigt werden: in einem Bild, ein paar handgeschriebenen Worten, die ein Streichholz – winzige und harmlose Flamme, die jedes Kind entzünden kann – in einem Moment vernichtet. Ein kurzer Holzspan mit Schwefelköpfchen ist länger als die Erinnerung oder der Gram; eine Flamme, nicht größer als ein Geldstück, ist wilder als der Mut oder die Verzweiflung.

Anmerkungen

1 Blue-gum: wörtlich – blaues Zahnfleisch. In der Neger-Folklore: ein Zauberer

2 Doom: vom französischen *du homme* oder *de l'homme*

3 Hessische Söldner: kämpften für England im amerikanischen Freiheitskrieg 1775–1783

4 Subadar: indischer Offizier

5 Dolphin: britischer Jagdflieger im Ersten Weltkrieg

6 R.F.C. = Royal Flying Corps: Königlich Britisches Fliegerkorps im Ersten Weltkrieg, Vorläufer der R.A.F.

7 Shanty-Ire (shanty = Hütte): verächtliche Bezeichnung der im vorigen Jahrhundert nach Amerika ausgewanderten Iren

8 Ak W: Flugzeug der Militärpolizei

9 Frösche (frogs): verächtliche Bezeichnung für die Franzosen

10 Teufelshund (devil-dog): Spitzname der amerikanischen Marine-Infanteristen

11 Haig: britischer Oberbefehlshaber im Ersten Weltkrieg

12 M.C., D.S.M. = Military Cross, Distinguished Service Medal: Orden

13 Phi Beta Kappa: älteste studentische Vereinigung an amerikanischen Universitäten, gegründet 1776
Skull and Bones: Vereinigung ehemaliger Studenten, wissenschaftlich hervorragender Akademiker an amerikanischen Universitäten
Rhodes Scholarship: von Cecil J. Rhodes in Oxford, England, gegründete Stiftung für Studenten aus dem britischen Commonwealth und den USA

14 Beatty: Admiral (1871–1936), Kommandant der britischen Flotte im Ersten Weltkrieg

15 Amsel, Rotkehlchen etc.: der Amerikaner verwechselt den englischen Ausdruck 'lark' (Lerche), der einen Doppelsinn hat: Lerche und Mordsspaß, Jux. Dementsprechend wäre ein kleines Torpedoboot bloß eine 'lark', ein kleiner Jux, jedoch das Flugzeug, der ›Kreuzer‹ (Seite 208), ein großer Jux, daher Bussard, ein großer Vogel

16 Waacs = Women's Army Auxiliary Corps: Armeehelferinnen

17 Biber: ein Spiel. Sieger ist, wer am ersten einen vorher bestimmten Gegenstand erblickt und dann ›Biber!‹ ruft. Hier spielen Hope und Ronnie, wer die meisten deutschen Kriegsschiffe sieht

18 Balaclava: wollene Infanterie-Mütze, die auch Ohren und Hals bedeckt

19 K.G. = Knight of the Garter: Ritter des Hosenbandordens

20 D.S.O. = Distinguished Service Order: ein Orden

21 Anzac = Australien and New Zealand Army Corps: australische und neuseeländische Truppe

Carson McCullers

»... ihr Werk gehört zu den größten unserer Zeit.« *William Faulkner*

im Diogenes Verlag

Das Herz ist ein einsamer Jäger
Roman · Deutsch von Susanna Rademacher

Spiegelbild im goldnen Auge
Roman · Deutsch von Richard Moehring

Frankie
Roman · Deutsch von Richard Moehring

Uhr ohne Zeiger
Roman · Deutsch von Elisabeth Schnack

Sämtliche Erzählungen
Madame Zilensky und der König von Finnland · Ein Baum, ein Felsen, eine Wolke · Der Nomade · Wer hat den Wind gesehen? · Wunderkind · Der Marsch · Der Jockey · Ein häusliches Dilemma · Die Ballade vom traurigen Café · Deutsch- von Elisabeth Schnack

Der Marsch
Einzelausgabe · Deutsch von Elisabeth Schnack

Die Ballade vom traurigen Café
Einzelausgabe · Deutsch von Elisabeth Schnack

Carson McCullers – Leben und Werk
Biographie, von Oliver Evans · Deutsch von Elizabeth Gilbert

Diogenes Taschenbücher

10 Rosendorfer, Über das Küssen der Erde *
11 o D. H. Lawrence, Pornographie und Obszönität *
12 o Erckmann-Chatrian, Der Rekrut
13 Loriot, Kleine Prosa *
14 Searle, Weil noch das Lämpchen glüht
15 o E. Fischer, Überlegungen zur Situation der Kunst *
16 O'Flaherty, Ich ging nach Rußland
17 Ungerer, Fornicon
18 o Braun-Iden, Neues deutsches Theater *
19 o Thoreau, Walden oder Leben in den Wäldern
20 o McCullers, Die Ballade vom traurigen Café
21/I o L. Marcuse, Philosophie des Glücks
21/II o L. Marcuse, Sigmund Freud
22 Jägersberg, Cosa Nostra *
23 Topor, Tragödien *
24 Brechbühl, Der geschlagene Hund
25/I Hottinger, Mord
25/II Hottinger, Mehr Morde
25/III Hottinger, Noch mehr Morde
26 Richartz, Tod den Ärtzten
27 Gorey, Balaclava *
28 o Einstein-Freud, Warum Krieg?
29 Spark, Memento Mori
30/I–V o Faulkner, Gesammelte Erzählungen in 5 Bänden
31 Hensel, Wider die Theaterverhunzer *
32 Ely, Aus! *
33/I Goya, Caprichos
33/II Goya, Desastres de la Guerra
34 Whistler, Die vornehme Kunst sich Feinde zu machen
35/I–IV o Maugham, Gesammelte Erzählungen in 4 Bänden
36 [Samisdat] Unruhen aus neuester Zeit *

Titel mit * sind Erstausgaben bzw. deutsche Erstausgaben
Titel mit o sind auch als Textbücher für Schule und Universität empfohlen